殺意の対談

藤崎 翔

角川文庫
20298

Contents

この小説は、ほぼ全編にわたり「雑誌の対談記事＋対談中の登場人物たちの心の声」という、たいへん奇抜な形式で書かれています。

慣れるまでは多少読みづらいかと思いますが、どうか最後までお付き合い頂けますと幸いです。

藤崎翔

The First Talk

❖

「月刊エンタメブーム」

9月号

映画「魔女の逃亡」公開記念誌上対談
女優・井出《いで》夏希《なつき》×作家・山中怜子《やまなかれいこ》

9月12日公開の、大注目のサスペンス映画『魔女の逃亡』。今回、主演の井出夏希さん(26)と、原作小説の著者、山中怜子さん(50)の、夢の誌上対談が実現しました！ 今回の作品で、暴力的な彼氏を殺して逃亡する主人公・アカリを演じ、子役出身の清純派女優の殻を破った井出さん。来年には、あの大人気コミック『君の横顔』の実写版映画の主演も決定しています。一方、ミステリー作家として多くのベストセラーを生み出している山中さんは、最近はテレビ番組にも出演して注目されています。今乗りに乗っている2人の対談は、スタッフまで巻き込み、おおいに盛り上がったのでした——。

【取材・文＝谷川舞子　写真＝倉本隆則】

井出　先生、本日はよろしくお願いします。

(あ〜超蒸し暑い。マジだるいんだけど。こんなオバサンとの対談さえなければ、昨日と今日で久しぶりの連休だったのにな。マネージャーに断らせればよかった)

山中　どうも夏希ちゃん、お手柔らかにお願いします。

(あ〜腹立つ。私この後、人と会う予定が入ってるのに、この小娘ときたら三十分も遅刻しやがったわ。なのに悪びれもせずニコニコ愛嬌《あいきよう》振りまいて、図々《ずうずう》しいったらありゃ

しない）
【記者】お2人は、今日が初対面というわけではないんですよね。
山中　ええ。一度私が撮影現場に見学に行った時に、軽く挨拶《あいさつ》はしたんですけど、それ以来ですね。だから、かれこれ半年ぶりぐらいかしらね、夏希ちゃん。
井出　ええ、そうですね。ご無沙汰《ぶさた》してます、先生。
（マジで？　あたしこのオバサンと会ったことあんの？　あっぶねえ、最初にうっかり「はじめまして」って言っちゃうとこだったよ。まあ芸能人やってると、相手があたしと会ったことを覚えててもあたしが覚えてない、なんてことはよくあって、「はじめまして」は最も危険な挨拶の一つだから、一応用心はしてたけどさ）
山中　その時に私、現場に差し入れを持って行ったんですけど、それが大不評で（笑）。
井出　いえいえ、そんなことなかったですよお。
（え、しかもこのオバサン何か差し入れ持ってきたの？　全然覚えてないや。まあ来たことすら覚えてないんだからしょうがないけど）
【記者】山中さん、何を差し入れされたんですか？
山中　フィンランドのお菓子で、「サルミアッキ」っていう、甘草《かんぞう》を使った黒いソフトキャンディみたいな、別名「世界一まずいお菓子」っていうのを持って行ったんです。ウケ狙いだったんだけど、監督から本気で怒られちゃいまして（笑）。
井出　いえいえ、あれ面白かったですよ！　おかげで現場が和みましたから（笑）。

（思い出した、あれてめえの仕業だったのかクソババア！　控え室に置いてあったのを普通のチョコか何かだと思って食っちゃって、あまりのまずさにマジでゲロ吐きそうになったっつんだよ！）

山中　そういえばこの前、「世界一まずいアイス」っていうのを、知人から3箱ももらっちゃったんです（笑）。夏希ちゃん、よかったら1箱どう？

井出　いや、それは遠慮しときます（笑）。先生、そういうの集めるの趣味なんですね。

（悪趣味なババアだな！　その悪ノリに付き合わされる方の身にもなれっての）

山中　そうなの（笑）。昔の知人の影響で集め始めて、いつも人に食べさせてたら、最近は人からもらうようにもなっちゃってね。記者さんとカメラマンさんはどうですか？

【記者】　いえ、私も結構です（苦笑）。

【カメラマン】　僕も結構です。今うちの冷凍庫いっぱいなんで（苦笑）。

山中　いっぱいって言っても、1箱ぐらい入るんじゃない？　私だけじゃ食べきれないの（笑）。

井出　ていうか先生、そろそろ本題に入りませんか（笑）。

【記者】　井出さん、助け船ありがとうございます（笑）。さて、井出さんは、学生時代から山中さんの作品の大ファンだったそうですね？

井出　はい、そうなんです。今回主役を演じさせていただいた『魔女の逃亡』はもちろん、『愛すべき毒』とか『殺意のレッスン』とかも夢中になって読みました。

山中　本当？　うれしいわあ。どんなところがよかったかな（笑）。
井出　いやあ、好きすぎて、一言ではなかなか言い表せないんですけど……。
（ちょっとちょっと、こんなの社交辞令に決まってんじゃん！　本当はあんたの本なんて『魔女の逃亡』を一冊、マネージャーに言われて渋々読んだだけだよ。しかも主人公のドロドロした心理描写が延々続くばっかりで、退屈で読み終わる前に寝ちゃったし）
山中　いいんですよ、一言で表せなかったら２時間ぐらい語ってくれても（笑）。
井出　あはは（笑）。やっぱり先生の作品って、女の怖さや情念が丹念に描かれていて、ミステリー的な面でも、毎回あっと驚くような裏切りがあるところが好きですね。
（ふう、どうにかごまかせたわ。マネージャーが今日のために用意した想定問答集に、一応目通しておいてよかった）
山中　ありがとう。励みになります。こんな大スターに褒められて（笑）。
（『魔女の逃亡』の文庫版の解説に書かれてたことを丸暗記したような感想ね。さてはこの小娘、本当は私の作品を、せいぜい一、二冊しか読んでないね）
【記者】　山中さんは、今回の映画『魔女の逃亡』の試写会をご覧になったそうですが、原作者としてどう感じましたか？
山中　主人公のアカリが夜通し逃げるシーンや、その様子をとらえた防犯カメラの映像を元に警察が追跡するシーン、そしてアカリの逃亡先の風俗街の雰囲気など、私が執筆した時に思い描いていた情景が忠実に再現されていて感激しました。また、夏希ちゃん

の熱演のおかげで、アカリの内面も原作以上に掘り下げられていました。手前味噌《みそ》のよ

うですが、今までの夏希ちゃんのキャリアの中でも、今回アカリを演じた夏希ちゃんが一番、凛《りん》として美しいと思います。

（といっても、私の原作の方がはるかに面白いけどね！　そりゃそうよ、あれだけの大作小説の内容をたかだか二時間の映画に詰め込むこと自体に無理があるんだから。まあこの小娘の演技も悪くはなかったけど、乳首も出さないラブシーン演じただけで「清純派の殻を破った」なんて絶賛されるんだから、まったく楽な商売でうらやましいわ）

井出　そう言っていただけると光栄です。

【記者】　山中さんのおっしゃった通り、今回の映画の中でも、目を見張るような美しさを見せていた井出さんですが、美容のために心がけていることはありますか？

井出　運動不足になりがちなんで、仕事場への移動にはよく自転車を使ってます。女性にも乗りやすい、グリオンっていうメーカーのクロスバイクを愛用してます。あと最近、朝食でしぼりたてのジュースを飲むことにもハマってますね。ジャストテクスっていうメーカーの「ハイパージェットジューサー」っていうミキサーを買ったんですけど、最強の刃とモーターで、ニンジンやリンゴもあっという間にジュースにしてくれるんです。特に外食が続いた時には、意識して飲んでますね。

山中　若いのにちゃんと健康のこと考えてえらいわ。私、20代の頃なんて何も考えてなかったもん（笑）。

（何この子、急に詳しくメーカーの名前まで出して、自転車やらミキサーの話を始めたけど……あっ、もしかしてこれ、ステルスマーケティングってやつ？　そうだ、きっとそうだわ！　こうやってさりげなく雑誌の対談の中に宣伝をねじ込んで、メーカーから金もらってるんだわ。この小娘ときたら、可愛い顔してとんだ銭ゲバね）

井出　あとはやっぱり、早寝早起きを心がけてますね。

（食べては吐きを繰り返してスリムな体を作ったことと、三回の整形手術でキレイな顔を作ったことが美の秘訣《ひけつ》です――なんて、本当のことは口が裂けても言えないわな）

【記者】　美容といえば、山中さんも最近テレビで、「美魔女作家」や「美しすぎる女流作家」と言われて注目されてますよね。

井出　私もよく先生のことテレビで見ます。私の方こそ、先生に美の秘訣を聞きたいですよ（笑）。

（へえ、このオバサンそんな売りでテレビ出てんだ。全然見たことないや。まあ女流作家なんて地味で不細工なババアばっかりなんだろうから、この程度の顔面でも「美しすぎる」なんて言ってもらえるんだろうね。まったく楽な商売でうらやましいわ）

山中　いえいえ、私なんか不摂生だし夜型だし、美の秘訣なんて何もないですよ。まあ、しいて言えば、夜な夜な美女をさらっては生き血をすすることぐらいかな（笑）。

井出　あはは（笑）。先生って、こんなに冗談とか言う方だったんですね。意外でした。作品であれだけ女の怖さを描かれてるんで、正直もっと怖い方だと思ってたんです。

山中　やだ、ショック～（笑）。
（何この小娘、失礼しちゃう）
井出　だってミステリー作家の方って、仕事柄、どうやって人を殺すかとかを常に考えておられるわけじゃないですか。だから……。
山中　まさか夏希ちゃん、私がプライベートでも人を殺しまくってると思ってたの？
井出　殺しまくってるってほどじゃないですけど、まあ、１人か２人ぐらいは（笑）。
山中　あははは（爆笑）。もう、夏希ちゃん言い過ぎ～。
（さっきから無礼な馬鹿だと思ってたけど、今の言葉は聞き捨てならないわ。
この私が、人を一人か二人ぐらい殺してる、ですって？
この小娘ときたら――ずいぶんと、勘が鋭いじゃないの。

まあ私に限らず、ミステリー作家なら誰もが一度は「本当に人殺したことあるの？」みたいな冗談を人から言われたことがあると思う。まして私は、人が人を殺すまでの、どろどろとした情念や葛藤《かっとう》を徹底的に書ききるタイプの作風だから、「あんなリアルな心理描写ができるってことは、絶対人殺したことあるでしょ？」なんて時々言われる。
それに対して私はいつも、「やだ、そんなこと言い出したら、東野圭吾《ひがしのけいご》さんなんて科学的なトリックを使って何十人も殺してなきゃいけないし、西村京太郎《にしむらきょうたろう》さんなんて電車乗り継いで何百人も殺してなきゃいけないでしょ」と言い返すことにしている。すると、たいていウケる。いわゆる鉄板ネタだ。

ただ、他の作家はどうか知らないけど、少なくとも私の場合、まったく経験もないことを、リアルに書き続けることなんてできない。

私の経験――それは、今から十年前の夏のことだった。

高志《たかし》は、私が心から愛した、最後の男だった。

今から十七年前、私の作品がテレビドラマ化され、業界人が集まるパーティーに出たのがきっかけで、高志と知り合った。当時私はもう三十路《みそじ》過ぎだったけど、彼は二十代で、かけ出しの放送作家だった。でも、私と付き合った六年の間に売れっ子になったんだから、彼もたいしたものだった。なんて、あげまん自慢をするわけじゃないけど。

高志の、風変わりで、好奇心旺盛《おうせい》で、子供みたいに馬鹿なところが好きだった。大人のはずの私がどんどん惹《ひ》かれてしまい、私から交際を申し込んだ。

仕事柄なのか元々の趣味なのか、高志は変な物を集めるのが好きだった。「クソゲー」と呼ばれるつまらないゲームソフトとか、デザインが不気味すぎて発売中止になった子供向けのキャラクター人形とか、変な書き込みがされている古本などを、わざわざ買い集めていた。

そんな高志が特に熱心に集めていたのが、「世界一のゲテモノ」だった。世界一まずいお菓子、世界一臭い缶詰、世界一甘いキャンディ……見つけてきては私に食べさせ、私が苦悶《くもん》するリアクションを見て大笑いした。でも、やりすぎて私が不機嫌になると、今度は「ごめんね、ごめんね」と、泣き顔で謝ってきた。

そう。高志は私が笑えば一緒に笑ってくれた。私が泣けば一緒に泣いてくれた。いつでも私の感情に寄り添ってくれた。まるで、幼児が母親の気持ちをうかがうように。

たとえば、今から十五年前。私の小学校時代からの親友で、私のデビュー直後に取材に協力してくれたこともあった優子《ゆうこ》が、勤務先の化学薬品メーカーの工場の爆発事故に巻き込まれてしまった時。集中治療室のベッドに痛々しい姿で横たわる優子を見て、私はただ泣きじゃくっていたのだが、その傍らで高志も一緒に涙を流してくれた。下手に励まされるより、彼が一緒に泣いてくれたことが、当時の私にとって救いになった。

また、今から十三年前。私が夜道で変質者に追いかけられ、なんとか家に逃げ帰ったことがあった。高志に電話すると、彼は心配して大急ぎで駆けつけてくれて、それから半月もの間、仕事以外で一度も私の家を離れずに、私を安心させてくれた。さらに、「いざという時はこれで身を守るんだ」と、わざわざスタンガンを私のために買ってきてくれた。私のことを、私以上に心の底から心配してくれた。

ただ、一方で高志は浮気性だった。私と長く付き合っている間に、仕事で知り合ったグラビアアイドルなどにちょこちょこ手を出しているようだった。でも、それは浮気であって本気ではないのは分かっていたし、結局いつも私のもとに戻ってきたから、私も高志をとがめることはなかった。いっそこのまま結婚して、夫の浮気もでんと構えて許容する、懐の深い妻として生きていくのも悪くないかな、なんてことさえ思っていた。

だから、六年も付き合った末の、今から十一年前の秋。高志が私と別れて他の女と結婚したいと言ってきた時は、心底驚いた。

「ごめんね、ごめんね」

まずいお菓子を食べさせた時と同じ口調で、高志は私に謝った。

「でも俺、健気《けなげ》に生きる彼女を一生支えたいって、心から思っちゃったんだよ」

高志にそう言わしめた女は、左目が義眼で左手が義手という、重い障害を抱えながらも立派に会社勤めをしていた。

もし、その女が赤の他人だったら、私は許せたのかもしれない。

でも、その女は私の親友だった。しかも、私を介して高志と知り合っていた。

高志は、化学薬品工場の爆発事故で一命を取り留めた、私の親友の優子と、私が知らない間に恋に落ちていたのだ——。優子の入院中も、私に内緒で何度も見舞いに行っていたのだという。

もっとも、高志は優子に対して、私のことをあくまでも親しい女友達で、恋愛関係に発展したことはないと説明していたらしい。その点は私もうかつだった。私も優子に対して、高志を恋人だとはっきりとは紹介していなかったのだ。つまり、優子は私を裏切って高志と交際したわけではなかった。それはせめてもの救いだった。

でも、私を捨てて他の女に乗り換えた高志のことは、どうしても許せなかった。

いや……違う。私の気持ちはそんなに単純ではなかった。

私が、高志以上に許せなかったのは、実は優子の方だったのだ――。

優子。あなたは小学生の頃から明るくて性格もよくて、私にとって大切な親友だった。でも、事故で障害さえ負わなければ、あなたに高志を惹きつけるほどの魅力はなかった。なのにあなたは事故に遭ったことで「ただ生きてるだけで健気に見える」というチャームポイントを獲得し、それによって私の男を略奪したんだよ。卑怯《ひきょう》な女。三十代なかばまでほとんど男に相手にされたこともないような不細工な女だったのに、事故のおかげで幸せになってるんじゃないよ。しかも、顔の火傷《やけど》と怪我を治すために、最先端の整形手術を全額会社負担で受けたおかげで、痛々しい傷痕《きずあと》はさほど残らず、結果的に元よりちょっと綺麗《きれい》な顔になったよね。目もちょっと大きくなったんじゃない？　でも元から不細工な部分は事故のせいにできるんだもんね。ああずるい。本当に苦労してる障害者に謝りなさいよ。そもそも、なんであの事故で死んでくれなかったの。死んでくれていれば、私は本気であなたのために泣けたし、永遠にあなたを大切な親友だと思い続けられたのに。――禍々《まがまが》しい感情が、止めどなく溢《あふ》れてきた。

ただ、私が許せなかったのは、高志や優子だけではなかった。親友のはずの優子に対してこんな感情を抱く、自分のことも許せなかった。不覚にも高志と優子を出会わせてしまった、過去の自分も許せなかった。高志も、優子も、自分も、過去も、未来も……とにかく全てが許せなかった。

なんで私じゃなくて優子なの？

なんで私は幸せになれないの？

嫉妬《しっと》、憎悪、後悔、怒り、悲しみ、敗北感、挫折《ざせつ》感、そして殺意。あらゆる感情が、私の中で複雑に入り組んで渦巻いた。――この体験が、のちの私の作品の、登場人物たちの心理描写に大いに反映されていることは間違いない。

もっとも、私はそんな気持ちなど全てひた隠しにして、高志と円満に別れた。「優子を幸せにしてあげてね」なんて殊勝な台詞《せりふ》さえ口にして。

この時すでに、計画はほとんど出来上がっていたというのに。

計画実行の日までは、念のため一年弱、間隔を空けた。その間に私の意志が風化していれば、実行を思いとどまろうかという考えもあったが、残念ながら私の黒い感情の渦は、時を経てますます大きくなるばかりだったので、予定通り実行することとなった。

今から十年前の夏の、とある日曜日。

私は、包装した菓子箱とバッグを持って、結婚の準備を進めつつ同棲《どうせい》していた二人のマンションを、アポ無しで訪ねた。

「お久しぶり！　フィンランドのサルミアッキを超える、『世界一まずいお菓子』っていうアフリカのお菓子を入手したから、思わず来ちゃった！」

インターフォンに向かってそう言った段階で、計画はほぼ成功したも同然だった。

高志は予想通り、嬉々《きき》として私を招き入れた。優子も、元々明るくてノリのいい子だったし、高志の趣味にすっかり染められて、まずいお菓子に興味津々だった。

「覚悟してね。これ相当まずいから」私は、三つずつ三列に並んだ、計九つのお菓子のうち、唯一安全な中心の一つを真っ先に手に取ってから言った。

「じゃあ、せ～ので同時に食べよう」優子も、お菓子を一つ手にしてノリノリだった。

「よし、じゃあ行くぞ、せ～の！」高志が声をかけ、三人同時にお菓子を口に入れた。

私が部屋を訪れてから、二人がそれを飲み込むまで、十分もかからなかった。

二人揃って、胸をかきむしりながら苦しむ中、優子は思い出していただろうか。それとも、もう忘れてしまっていただろうか。――かつて、かけ出しの推理作家だった私の取材に協力して、勤務先の化学薬品メーカーの商品の中から、少量でも人を殺せる農薬をいくつか紹介してくれたことを。そして、まだ規制が緩かった当時、私がそれらを実際に購入して、小説の描写に反映させたことを。

あれは口に入れるとかなり苦いみたいだけど、「世界一まずい」と聞いてたから、本当は私の手作りのお菓子を思い切って飲み込んじゃったんだよね。ごめんね優子。元々は小説のために教えてもらった薬品だったのに、最後は別の用途に使っちゃった。

私は食器棚から皿を一枚取り出し、優子の死体の右手に握らせてからテーブルに置き、そこに農薬入りのお菓子が載っていたかのように、残ったお菓子の生地のかけらを落としておいた。砂糖、小麦粉、卵など、お菓子の材料はバッグに入れて持参していたが、台所を確認してみたら全て揃っていた。そこで、調理器具を洗って水切りかごに置いたり、小麦粉を台所の床に少しこぼしておいたりして、優子がお菓子作りと後片付けをしたかのような形跡を残した後、持参した材料は残ったお菓子と一緒に持ち帰った。一連の作業は、私の指紋をどこにも残さないように行《おこな》ったし、マンションを出る時も誰ともすれ違わなかった。そのマンションには防犯カメラが付いておらず、二人の部屋と同じ階のもう一部屋は空室だということも、事前に調査済みだった。

その後の警察の捜査も、あまりにも私の計算通りに進んで、拍子抜けしたほどだった。二人がお菓子に混ぜて飲み込んだ農薬が、優子の会社の製品だったこと。優子は子供の頃からお菓子作りが得意で、左手を失ってもなお器用に料理ができたこと。高志が優子との婚約後も複数の女性と連絡を取っていたこと。そして高志の親族が、障害を抱えた優子との結婚に反対していたこと。――以上の理由から、二人の死は優子による無理心中と断定された。

これが、私の経験。

あ、いけない。昔を思い出してるうちに、小娘と記者の話が進んでる。ちゃんと聞かないと……）

井出　でも、〔冗談はさておき（笑）、そんな先生の素晴らしい原作と、監督やスタッフのみなさんの支えがあったからこそ、先生に「凛《りん》として美しい」と言っていただけるような演技ができたと思ってます。

【記者】井出さんの演技は、公開前からすでに高い評価を受け、映画賞の受賞も確実視されているほどです。今回、役作りの上で意識したことはありましたか?

井出　いいえ。今回の作品では、監督とも話し合った結果、あえてしっかりとした役作りはせずに演技することにしたんです。

【記者】役作りをしなかった? それは珍しいですね。

井出　はい。というのも、今回演じさせていただいたアカリは、ごく普通の、人並みに幸せに生きたいだけの女性なんです。そんな女性が、彼氏からのひどい暴力にさらされ、自分の身を守るためにその彼氏を殺してしまい、破滅的な逃亡生活を強いられることになる。そういう状況に追い込まれた時に、もし自分だったらどんな表情をするか、一人の等身大の女として表現するために、あえて細かい役作りはしないようにしたんです。

【記者】それで、あのような演技ができるものなんですか?

井出　はい。むしろ演技をしようという意識は捨てて、心の底から完全に役になりきって、その役の人物が考えているはずのこと、感じているはずのことを、そっくりそのまま考えて感じていれば、おのずといい演技ができるようになるんです。

山中　へえ、正直言って意外でしたね。私が見た感じでは、てっきり夏希ちゃんは綿密な役作りをしたのかと思ってました。

(ふん、何いっちょまえに演技語ってんの。そんなどこかで聞きかじったような演技論より、仕事に遅刻しないっていう最低限の常識を身につけなさいよ)

井出　役作りは毎回きっちりやってるように思われるんですけど、意外と違うんですよ。ふふふ、どうよこの才能

（まあ、そう思われてるってことは、要するにあたしがうまいってことだよね。

山中　ただ、ということは夏希ちゃん、あんまりいい恋愛してないんじゃないの？

井出　えっ、どうしてですか？

山中　だって、等身大の夏希ちゃんとして演じたのに、あれだけ鬼気迫る表情でお芝居ができたんでしょ？　ということは、夏希ちゃんも実際にひどい男と付き合って、アカリみたいな経験をしたことがあるんじゃないかって思ったんだけど（笑）。

井出　やだ先生、いくら何でも、私あんな辛《つら》い経験はしてませんよ～（笑）。

（へえ、驚いた。やっぱり作家ってのは、人間観察力が鋭いみたいだね。

ただオバサン、あたしがアカリみたいな経験をしたことがあるんじゃないかって読みは、残念ながら外れだよ。だってアカリは彼氏を殺した後、風俗で働いたりしながら波《は》瀾《らん》万丈の逃亡生活を送ったあげく、結局ラストシーンで警察に捕まっちゃうでしょ？

でもあたしは、逃げも隠れもしないし、警察になんか絶対捕まらないもん。

まあ、あたしも今となっては、なんであんな男と付き合ったんだろうって思うよ。

でも、心も体もボロボロの時って、なぜかああいう男の愛を求めちゃうんだよね。

そもそもあたしは、小さい頃から愛に飢えてたんだ。三歳の時に両親が交通事故で死

んじゃって、実の両親の記憶はほとんどないし、あたしを引き取って育ててくれた母方の祖母は優しかったけど病気がちで、あたしが小学校に入った頃から入退院を繰り返してた。だからあたしは、小学校低学年から一人で留守番して家事もして、祖母になるべく負担をかけないように気を遣ってた。家で楽しかった記憶はほとんどなくて、ずっと孤独だったし、ずっと大変だった。

ただ、小学三年生の時に、転機が訪れた。

祖母の友達が、あたしの写真を芸能事務所に勝手に送って、それがきっかけでオーディションの話がきて、試しに受けたら合格しちゃって、とんとん拍子にドラマデビューまで決まった。――まあ、要はあたしがそれだけ可愛かったってことなんだけどね。

しかも、そのデビュー作のドラマがヒットして、あたしは天才子役なんて言われて、一気に仕事が増えた。それからは事務所のスタッフが親代わりのような感じだった。挨《あい》拶《さつ》や礼儀作法から「芸能人は歯が命」「おごれる子役は久しからず」なんて誰が作ったのか分からない標語まで厳しく叩《たた》き込まれて、辛いこともあったけど、この時期に教わったことは後々までずっと守ることになったし、あたしが活躍すれば病気の祖母も喜んでくれた。あたしは順調に子役としてキャリアを重ねて、仕事のために中学から上京して、事務所の近くのマンションで一人暮らしを始めた。

でも、そんなシンデレラストーリーは、いつまでも続かなかった。

まあ、子役が成長しちゃうとありがちなことなんだけど、中二ぐらいから徐々に仕事が減ってきて、一応芸能クラスがある高校に進学したけど、その頃にはもう深夜番組の仕事が週に一本あるだけになっちゃった。そうなると、高校のクラスでも微妙に気を遣われて浮いちゃって、親のように接してくれてた事務所のスタッフも妙によそよそしくなって、しかもそんな時にとうとう、唯一の肉親だった祖母が死んじゃった。他の親戚《しんせき》とは疎遠だったから、あたしは十五歳にして、天涯孤独になってしまった。

そういう時期だった。岩下《いわした》さんと恋に落ちたのは。

岩下さんは、あたしの唯一の仕事だった深夜番組の構成作家だった。公私ともに不安と孤独感でいっぱいだったあたしを優しく励まし、そっと寄り添ってくれた。まあ今考えれば、あたしが弱ってるのにつけ込んだ感も否めなかったし、高校生のあたしと最終的に体の関係まで行ってた時点で条例違反だったんだけど、それでも当時あたしが弱音を吐ける相手は、岩下さんだけだった。

岩下さんは、いつもあたしのことを気にかけてくれた。「芸能界は怪しい男がいっぱいいるから、いざとなったら自分の身は自分で守るんだ」なんて言って、スタンガンをプレゼントしてくれたこともあった。わざわざあたしのために買ってくれたのかと思ったけど、聞いてみたらそうじゃなくて、昔バラエティ番組の罰ゲームで使おうと思って何個か買ったけど、威力が強すぎてお蔵入りになって、使い道がなくなったのを岩下さんが家に引き取ってたんだって。まあ要するに、余り物をくれただけだった。

でも、あたしを心配してくれたその気持ちだけで、十分うれしかった。本当に好きな人からのプレゼントなら余り物でもうれしいよね。ただ、今思えば、子役のあたしに手を出した岩下さんが一番怪しい男だったけどね。岩下さん、言ってることとやってることが矛盾してたよね。

そう。――岩下さんは最後まで、言ってることとやってることが矛盾してた。

だって岩下さんは「自分の身は自分で守るんだ」とか言ってたのに、今から十年前、あたしが十六歳の夏に、婚約者に毒入りのお菓子を食べさせられて、無理心中で殺されちゃったんだもん。

彼が死んじゃったことと、知らない間に他の女と婚約してたこと、二重にショックだった。でも、二股《ふたまた》かけられてたことが分かっても、不思議と彼を嫌いにはなれなかった。たとえ女好きでも、岩下さんは当時のあたしにとって、本当に大事な存在だった。

そんな大事な人を失ったせいで、あたしはとうとうおかしくなってしまった。

彼はお菓子を食べて死んだ。そう考えるだけで、あたしは元々大好きだったお菓子が一切食べられなくなった。そのうちお菓子どころかどんな食べ物も喉《のど》を通らなくなった。当時あたしはちょっとふっくらしてたんだけど、それがどんどん瘦《や》せていった。最初はこれでダイエットしなくていいかな、なんてちらっと思ったりもしたけど、生理が止まってからはさすがに焦った。でも、無理して食べても吐いちゃって、食べては吐きを繰り返す日々が続いた。

そのうちに「瘦せててキレイ」と言える範囲を超えて、「瘦せすぎてて気持ち悪い」

レベルにまで達してしまった。事務所からも「この様子では仕事はさせられない」と宣告された。ただ、元々仕事が減ってた上に、成長した子役が学業を優先して仕事を抑えるのはよくあることだから、あたしの休業がマスコミに大きく取り上げられることはなかった。――実際は、あたしは学業優先どころか、その頃にはもう学校に行くのが体力的にも精神的にも辛くなって、高校を中退しちゃってたんだけど。

新しい恋でもすれば心も体も元に戻るかもしれない、なんて思ったこともあったけど、仕事も学校もないと、男の人どころか女の人ともほとんど会う機会がなくて、当然出会いなんてなかった。時々、女性マネージャーと連絡を取るのと、数人の女友達が心配して部屋に来てくれるのだけが、数少ない人とのつながりだった。

人知れず部屋に閉じこもって、食べては吐きを繰り返して、いよいよやばくなってた七年前のある日。友人でファッション誌のモデルをやってたナミに、気分転換にとライブハウスに連れて行ってもらった。

そこで出会ったのが、ヒロヤだった。

バンドのボーカルだったヒロヤには、唯一無二の強烈な個性があった。彼は、喉仏の下からみぞおちまで走る痛々しい手術痕《あと》を、胸の開いたステージ衣装であえて見せつけていた。曲の間のMCでは、生まれつきの重い心臓病のせいで実の母に捨てられたこと、手術後も父の再婚相手に愛されず、思春期には非行を繰り返して鑑別所にも入ったこと、中学卒業後に家を追い出されて十代でホームレスになったこと……と、大変な境遇を、世間話でもするようにさらっと話していた。そして、そんな経験に基づいた、魂に響く歌詞を、ステージ上で絶唱していた。

あたしは、傷ついた自分を世間に見せられず、ただ閉じこもってる。でもこの人は、傷を隠さずに全部さらけ出してる。――ヒロヤの姿に、あたしは一発で惚《ほ》れてしまった。

そのライブには、公演後に出演者と客が一緒に参加できる打ち上げがあった。ナミはヒロヤと知り合いだったから、あたしはナミを介して、ヒロヤと連絡先を交換した。そしてあたしは、ひと目見てあなたのファンになったと、ヒロヤに正直に伝えた。

そこから先は早かった。

その翌週に二人きりでデートして、二回目のデートでキスして、三回目のデートでヒロヤがあたしの部屋に泊まって、その夜からヒロヤはうちに住むようになった。

ヒロヤと一緒なら、あたしはちゃんと物を食べることができた。「食べてるところを彼氏に見られるのが恥ずかしい」なんて言う女の子がたまにいるけど、あたしは逆だった。ヒロヤが目の前で、「日本のロック界を変えてやる」って野望を語ってくれるのを聞きながら食べるご飯は、何年かぶりにとってもおいしかったし、食べ終わった後に吐くこともなくなった。ヒロヤと暮らし始めてから、あたしの体重は久しぶりに四十キロ台に戻って、「痩せててキレイ」と言えるレベルの体形にまで回復した。

ただ、そのまますぐに芸能界復帰とはいかなかった。一時期痩せすぎて生理も止まって、ホルモンバランスとかもめちゃくちゃになってたみたいで、あたしの肌には十九歳とは思えないくらいシミやシワが目立っていた。あたしもヒロヤのように傷を隠さず生きていきたいっていう気持ちもあったけど、やっぱり仕事柄そうもいかなくて、結局、事務所が紹介してくれた美容整形医院で顔をキレイにすることになった。

そこは個人経営の小さな医院で、料金はかなり高いんだけど、芸能人の整形を極秘で何百人も手がけてる名医ってことで有名だった。その先生は、あたしのシミやシワを取るついでに、目や鼻や唇もばれない程度に微調整してくれた。三回の手術を経て、あたしは芸能活動を再開した。

すると、あたしに予想以上の追い風が吹いた。

子役出身で、しばらく表舞台から姿を消してたけど、久々に現れてみたら大人になって贅肉《ぜいにく》が落ちて、見違えるほど美しくなってた女優。そんなあたしに業界中が食いついた。ドラマに映画にCMと、とんとん拍子に決まり、あたしは二十歳にして再ブレイクどころか、子役時代にも経験したことがないくらいの大ブレイクをしてしまった。

そうなると当然、週刊誌が周囲をうろつくようになるんだけど、ヒロヤは外にデートに行くのは好きじゃなかったし、あたしも忙しかったし、休みの日には部屋でゲームしたりセックスするばかりだったし、二人同時に外に出たり窓際に立ったりしないように気をつけてもいたから、結局一度も写真を撮られることはなかった。

あたしは恋も仕事も順調で、気付けば岩下さんを亡くした心の傷なんて消えていた。

一方、ヒロヤは、その頃ひっそりとバンドを解散していた。

まあ正直そのバンドは、音楽素人のあたしが聞いても分かるぐらいヒロヤ以外のメンバーの演奏が下手だったから、解散はしょうがないと思った。でもヒロヤは、そのあとソロ活動を始めるのかと思いきや、意外な宣言をした。

「オレ、作家になる。そして日本の文学界を変えてやるよ」

なるほど、とあたしは思った。たしかにヒロヤの書く歌詞は素晴らしいから、作家でも十分やっていける。いやむしろ、ヒロヤの詞は素晴らしすぎて、高音が若干外れがちなヒロヤの声に乗っちゃうと良さが百％伝わらない感があったから、きっと作家こそがヒロヤの天職に違いない！　あたしはそう思って、ヒロヤを全力で支えることにした。

あたしが外で働いて、ヒロヤが家で執筆活動をする日々が始まった。あたしが夜遅くに帰っても、ヒロヤは机に向かって創作ノートに一生懸命小説を書いていた。ヒロヤは、掃除とかゴミ出しとかの家事もやってくれたし、時には料理を作って待っててくれていることもあった。そんな穏やかな日々が、一年、二年と過ぎていった。

あたしはますます忙しくなった。CMやドラマのギャラが入ってお金も貯まったから、もっと広くて静かなマンションを思い切って買って、二人で引っ越した。貯金は一気に減ったけど、これでヒロヤにもいっそう執筆に集中してもらえるとあたしは思った。

でもその頃から、あたしが帰った時にヒロヤが机に向かってることが、だんだん少なくなった。ヒロヤは寝てたり、起きててもテレビを見たりお酒を飲んだりしていた。料理も作ってくれなくなったし、あたしが休みの日も小説を書かずに一日中ゴロゴロしていることが多くなった。気付けば創作ノート自体を見なくなってた。ただ「小説は進んでるの？」と聞くと、ヒロヤはひどく不機嫌になったから、それ以上は聞けなかった。

さらに年月が過ぎていった。家にこもりっきりの生活が続いて、しかも元々心臓が弱いせいもあってか、ヒロヤは体力が落ちたみたいで、だんだん痩せてやつれていった。あたしが家に帰っても、疲れた様子で寝ていることが多くなった。たまに起きている時は、ヒロヤはやけに興奮した様子で体を求めてきたけど、いつも自分だけすぐに絶頂を迎えて、さっさと眠ってしまった。なんだか、体はつながっていても、心はすれ違ってばかりの生活になっていった。

　それに、あたしの仕事中ヒロヤはずっと家にいるはずなのに、なぜかお金がどんどん減っていた。あたしはヒロヤを信頼して、銀行口座の暗証番号も教えてたんだけど、ヒロヤはあたしが稼ぐお金を何かにつぎ込んでいるらしかった。

　ある日、とうとう気になって、あたしはヒロヤを問いただした。

「小説はいつ完成するの？　それと、お金を何に使ってるの？」

　その直後――あたしはヒロヤに、顎《あご》をグーで思いっ切り殴られた。

　あたしは床に倒れて、ショックで泣いた。するとヒロヤは、すぐあたしを抱きしめて「ごめん、ごめん」と涙声で謝った。その腕は、いつの間にかますます痩せていた。

　そこであたしはようやく悟った。小説を書けない苦しみで、ヒロヤも拒食症になっちやったんだ。――あたしはすぐにヒロヤを抱き返して、泣きながら言った。

「ううん、あたしが悪かったの。悩んでるヒロヤを追い詰めるようなことを言った、あたしが悪かったの！　お金なんてどうでもいいの。ヒロヤがそばにいてくれたらそれでいいの！」

あたしは拒食症の苦しみを知ってるのに、ヒロヤをますます追い詰めてたんだ。それじゃ殴られて当然だ。ヒロヤは拒食症のあたしを救ってくれた。だから今度は、あたしがヒロヤを救う番だ。――そう考えて、二度とヒロヤを責めないって心に誓った。

その日を境に、ヒロヤはまた創作ノートに向かうようになった。

でも、同時にますます情緒不安定になって、あたしをしょっちゅう殴るようになった。些細《ささい》な理由であたしを殴って、しばらくすると謝る。それの繰り返し。あたしの仕事に配慮してか顔はもう殴らないでくれたけど、お腹を殴られて血尿が出たこともあった。

それでも、殴って執筆がはかどるなら、あたしはいくら殴ってくれてもよかった。ただ、ヒロヤが寝てる間にノートを見ると、素人のあたしが読んでも駄作だって分かるような数ページの小説が、足で書いたような汚い字で書かれてるだけだった。文字が書いてあればまだいい方で、意味不明の記号やイラストが並んでるだけのページもあった。

だけどあたしは、ヒロヤを信じ続けた。これはきっと下書きなんだ。いつかは小説が完成するんだ。そう自分に言い聞かせた。ヒロヤは優しい時もあったし、相変わらず掃除やゴミ出しは進んでやってくれた。大丈夫。ヒロヤはもうすぐ超傑作小説を完成させてくれる。そうすればまた全部うまくいくようになる。あたしは信じて働き続けた。マネージャーにどんどん仕事を入れてもらって、時にはマネージャーを通さない、事務所に内緒の仕事まで受けた。

そんな同棲《どうせい》生活を、よくもまあ六年も続けたもんだと、今になって思う。

去年の春。終わりは、突然訪れた。

その日、映画のロケが、雨のせいで午前中に中止になった。執筆に集中してるヒロヤを邪魔するのも悪いと思って、あたしはヒロヤに電話を入れずに帰宅した。

玄関を開けて「ただいま」と小声で言って、あたしはそっとリビングに入った。

すると、リビングのテーブルに向かって座っていたヒロヤが、驚いた顔で振り返った。

ヒロヤの右手には、注射器が握られていた。

それと、テーブルの上には、色とりどりの錠剤も散らばっていた。

──一瞬で、すべての答えが分かった。

ヒロヤが痩《や》せていってた理由は、拒食症なんかじゃなかった。クスリだった。

お金の使い道も、クスリだった。

掃除とゴミ出しを進んでやってた理由も、クスリをやった痕跡《こんせき》をあたしに見つからないようにするためだった。

「別れよう。今すぐここから出て行って」

あたしは、自分でも驚くほど冷静に言った。

　でもヒロヤは、あたしをぎろっと睨《にら》むと、素早く立ち上がって、すごい勢いで突進してきて、あたしを押し倒した。あたしは持っていたハンドバッグと一緒に床に叩《たた》きつけられた。悲鳴を上げる余裕もなかった。

　ヒロヤはあたしに馬乗りになって、気絶寸前まで首を絞めた後、いきなりあたしの服の上半身をまくり上げて、無理矢理ブラジャーを外して胸を露出させた。

「オレを捨てたりしたらなあ……スキャンダル写真、流出させてやるからな！」

　ヒロヤは酔っぱらったような口調で言って、ズボンの左ポケットに手を入れた。ケータイであたしの上半身裸の写真を撮るつもりだったみたい。

　でも、いつもケータイが入っているそこに、たまたまその時は入ってなかったらしくて、ヒロヤは小さく舌打ちしてからテーブルの上を見た。そこに自分のケータイがあるのを見つけたヒロヤは、いったん立ち上がってケータイを取りに行った。

　ただ、ヒロヤがケータイを手に取ってこっちを振り向くよりも、あたしがハンドバッグからスタンガンを取り出して、無我夢中でヒロヤの背中に突進する方が速かった。

　──だからって、一撃で心臓が止まっちゃうとは思わなかったけど。

　後から分かったことだけど、心臓に持病がある人は、スタンガン一発だけで死んじゃうことがあるらしい。でも、その時のあたしはとにかくパニクった。床に倒れたままぴくりとも動かず、脈も呼吸もないヒロヤ。心臓マッサージをしようにも、ちゃんとしたやり方が分からない。あ、でも電気ショックならいけるかも、と思って、ヒロヤの胸にスタンガンを当てようとして、待てよ、これのせいでヒロヤは死にかけてるんだから、もう一発やっても逆効果か、でもいちかばちかやってみるか……なんて迷ってるうちに、あたしはふと冷静になって、心の中で自問自答した。

ヒロヤのこと、助けてどうすんの？

本当はずいぶん前から、こいつがどうしようもないダメ男だって気付いてたよね？　だいたい、この状況で救急車呼んだりしたら、あたしの立場は相当危なくなるよ。そんなことするより、今ヒロヤに消えてもらった方が、絶対楽じゃん――。

あたしはしばらく考えた後、ふっと笑って、スタンガンを放り投げた。そして、目を剝《む》いて倒れたままのヒロヤの首を、改めてしっかり絞めて、ちゃんと殺した。

あたしがヒロヤと同棲してることは、誰も知らない。あたしにヒロヤを紹介してくれたナミは、もうモデルを辞めて地元に帰って結婚してたし、まさかナミも、あたしとヒロヤがまだ続いてるとは思ってないだろう。彼氏がいるってマネージャーにほのめかしたことはあるけど、それもずいぶん前の話だし、同棲してるとまでは言わなかった。

それに、ヒロヤのケータイを調べてみても、あたしと付き合ってることを書いたメールは見当たらなかった。しかも最近のメールは、「明日４欲しい」とか「じゃ７・５で」なんていう、クスリの売人らしい相手との、クスリの重さや金額を表してるらしい数字のやりとりばっかり。まともな知り合いとのメールは、かれこれ二年以上なかった。通話履歴も、あたし以外の人と最後に話した日付は二年以上前だった。

つまり最近のヒロヤは、完全に孤独な、ヤク中の廃人だったってこと。

そんなヒロヤが消えたところで、心配する人がいるはずがない。

まあ、ヒロヤにクスリを売ってた売人とかは、ヒロヤが消えたことに気付くかもしれないけど、そんな人が警察に相談したりするわけがないから大丈夫。――状況は、完全にあたしに味方していた。

ただ、とりあえずこの死体は、早くなんとかしなきゃいけない。さてどうしよう……と考えてた時。ふとキッチンを見て、最高のアイディアが浮かんだ。

ジャストテクス社。事務所には内緒で契約を結んでる、あたしのスポンサー。あたしが雑誌の取材とかでさりげなく商品を宣伝するだけでお小遣いをくれる、優しい会社だ。まあ、そのお小遣いも、多くがヒロヤのクスリ代に消えちゃってたみたいだけど。

でもその商品、ハイパージジェットジューサーは本当にすごい。最強の刃とモーターで、どんな硬い物でも粉砕できる。資料映像では、豚骨や木材、ゴルフボールまで粉々にしてた。そしてジャストテクス社は、「ぜひ井出さんにも実際に使ってほしい」ってことで、うちに自慢の商品を一台送ってくれてた。それは数回しか使わないまま、キッチンに置いてあった。

大丈夫、きっとできる。――あたしはヒロヤの死体を見下ろして、力強くうなずいた。

まずあたしは、誰にも気付かれないように変装して外に出た。タクシーは使わず、徒歩で往復一時間以上かけてホームセンターに行って、ノコギリを買って家に帰った。

それから着古したスウェットに着替えて、ヒロヤの死体をバスルームまで引きずった。ヒロヤは、まるであたしに処分される準備をしてたみたいに、軽くて運びやすかった。

あとは、ヒロヤの体をちょっとずつ、ノコギリでちょうどいいサイズに切って、ミキサーにかけるだけ。その実力はやっぱり本物だった。骨まで見事にペースト状にしてくれて、簡単にトイレに流すことができた。替え刃も三つ付いてたから、切れ味が悪くなったら交換して、作業はサクサク進んだ。もちろんあたしも作業をしながら、胃の中のペースト状の物を何十回も吐いたけど、なんたってあたしは三年近く吐いてばっかりの生活をしてたから、すぐにコツを思い出して楽な体勢で吐けるようになった。

それに、ヒロヤが遺《のこ》した錠剤を試しに飲んでみると、一気に集中力が増して作業に没頭することができた。あたしが甘やかしてダメにしたヒロヤを、ちゃんと切り刻んで処分することが、あたしの責任のように思えた。夜中までに、頭以外は全部処分できた。

ただ、錠剤の力を借りても、頭だけは無理だった。

頭が丸ごとミキサーに入ってくれれば、あとはボタンを押すだけだからできたと思う。でもサイズ的に入りきらなくて、ノコギリで何度か分割しなきゃいけなかった。腕とか脚とか胴体とかは全部、ヒロヤ以外の人でもそんなに形が変わらない、ただの量産品の人体のパーツだと自分に言い聞かせられたけど、顔は間違いなくヒロヤでしかなかった。今にも叫び出しそうな表情のヒロヤ。今朝までは愛してた、いや愛してるのを演じてただけかもしれないけど、それでもあたしが一目惚《ぼ》れして六年も一緒に住んだ男。その顔を、ノコギリをひいて切断する。――それだけが、どうしても、無理だった。

日付が変わる頃まで何度もトライして、そのたびに吐いて、悩みに悩んだけど、結局あきらめてゴミに出すことにした。

生首は、家にあったレジ袋や紙袋をかき集めて十何重にも包んでから、三重にしたゴミ袋に入れた。ヒロヤのケータイは水没させて、財布からは個人情報が書かれてるものを抜いて、持ち主が分からないようにしてから、クスリや注射器、それに服とかバッグとか少ない荷物と一緒にゴミ袋に入れた。さらに、ノコギリにミキサー、返り血を浴びたスウェットもよく洗って、スウェットで全部包んで袋が破れないようにしてから、三重のゴミ袋に入れた。その両手いっぱいのゴミ袋を外のゴミ置き場に出してから、部屋に戻って、バスルームに飛び散った血痕《けっこん》や肉片を洗い流して、消臭剤を振りまいて一晩中換気扇を回し続けた。

一睡もできないまま朝を迎えた。その日も雨で映画の撮影が休みだったのは、不幸中の幸いだった。でも警察が来るかもしれないっていう恐怖と、クスリを使った後の脱力感で、あたしは地獄のような気分だった。ひどく疲れてるのに、横になっても全然眠れなかった。やっぱりもっとゴミ袋を重ねた方がよかったんじゃないかとか、血を洗いきれてなかったんじゃないかとか、そもそもあれをちゃんとゴミとして収集してもらえたのかとか、不安ばかりが頭に浮かんだ。こんなに不安で苦しむなら、いっそのこと早く捕まりたいとさえ思った。

でも、その日も、次の日も、そのまた次の日も、警察なんて来なかった。

そもそも、ゴミの中から生首が発見されたらトップニュースになるはずなのに、どのテレビ局のニュースを見ても、トップでのんきに桜の開花情報なんかをお送りしてた。

これって、もしかして、完全犯罪？

まさか、本当にあたしにできるなんて……。

っていうのが、去年の春の話。あれから一年以上経った。もう大丈夫、警察には絶対にばれてない。あの時捨てたミキサーも、新しいのが欲しくなったからこの前スポンサーにおねだりして「ハイパージェットジューサーラージ」を送ってもらったし。そうやってあたしは、これからもみんなに支えられてちやほやされて、順調にスター街道を突き進んでいくの。心配ない。絶対心配ない。

あ、そんなことを自分に言い聞かせてたら、作家のオバサンと記者のオバサンが何かしゃべってる。ちゃんと聞かないと……）

山中　そうね、さすがにアカリみたいな経験を本当にしてたら、作者の私でも引いちゃうわ（笑）。でも、子役時代の夏希ちゃんをテレビで見てた私からしたら、いつの間にこんな大胆な演技をするようになったんだって、試写会で釘付《くぎづ》けになっちゃいました。

【記者】ちなみに井出さんは、来年で芸歴20年目です。

山中　それはすごい！　私は作家デビューしたのが28歳の時で、作家生活22年だから、夏希ちゃんの芸歴とそんなに変わらないのね（笑）。しかも、私がテレビに出るようになったのなんてごく最近だから、芸能界においては夏希ちゃんの方が大先輩ですね。いつかまた撮影現場で夏希ちゃんに会うことがあったら、敬語使わないと（笑）。

井出　いえいえ、そんな（笑）。とんでもないです、私の方が恐縮しちゃいます。

山中　でもなんだか、幼い頃から見てきた子が立派に成長した姿を見届けて、今こうして語り合えてるっていうのは、ただの女優さんとの対談っていう感じじゃないですね。まるで、成長して独り立ちした娘が、お正月に帰省してきてるような気分です。

井出　ということは、先生が私のお母さんですか（笑）。

（冗談じゃないよ。こんな若作りのミーハーババアが母親でたまるかよ）

山中　まあ、私に娘なんていないから、推測でしかないんだけどね（笑）。でも本当に、試写会の時も、実の娘の成長を実感したような気持ちになりました。

（こいつが、まるで実の娘のようだって？

私ったら、何言ってるんだろう。

いくら、腹の中ではまったく思ってもいないことを語り合う、三流雑誌の対談の場だからって、さすがに自分で自分の言っていることが気味悪くなってしまった。

私には、娘なんていない。

いるのは、わずか一歳で手放してしまった、息子だけだ。

私は大学卒業と同時に、いわゆるできちゃった結婚をして、その年の暮れに出産した。夫は、代々不動産業を営む家の御曹司で、まあ俗に言う玉の輿《こし》だった。といっても財産目当てで結婚したわけではなく、私は当初は、本当に夫を愛していた。

ところがいざ結婚してみると、とことん嫌味な舅《しゅうと》姑《しゅうとめ》との同居を強いられた。価値観の古い彼らは、そもそもできちゃった結婚自体を不快に思っていたらしく、私の妊娠中から何かにつけて嫌味を言ってきた。それでも夫が私の味方をしてくれればよかったのだが、彼は釣った魚に餌はやらないタイプの人間で、完全に親の言いなり。嫁だったらこれぐらい我慢しろと言うばかりで、時には暴力さえ振るった。まあ今考えれば、あんな男の正体も見抜けなかった私の経験不足の一言に尽きるのだけど、とにかく私は、こんなところで一生を終えるなんてまっぴらごめんだと、生まれて間もない息子を連れてその家を飛び出した。

さっさと離婚して慰謝料をふんだくって、私一人で息子を育てるつもりだった。ところが、夫側は金に物を言わせて優秀な弁護士を雇い、私が嫁として母親としていかにひどい女だったか、離婚裁判であることないこと、いや、ほぼないことないこと主張し、私から親権を奪おうとした。私は不利な戦いを強いられながらも、あんな家で育てられてはたとえ金には困らなくても絶対に不幸になると、息子の将来のために懸命に戦った。

――そんな時、息子の心臓に、先天性の重い病気が見つかった。

治療のためには、海外での手術が必要だった。その費用は、私の貯金と、私の決して裕福ではない実家の全財産を合わせても、ゼロが一つ足りなかった。しかも医者いわく、一日も早い手術が望まれるということだった。

争っている暇はなかった。私は一歳になったばかりの息子の命のために、泣く泣く親権を手放した。その後、息子の手術が成功したという報告は聞いたが、私が息子との面会をどんなに要求しても、頑《かたく》なに断られた。

私は、自分一人が食べていくために、防災用品を作る中小企業に就職し、その傍ら、息子と引き離されて心に空いた穴を埋めようと、密《ひそ》かに小説を書き始めた。学生時代にも趣味で書いていた時期があったが、その頃とは比較にならないほど創作に没頭した。

やがて元夫は再婚し、息子のためにもう顔を見せるな、という内容の手紙が届いた。私は無念を晴らすため、ますます創作に打ち込んだ。あらゆるジャンルを書き、様々な文学賞に応募した末に、二十八歳で推理小説の新人賞を受賞してついに作家デビュー。その後、幼なじみの優子にも取材して連続毒殺事件を描いた『愛すべき毒』など、コツコツとヒットを飛ばし、気付けばちょっとした売れっ子作家の地位を築いていた。

売れてからは華やかなパーティーなどにも出向くようになり、息子と別れた悲しみなど、いつの間にかほとんど思い出さないようになっていた。パーティーで出会った何人かの男と遊びで付き合ったりもしたが、もう結婚はこりごりだったので、深い仲にまで発展するようなことはなかった。岩下高志とだけは本気で結婚も考えたが、結局は彼とも最悪の別れ方をすることになり、それからはもう恋愛をしようという気もなくなった。

今になって、時々ふと、息子のことを思い出す。

広也《ひろや》、元気にしてるの？　今どこにいるの？

社会的に成功などしていなくてもいいから、真面目に生きていてほしい。間違ってもあなたの父親のように、愛する女を傷つけるような男には育っていてほしくない。

もっとも、広也は私の顔なんて、覚えてもいないでしょうね。それどころか、実の母親である私の存在すら知らされていないかもね。仮に知らされていたとしても、あの一族のことだから、私があなたを捨てて出て行った、みたいな嘘を教えられているかもね。

でも、もし許されるなら、たとえ広也に憎まれていてもいいから、もう一度会いたい。

私がこの世に残した、確かな証《あかし》に、対面したい。

本音を言うとね、人生で一番愛した男と、幼なじみの無二の親友を、激情にまかせて殺してしまってから、私はもう何のために生きているのか分からなくなってきているの。

あなたに会えば、私はもう一度、生きる意味を取り戻せるかもしれない。

だからお願い。広也、どこかで生きていて。

なんて、私ったらどうかしてるわ。今こんなことを考えてどうするの？　今は三流雑誌の対談をやってるんだから、深いこと考えずに薄っぺらい会話だけしてればいいの。適当にしゃべって、こんな無駄な時間さっさと終わらせましょ……）

井出　でも、娘みたいだって、街の人にもよく言ってもらえるんです。やっぱり子役時代のイメージが強いんですかね。だから逆に、悪役をやったりすると、「いい子だと思ってたのに、あんなひどいことするようになっちゃったのね」なんて言われたりもするんですけど（笑）。

【記者】 なるほど、女優さんというのも大変なお仕事ですよね。

井出 いえ、私からすれば、作家さんの方がずっと大変なお仕事のように思えます。私は一つの仕事が終われば、しばらく休んで旅行に行ったり、気分転換に部屋の掃除をしたりして気ままに過ごしてますけど、作家さんって連載もあるし、常にアイディアを考えてないといけないから、なかなか休みもとれませんよね？

山中 ただその代わり、仕事のペースは自分で決められるから、筆が進んで締め切りを守れた後は結構休んでますよ。休みの間にぽんとアイディアが浮かぶこともあるしね。

井出 そういうお休みの時は、何をされてるんですか。やっぱり読書ですか？

山中 う〜ん、最近はあまり活字には触れてないわ。やっぱり何を読んでも作家としての視点になっちゃって、仕事してるような気分になっちゃうの。……どうですか、カメラマンさんも、休みの日にカメラ持って出かけたりはしないんじゃありませんか？　あ、ごめんなさいね。夏希ちゃんを撮ってる時に急に話しかけちゃって（笑）。

【カメラマン】 いえいえ（笑）。たしかに僕も、休日はあまりカメラに触れませんね。

（ああビックリした。急に作家先生に話振られちゃったよ。

でも結果的に、夏希ちゃんもこっち向いてくれて、いい笑顔が撮れたからいっか。

ほら、夏希ちゃん。もっと笑って。その可愛い笑顔を、よ〜く見せてよ。
もうすぐ俺だけのものになる、その笑顔を。

俺、今でこそこうやって、雑誌の専属カメラマンとして、真面目な顔して芸能人の対談の写真なんて撮ってるけどさ。つい最近まで、二十年以上フリーでやってたんだ。しかもその頃は、芸能人に忌み嫌われる仕事をやってたんだよ。

俺がやってたのは、パパラッチってやつ。芸能人の家の近くに車停めて張り込んで、恋人連れ込む写真とか撮って週刊誌に売りに行くの。クソみたいな商売だろ？　それでも、写真週刊誌が売れてた時代は羽振りがよくて、今住んでるマンションも買ったし、週一で風俗も行ってたし、独身貴族ライフを謳歌《おうか》してたんだ。それが今じゃ、写真週刊誌の数も減っちゃって、なんとかかつてを頼ってこの仕事にありつけたけど、風俗なんて月一回行けたらいい方。独身没落貴族だよ。

以前は数え切れないほどの芸能人を隠し撮りしてたけど、中でも井出夏希ちゃんは、どんなに張り込んでも男の影が見えなくて「スキャンダル処女」なんて言われてたね。俺以外のカメラマンはみんな、たぶん何も出てこないだろうって、早めに見切りをつけちゃってた。

でも俺は、もし夏希ちゃんのスクープが撮れたら一人勝ちだって思ったのと、正直、昔から夏希ちゃんのファンだったから、何ヶ月も粘ってたんだ。ごめんね、ちょっとストーカー入ってるよね。ただ、さすがにもう潮時かなって、あの頃は俺も思ってたよ。

そんな、去年の春の、ある日の深夜。

夏希ちゃん、ゴミ袋を三つも持って、外のゴミ置き場に出てきたよね。

まあ、それだけで何かの確証を得たわけじゃなかったけど、このままだと収穫ゼロだと思って、とりあえず夏希ちゃんがゴミを出した瞬間を撮ったんだ。その後、あの大量のゴミは何だろう、もしかして男と別れて、そいつとの思い出の品をまとめて処分したのかな……なんて色々と想像して、ひょっとしたら男の手がかりでもつかめるかもしれないと思って、三つのゴミ袋を車に積んで家に持ち帰ったんだ。我ながら最低の行為だったけど、正直ちょっと興奮してたよ。

でも、家で袋開けてビックリ。男の手がかりどころか、男の生首が入ってたんだもん。

こんなネタ、人に売ったらもったいない。俺だけの秘密にしようって、すぐ思ったよ。

しかも俺、その生首の顔に見覚えがあったんだ。マンションから出かけるところとか、ゴミを出すところを、張り込み中に何度か見たことがあった。その時は、夏希ちゃんとは無関係の下の階の住人かな、なんて思ってたんだけど、夏希ちゃんに生首を捨てられたんだから無関係のわけないよね。

そんな彼の正体を調べるのに、ずいぶん時間がかかっちゃったよ。

生首の状態でも、ガリガリに痩《や》せて歯もボロボロだったし、しかも他のゴミ袋には注射器とクスリが入ってたから、彼がヤク中だってことはすぐに分かった。そこで俺は、クスリの売人を当たって、生首の顔の特徴を説明して「こんな男を知らないか」って聞いて回ったんだ。すると一年ぐらいかかってようやく、彼のことを知ってる売人を見つけた。その売人は、彼が昔からのなじみの客で、名前はヒロヤで、元ロック歌手だってことまで丁寧に教えてくれたよ。まあ、途中からは俺が金を渡したから教えてくれたんだけどさ。でも、もう一年ほど来てないから、ヒロヤは捕まったか中毒死でもしたのかもしれないって、その売人は付け加えたよ。

そのヒントを元に、ここ二、三ヶ月、夏希ちゃんの関係者や、都内のライブハウスを回って聞き込みをしたんだ。俺、写真が専門で、取材みたいなことはしたことなかったから、最初は空振りばっかりだったけど、それでもいくつか有力な情報を得られたよ。

ヒロヤが昔出演してたライブハウスの関係者には、ヒロヤの歌手時代の写真を見せてもらったよ。その顔は、まだヤク中でガリガリにはなってなかったけど、たしかに生首と同じだった。それに、ヒロヤと親しかったバンドマンの何人かが、どうやらヒロヤが、歌手を辞めるちょっと前に女の部屋に転がり込んだらしいってことを教えてくれたんだ。その同棲《どうせい》相手が女優だって、ヒロヤがほのめかしてたことも ね。

そこまで情報を集められれば、もう十分だったよ。だって俺は、夏希ちゃんがヒロヤの生首を捨てる瞬間をはっきりと目撃してるし、証拠も握ってるんだからさ。あ、でも心配しないで。いろんな人に聞き込みしたけど、夏希ちゃんが人を殺したなんてことは絶対に悟られないように、ちゃんと気を付けたから。

ところで、ヒロヤの首以外の部分は、ミキサーとノコギリを一緒に捨ててたことから察して、ミンチにしてトイレにでも流したんだろうね。ミキサーもノコギリも、ケータイも財布も注射器も全部、ちゃんとうちに保管してあるよ。さすがにあの生首はどうしようか迷ったけどさ、やっぱり一番大事な証拠だからね。今も俺の部屋の冷凍庫で保管してあるよ。

ただ、俺んちの冷凍庫小さくてさ、生首なんて凍らしちゃうと、もう一杯なんだよ。さっき作家先生が「世界一まずいアイス」をくれるとか言ってきたけど、味の問題以前に、アイス一箱でも入るスペースなんてないから、断るしかなかったね。

とにかく俺は、夏希ちゃんの超特大スキャンダルを詳細に調べ上げて、その気になればすぐにでも公開できる状態なのに、あえて秘密を守ってるんだよ。君が芸能活動を続けていられるのは、俺の温情のおかげなんだからね。

これからも秘密は守るよ。だから、俺のお願いも聞いてくれるよね？

単刀直入に言うね。俺と結婚してほしい。

俺、元々夏希ちゃんのファンだった上に、ヤク中だった男を何年も辛抱強く飼ってたって知って、なんて健気《けなげ》でいい子なんだろうって、ますます好きになっちゃったんだ。安心して。俺はクスリなんて、昔ちょっと好奇心でやったことはあるけど今はやってないし、ヒロヤなんかよりもずっと、夏希ちゃんのことを愛する自信があるから。

それに、本当は俺、こんな二流雑誌のカメラマンなんてやってる器じゃないんだよ。

いつかは写真集を出したり、個展を開いたりしたいと思ってるんだ。そのための資金も援助してほしいな。それぐらいはいいよね？　俺の奥さんなんだから。

　悪いけど、断る権利なんて、夏希ちゃんにはないんだからね。

　今は映画の宣伝で毎日忙しいだろうし、こういう大勢の人目に触れる時期は、夏希ちゃんの様子に異変があったら誰かに勘付かれちゃうかもしれないからね。とりあえず映画の宣伝期間が終わってスケジュールが落ち着いたら、直接夏希ちゃんのマンションに交渉に行くね。オートロックのインターフォンのカメラ越しに、生首の写真を見せて驚かせるのは本意ではないけど、そうでもしないと俺を部屋には上げてくれないよね。

　ああ、というか俺、正直もう我慢できないんだよ。だって、想像の中でしか抱けなかった夏希ちゃんが今目の前にいて、しかももうすぐ俺のものになることが確定してるんだよ。目の前にうまそうな餌出されておあずけさせられてる犬って、たぶんこんな気持ちなんだろうなあ。この対談のカメラマンがたまたま俺に決まったのも、なんだか運命感じちゃうよね。

　あああ、たぶん俺、夏希ちゃんの部屋に上げてもらったら、交渉もそこそこに体をいただいちゃうと思うな。紳士的な振る舞いではないけど、長年の風俗通いで鍛えたテクニックで君の心までいただくことができたら、かえって話は早いかもしれないね。

　とにかく俺、いい夫になるからさ。とりあえず今は、おあずけしながら、君の可愛い笑顔をたくさん撮ってあげるからね……）

山中　夏希ちゃんは、休日に映画を見て、他の女優さんの演技を研究したりするの？
井出　映画は見ますけど、研究というより、割と楽しんで見ちゃってる感じです（笑）。
（何このカメラマン？　あたしを撮りながらニヤニヤして、キモいんだけど）
山中　でも、女優と作家じゃ違うかもしれないけど、やっぱりお客さんに楽しんでもらう仕事をするには、こっちも楽しまないとね。私も今回の原作を書いてる時、殺人に至るまでのアカリの心理描写や、警察の追跡を振り切るシーンでは、作品に没入して、時間を忘れるぐらいどんどん筆が進んで、恍惚《こうこつ》の境地でしたから。
井出　なるほど。たしかにあのシーンは、読んでいてもすごく引き込まれました。
（ごめんオバサン、そんな話どうでもいいわ。それより気になることを見つけちゃって。Tシャツにジーンズ、坊主頭に太い眉毛《まゆげ》、そして小太りの中年男。まさか例の男って、目の前にいるこのカメラマン？　少なくとも特徴は一致してる。いやいや、まさかね。いくら何でも、そんな偶然ありえないよね。

ここ二、三ヶ月の間に、あたしは気になる噂を聞いた。
うちの事務所のスタッフや、あたしと仕事したことがある業界関係者の周りを、Tシャツにジーンズ姿で、坊主で眉が太くて小太りの中年男がうろついているらしい。そいつは名前も名乗らず「井出夏希さんが以前ロック歌手の男と同棲してたことについて、何か知りませんか？」とみんなに聞いて回ってたそうだ。もちろん、あたしがヒロヤと同棲してたことなんて誰も知らないし、そういう根も葉もないゴシップネタを聞いて回る週刊誌の記者なんて結構いるから、みんなさっさと追い返したらしいけど。

でも中には噂を真に受けちゃう人もいて、今撮ってるドラマの現場でも、デブで不細工で肌荒れのひどい演出家が「夏希ちゃん、男と同棲してたって本当？」ってなれなれしく聞いてきた。キモいんだよイボイノシシ！　それについ先週も、色白で背が高くてひょろっと痩せたADが「井出さん、ロック歌手の方と同棲してたって本当ですか？」なんて聞いてきた。下っ端の分際でなめた口利いてんじゃねえよモヤシ！——なんて、もちろん二回ともそんな毒は吐かずに、ちゃんとスマイルを浮かべて否定したけど。

とにかく、あたしは最近、例の男のせいで超迷惑している。

ただ、それ以上に脅威を感じている。

今になって、あたしとヒロヤのことを嗅《か》ぎ回る男が現れるなんて。

いったい何者なの？　目的は何なの？

最初は、もしかして警察なんじゃないかと思った。でも警官がTシャツにジーンズで聞き込みはしないと思うし、ちゃんと警察手帳でも出して聞けば、みんなに邪険にされずに、もっとちゃんと話を聞けただろう。一応念のため、新聞もテレビもネットも隅々まで確認したけど、都内で生首とか人骨が見つかったなんていうニュースは見当たらなかった。やっぱりヒロヤの生首はとっくにゴミ処理場の灰になってるはずだし、今さら警察が動くなんてありえない。

あたしの周囲のみんなは、男がただのゴシップ週刊誌の記者だと思ったみたいだけど、それも違うと思う。あたしも何度かアポ無しで取材されたことがあるけど、ああいう記者ってのは意外にちゃんと名乗る。名乗らないにしても、偽の肩書きを使ってうまく話を引き出すとか、ちゃんと作戦を立ててくるはずだ。でも例の男は、名乗らなかったせいでますます怪しまれて、結局何も聞き出せなかったんだから意味がない。取材にしては、やり方があまりにも素人臭い。

たぶん、例の男は警察でも記者でもないと、あたしは思う。

そんな男が、どうやら単独で、あたしとヒロヤのことを嗅ぎ回っている。

その不気味さが、あたしに最悪の想像をさせてしまう。

もしかして男は、あたしがヒロヤを殺したことに、もう勘付いてるんじゃないか。

あくまでも想像だけど、もしそうだとすると……男は警察でも記者でもないんだから、あたしの罪を公にしようとしているわけじゃない。あたしの弱みを握って、たぶん個人的に何かを要求しようとしているんだ。

そして、あたしに要求することっていったら、どっちかしかない。

金か、体。あるいは、その両方。

金は、マンション代とヒロヤのクスリ代に、今までに稼いだ大部分が消えちゃってる。一応今はコツコツ貯めてはいるけど、億単位を要求されたら無理だ。

でも、あたしは考えた。

相手は男。仮に億単位の金を要求されたとしても、「全部は払えないから、残りは体で払います」って言ったら、きっと応じてくれるんじゃないだろうか。

逆に一番楽なのは、男が最初から体を要求してきた場合だ。その時は体を差し出すふりをして部屋に誘い込んで、ヒロヤと同じようにやればいい。殺すつもりじゃなかったヒロヤの時もうまくできたんだから、最初から殺すつもりならもっとうまくできるはず。あたしはそう思って、実はここ最近、準備をしている。

ヒロヤの時よりもっと強力なスタンガン、もっと切れ味鋭いノコギリ、それにもっと首を絞めやすい丈夫なロープも買った。そして、もっと効率的に死体を処理できるように、大容量の「ハイパージェットジューサーラージ」も、スポンサーにおねだりして送ってもらった。

ただ、不安もある。相手の男が、あたしが部屋でヒロヤを殺したことまで知っている場合、警戒されて、誘い込むのは難しいかもしれない。あたしを抱きたいあまりに我を忘れて、のこのこと部屋に上がってくれるような間抜けな相手だといいんだけど。

ああ、やっぱり心配事は尽きない。作家のオバサンは気楽そうでいいわ。あんたが書く小説よりも、本当の殺人犯はもっと悩みが深いんだって教えてやりたいわ……）

山中　ただ、筆が進んだ時の話ばかりしてたけど、逆に筆が進まない時は、ただ机に向かってるだけで延々と時間を浪費して、辛《つら》い上に休みもなくなっちゃうんだけどね。
井出　分かります（笑）。しかも、そういう辛い仕事って、やたら長く感じませんか？
山中　そうなの（笑）。時計を見て「まだこれしか時間経ってないの？」って驚くのね。（というか、今の話に合わせて実際に時計見て、逆のこと思っちゃったわ。もうこんな時間じゃないの！　まったく、この小娘が三十分も遅刻したせいだわ。さっさと終わらせなきゃ。

私、今日はこの後、人と会う予定が入ってるんだからね。

広也の近況を知りたくて、私は先月、探偵を雇った。元夫の家の跡取りとして、広也が元気に暮らしているという報告を聞き、現在の広也の写真を数枚見るだけで満足するつもりだった。

ところが、思わぬ事実が発覚した。広也は、思春期に非行を繰り返し、中学卒業後にあの家を飛び出していたというのだ。私の元夫と後妻との間にできた、広也の腹違いの弟が代わりに跡取りになっていて、広也は何年も前に死んだことになっているらしい。

でも、広也の葬儀は行われておらず、あの家の墓石にも広也の名前はなかったから、広也が死んでいるというのはきっと嘘で、音信不通の息子を死んだことにしているだけだろう、というのが探偵の見立てだった。私は先月その報告を聞き、すぐに広也の行方を突き止めるよう追加の調査を依頼した。その調査報告を、この後聞きに行くのだ。

もちろん、私は広也の無事を願っている。
ただ、母親としてはどうしても不安になってしまう。
もし、広也が本当に死んでしまっていたら、どうしよう。
心臓の病気が原因だったら、悲しいけどしょうがない。でもたとえば、非行に走って
から知り合った不良にでも殺されていたりしたら……私は、絶対にそいつを許さない。
実は私は、まだ小説に登場させていない、実践できそうな完全犯罪の方法をいくつも
ストックしている。もしも本当に、私の唯一の生きがいの広也を殺した奴がいたなら、
絶対に見つけ出して、とっておきの方法で復讐《ふくしゅう》してやるからね！
――なんて、さすがにちょっと考えすぎか。いくらなんでも本当にそうなることはな
いよね。広也が元気に暮らしてるのが見つかったっていう報告が一番聞きたいわ。あの
探偵、色白でのっぽで痩《や》せてて、一見モヤシみたいで頼りないけど、実はなかなか優秀
で、特に潜入調査が得意らしい。広也の手がかりをつかんで、いい報告を聞かせてくれ
たらいいんだけどね……）

井出 私も子役時代、怖い監督さんとの仕事が永遠のように長く感じられました（笑）。
山中 どうかしら、カメラマンさんも、私のことを撮ってる時は長く感じるけど、夏希
ちゃんのことを撮ってる時は、楽しくて時間を忘れちゃうんじゃない？
【カメラマン】 いえいえ、とんでもないです（笑）。

（その通りだよ。夏希ちゃんの笑顔ならいくらでも撮っていられるよ。さあ夏希ちゃん、笑って、もっと笑って。ああ、早く君が欲しい。君の体が欲しいよ）

井出　でも、そういう意味では、この映画はお客さんに時間を忘れて見てほしいですね。（大丈夫。例の男が本当に強請《ゆす》ってきても、体を許すような演技をして部屋に誘えば、絶対ヒロヤの時よりうまく殺《や》れる。だってあたしは演技力抜群の一流女優だもん）

山中　あら夏希ちゃん、うまいことまとめたわね。さすがベテラン女優（笑）。（広也、どうか生きていて。でも、万が一悪い奴に殺されてしまっていたら、お母さんが仇《かたき》を取るからね。お母さん殺人計画は得意なの。だって一流の推理作家だもん）

井出　やだ、ベテランだなんて。あはは（笑）。

山中　私なんてまだ中堅作家だから、ベテランになるまで頑張らないと。うふふ（笑）。

というわけで、井出夏希さんと山中怜子さんの対談は、記者やカメラマンも含めて、笑顔の絶えない、とても和やかなトークとなりました。

そんな、山中さん原作、井出さん主演の映画『魔女の逃亡』は、9月12日公開です。ぜひ映画館で、時間を忘れてご覧ください！

The Second Talk

❖

「SPORTY」

ゴールデンウィーク特大号

Jリーグ・ペラザーナ船橋《ふなばし》から、W杯日本代表を狙え！

上田諒平《うえだりょうへい》×水沢祐介《みずさわゆうすけ》

サッカーW杯《ワールドカップ》の開幕まで残り2ヶ月を切った今、日本代表のFW《フォワード》争いを面白くしているのは、間違いなくこの2人だ。J1のペラザーナ船橋で不動の2トップを組む、上田諒平（22）と水沢祐介（34）である。

190センチの長身を生かした強烈なヘディングを武器に、日本代表でも最前線のターゲットとして期待され、甘いマスクでも人気を集める若手のホープ上田。一方、身長168センチと小柄ながら、素早い飛び出しと決定力が持ち味の、頼れるベテラン水沢。年齢も一回り離れ、プレースタイルも対照的な2人だが、コンビネーションは抜群だ。

昨シーズン、上田がJ1得点ランキングで日本人トップとなる21得点を挙げ、水沢も日本人2位の16得点を挙げた勢いそのままに、今シーズンも第8節終了時点で、上田がリーグトップの7得点、水沢も4得点という素晴らしい成績を残している。2人がW杯の舞台をかき回してくれることを、多くのJリーグファンが期待しているのだが、当人たちは現在どのような心境なのか。4月14日、チーム練習後のペラザーナ船橋のクラブハウスで話を聞いた。

［谷川舞子＝文　細野洋二郎＝写真］

【記者】 W杯まであと2ヶ月、そして日本代表のメンバー発表まであと1ヶ月を切りました。やはり、上田選手も水沢選手も、日本代表入りは意識してますよね？

上田 いえ、俺たちにできることは、目の前のリーグ戦を精一杯戦っていくことだけなんで、特別W杯を意識することはないですよ。

（本当はメチャクチャ意識してます！　だってW杯だよ。もし代表に入って活躍できれば、夜の街でも今以上にモテるようになるだろうし、ゆくゆくは海外移籍して年俸もドンと上がるかもしれないしね！　あ〜モテたい！　ヤリたい！　お金欲しい！）

水沢 そうだよね。Jリーグでペラザーナのために全力を尽くして、それが結果的に代表入りへの最後のアピールにつながればいいですね。

（本当はチームなんざ二の次だ。諒平より多く点を取り、なんとかこいつを差し置いて代表に選ばれたい。今はそれしか考えてないよ。まあ諒平も同じ気持ちだろうけどな）

【記者】 昨シーズンは、J1得点ランキングでは日本人の中でワンツーフィニッシュ、そして2人揃ってベストイレブンに選ばれる活躍でした。今シーズンもペラザーナ船橋の攻撃力は健在で、2人の連係にもますます磨きがかかっているように見えますね。

上田 はい。やっぱり祐介さんとなら安心してプレーできますね。最高の相棒ですよ。

（ただ、正直もう、実力的にはオレの方が上なんだけどね）

水沢 俺も諒平の考えてることは全部分かりますよ。ピッチ上でもプライベートでもね。

上田 えっ、プライベートでもですか？

水沢　だって諒平はいつも、オシャレと夜遊びのことしか考えてないんだから（笑）。
（本当にお前の頭の中は、サッカー以外のことはスッカスカだからな。若いのに生意気にも俺より高い車買って、練習後にしょっちゅう東京《とうきょう》に出てチャラチャラ遊び回ってやがるんだ。カーナビにも、新宿《しんじゅく》の飲み屋とか青山《あおやま》の服屋ばっかり登録されてたもんな）

上田　いやいや、誤解ですよ～（笑）。他にもいろんなこと考えてるんですから。
（ちょっと勘弁してよ祐介さん、オレ今CMにも出てて大事な時期なんだよ。夜遊びが激しいイメージがつくだけで、スポンサーに文句言われたりするんだから。あ、もしかして祐介さん、自分がCM出たことないから嫉妬《しっと》してんのかな？）

【記者】　なるほど、たしかにピッチの外でもいい関係みたいですね（笑）。しかし、お2人は干支《えと》でいうと一回りも年が離れているわけですが、これだけ年の差があってウマが合うというのも珍しいんじゃないですか？

水沢　いや、むしろ離れてるからこそ、うまくいってるのかもしれませんね。
（もし同い年でこんなに頭空っぽの奴が近くにいたら、毎秒殺意を禁じ得ないだろうからな。こいつ、ブログも誤字脱字ばっかりだし、内容も「新しい服買いました～」とかいって部屋の中で派手なシャツ着てピースした写真載せたりして、薄っぺらいことこの上ないんだ。なのに、サッカーの技術論やトレーニング論を、世のサッカー少年たちに少しでも役立ててほしいと思って真面目に書いてる俺のブログより、はるかにアクセス数が多いのが頭に来るんだよ）

上田　話題とかセンスとか合わなくて当然だから、合わないことを逆に楽しめますね。
（ただ、祐介さんの私服のセンスはさすがに無しだわ。今日なんてセーターもパンツも茶色で、お爺ちゃんみたいだったもん。まあ、祐介さんはポール・スミスも知らないぐらいファッションに疎いからしょうがないけど、もうちょっと気を遣ってほしいよな）
水沢　とはいえ、ちょっと天然ボケというか、「こいつ大丈夫か？」みたいに思う時はありますよ。みんなで食事に行ってサッカー談義が白熱してても、諒平だけが大あくびして眠そうにしてたり、髪の毛いじってたりする時がよくありますからね。
上田　え、そうですか？
（祐介さん、髭《ひげ》も伸びてるな。ワイルド系の顔ではないんだから剃《そ》った方がいいよ）
水沢　そんな時は「こいつまたオシャレのこと考えてるな」って呆《あき》れてます（笑）。
上田　そうだったんですか（笑）。
（髭だけじゃなくて、よく見たら鼻毛も出てる。あとニキビもできてるなあ）
水沢　ただ、ピッチの上ではちゃんと結果を出してるんでね（笑）。聞いてないように見えても、サッカーについての大事な話はちゃんと聞いてるんでしょうね。
上田　あははは（笑）。
（それに、ここんとこ髪もちょっと薄くなってるな。今の無造作ヘアだとそれが際立っちゃうから、案外ソフトモヒカンとかの方が似合うかもしれないな。祐介さんって、オレほどじゃないけど結構イケメンなんだから、もっと身だしなみに気を付けないともっ

たいないよ）

水沢　ほら、現に今も諒平、ニヤニヤしながら適当にあいづち打ってたでしょ（笑）。きっとまたオシャレのこととか、余計なこと考えてたんですよ。

上田　いやいや、そんなことないですよ（笑）。ちゃんと対談に集中してましたって！
（おお危ない危ない。今のは完全に見抜かれてたわ。――まあでも、オレの本当の気持ちまでは見抜かれてないだろうけどね）

【記者】本当に普段のコンビネーションもばっちりですね（笑）。ファンの中には、ぜひこのコンビをW杯のピッチでも見てみたいと、期待する声も多いようです。

上田　今の代表は1トップですから、先発は無理かもしれないですけど、たとえば1点リードされてる時に俺たちを途中出場させてくれれば、流れを変える自信はあります。だからぜひ2人とも呼んでほしいですし、そのためにまずは、ペラザーナで全力を尽くしたいです。
（そうはいっても、たぶんオレだけが呼ばれることになっちゃうんだろうけどね。去年も今年も、祐介さんよりオレの方が点取っちゃってるわけだし。ごめんね祐介さん）

水沢　チームのために戦ったその先に、W杯出場とペラザーナの優勝があれば最高です。
（なんて、うちが優勝するわけないんだよ。たしかにうちのチームは攻撃力が高いけど、それを帳消しにするぐらい守備力が低いんだ。毎年シーズン前の下馬評では「ペラザーナは守備を立て直せれば優勝争いにも絡める」なんて言われるんだけど、立て直せたためしがない。それで結局、毎年優勝争いにもJ1残留争いにも絡まず、中の下ぐらいの絶妙に面白味のない順位で終わるんだ。今シーズンもまだ始まったばかりだけど、七試合終わって一勝三敗三引き分け。例年以上に勝ててないほどだから、すでに優勝の目がないことぐらいは分かるよ）

【記者】そんな中、今季鳴り物入りでペラザーナ船橋に加入した、元イタリア代表キャプテンのＤＦ《ディフェンダー》、ジョゼッティ選手が、先月末の練習中に大怪我をしてしまったのは痛手でしたね。

水沢　まったくです。あれは痛恨の極みでしたね。

（まったくあの野郎、「イタリアの闘将」なんて呼ばれてたのは昔の話で、四十手前の今じゃずいぶん衰えてたくせに、ウォーミングアップもサボってたからあんなことになるんだよ。ペラザーナのフロントも、あんな役立たずを獲《と》った何億って金で、有望な日本人ＤＦを三人は獲れただろうに。絵に描いたような補強失敗だよ）

上田　本当に、あれは残念でした。

（って、祐介さんの言葉にかぶせてみたけど、「ツーコンノキワミ」って「残念」的な意味だよね？　祐介さんって大卒なだけあって、たまに難しい言葉使うからなあ）

水沢　ただ、終わったことを悔やんでもしょうがないですから、なんとかチームを立て直して、ジョゼッティが帰ってきた時には上位にいられるようにしたいですね。

（あいつ本当に帰ってくんのかな？　もう年も年だし、このまま引退かもな。まったく、

あんな無様な引退だけはしたくないよな）

上田　チームが上位にいる中でジョゼッティが復帰してくれれば、一気にチームに勢いがついて、優勝も狙えるかもしれないですからね。

（なんて、ぶっちゃけこのチームじゃ優勝は無理だろうけどね）

【記者】　なるほど、２人ともチームのために、常に真剣に考えているんですね。ただ、そんな２人に少々意地悪な質問になってしまうんですが……現在、日本代表は１トップの布陣を敷いています。そして、今季イングランドのプレミアリーグで得点王争いまでしている藤岡竜明《ふじおかたつあき》選手（27）は、事実上代表入りが確実でしょう。そのため、トップの位置に入るＦＷとしてＷ杯に招集されるのは、おそらくあと１人と言われています。つまり上田選手と水沢選手は、ペラザーナ船橋では最高の相棒でありながら、代表争いのライバルでもあるわけですよね？

水沢　たしかにそんな見方もできますけど、ライバル視したりはしてませんよ（笑）。

（おお、この記者のおばさん、ずいぶんはっきりと言ってくれるじゃねえか。今、余裕のある笑顔で応じたつもりだったけど、ちょっと頰が引きつっちゃったかもな）

上田　俺も一緒です。それに、トップに入るＦＷが３人選ばれる可能性だってありますよね。Ｗ杯って昔から、そういうサプライズあったじゃないですか。

【記者】　たしかに過去のＷ杯でも、ベテランＦＷがサプライズ選出されたことがありましたね。

上田　だから今回もそうなってほしいです。祐介さんと2人でW杯に行きたいですよ！

水沢　うん、ありがとう諒平（笑）。俺も本当に、そういう気持ちですね。

（この野郎、つまらないヨイショしやがって！　でもな、今先輩を立てたつもりかもしれないけど、記者の「過去にもベテランがサプライズ選出されたことがあった」という言葉を受けての、お前のその言い草は、今回サプライズ選出されるとしたらベテランの俺であって、お前自身は選ばれて当然だっていう、上から目線のコメントだったんだからな！　そういうのを慇懃《いんぎん》無礼っていうんだぞ。なんて、そんな難しい言葉はお前には分からないだろうけどな！

――とはいえ、悔しいけど、実際そうなんだよな。

今の日本代表のフォーメーションは、もっぱら4-2-3-1。――なんて言うだけで、サッカーにあまり詳しくない俺の彼女の美咲《みさき》には難しい顔をされちゃうんだけど、要はＧＫ《ゴールキーパー》以外の十人の選手の配置が、後ろから、ＤＦ《ディフェンダー》が四人、守備的ＭＦ《ミッドフィルダー》が二人、攻撃的ＭＦが三人、そして最前線のＦＷ《フォワード》が一人っていうワントップの布陣だ。

ちなみに俺も諒平も、二列目に下がってプレーもできる器用なタイプではない。共に最前線でプレーするタイプのＦＷだ。だから、ツートップの布陣を敷くペラザーナ船橋では共存できるけど、今の日本代表ではワントップのポジションを争ってしまうのだ。

で、さっき記者のおばさんが言った通り、今の代表のワントップには藤岡竜明という絶対的なエースがいる。だから実際は、今回のW杯には、最前線のFWが三人も呼ばれることはないだろうという意見が支配的だ。おそらく残りの枠は、藤岡の控えの一人分だけだ。そしてその一人に選ばれる可能性が最も高いのは——残念ながら、上田諒平だと認めざるをえない。

今の日本代表監督が好むのは、最前線でターゲットになれる、ヘディングが強い長身のワントップだ。藤岡もまさにそういう選手で、身長一八五センチ。しかも俊足で体も強くシュートも上手《うま》く、今や世界で十指に入るほどのFWだ。おまけにインタビューの受け答えも強気で、ビッグマウスとも言われているが、世界レベルのFWならあれぐらい強気でいいだろう。もはや日本代表の中でもカリスマ的な雰囲気をまとっている。

一方諒平も、総合力では藤岡に及ばないが、身長だけ見れば藤岡より五センチも高い。Jリーグで得点を量産した去年の夏から代表に呼ばれるようになり、しかも代表デビュー戦でいきなり点を取り、最近の国内組の親善試合では先発出場もしている。

さて、そこで俺なんだけど……去年の春頃まではよく代表に呼ばれて、W杯予選の格下相手の試合で先発したこともあった。だが、諒平のブレイク以降はさっぱり呼ばれていない。要するに俺は、チームの後輩である諒平に日本代表の座を追われたのだ。

ただ、W杯の本番で相手にリードされた展開で流れを変えるには、藤岡とはタイプの違うFWを投入する手もある。実際に監督も「必ずしも長身FWにこだわってるわけではない」的な話を、この前の記者会見でしていた。だからこそ、小柄でも相手DFとの駆け引きや勝負強さには定評のある、俺が選ばれる可能性も捨てきれないのだ。

しかし、ここで問題なのは、俺が選ばれるには、諒平を上回るぐらい調子がよくないと難しいということだ。

いや、俺だって今、不調なわけではない。それどころか絶好調なぐらいだ。三十歳を過ぎてから、衰えを防ぐために今まで以上にストイックなトレーニングを実践してきたのが実を結び、ここにきて走力も体のキレも、若い頃より向上している実感がある。なのに諒平ときたら、そんな俺に輪をかけて調子がよく、去年も今年も俺より多く点を取っている。諒平が同じチームにいるもんだから、俺の好調さがどうも目立たない。はっきり言って今の諒平は、俺にとって目の上のこぶだ。きっとこの対談のタイトルだって、「上田諒平×水沢祐介」って感じで、諒平の名前の方が先にくるんだろうよ。俺の方が大先輩なのに。

だいたい、諒平はまだ二十二歳だ。四年に一度のW杯、あと二回は確実に出られる。でも俺は、前回も前々回も、W杯は予選に少し呼ばれただけで本大会には出ていないし、年齢的に今回が間違いなく、最後のチャンスだ。

なあ諒平。客観的に見て、今回は俺に譲るべきだと思わないか？　お前はガキの頃からJリーグのユースで怪物とか神童とかもてはやされて、しかも華々しく代表デビューしてからは「イケメン長身アスリート」とか言われてちやほやされて、もう十分おいしい思いをしてるじゃないか。ただ、イケメンアスリートと呼ばれる奴らの大半に共通してることだが、冷静に見ればお前の顔なんて大してイケメンじゃないんだぞ。なのにお前はビールのCMに出て、女優の井出夏希と共演までしたんだ。ちくしょう、うらやましい！　俺、言っとくけど井出夏希の大ファンなんだぞ。『魔女の逃亡』は去年映画館で見た上に、この前DVDまで買って、濡《ぬ》れ場のシーンを年甲斐《としがい》もなくコマ送りにして、大事な部分が映ってないか何度も見たぐらいなんだぞ。まあ見事にギリギリで映ってなかったけど……って、そんな話はどうでもいいんだ。

　とにかく、お前は今までサッカーエリートとして最高の人生を歩んできたし、この先も明るい未来が待っている。でもそれに比べて俺はどうだ？　大学まではまったくの無名で、それでもプロになる夢を捨てきれず、学費と生活費を稼ぐためにビル清掃のバイトをしながらサッカーを続け、二十歳を過ぎてからようやく頭角を現してスカウトに拾ってもらい、プロ入り後もほとんど遊んだりせずに血のにじむような努力をして、やっと今、W杯出場という儚《はかな》い夢をつかめそうなんだ。諒平、お前バイトなんか一度もしたことないだろ。手の皮が爛《ただ》れるほど強い洗剤使って徹夜でビル掃除なんてしたことないだろ。若いうちに、俺ほどとは言わないが少しは苦労しといた方が将来の財産になるぞ。なあ、だから今回のW杯は辞退してくれよ――。

　なんて、そんなこと諒平に言えるはずがない。言ったところで諒平が聞き入れるはずもない。そもそも代表選手を選ぶのは監督だ。監督が今から諒平を外して俺を選ぶには、よほどの事情が出てくる必要があるのだ。

だから、つい考えてしまったのだ。
もし諒平が怪我でもしてくれたら、と……）

上田　やっぱり俺にとって、祐介さんは欠かせない存在ですね。ライバルというより、もっと強い絆で結ばれてます。いつもいろんなアドバイスをもらってますしね。ポジションの取りや動き出しのこととか、私生活でも、野菜をもっと食べろとか（笑）。

【記者】　なんだかお母さんみたいですね（笑）。

上田　たしかにそうですね（笑）。そういえば祐介さんは、トレーニング器具をわざわざ俺の家に持ってきてくれたこともあったんです。

【記者】　トレーニング器具というと、ダンベルとかですか？

上田　いや、もっと立派な、ジムにあるようなトレーニングベンチとバーベルのセットです。ベンチは傾斜もつけられるから、腹筋背筋もバーベルもできるんです。
（でも、実はあれ全然使ってないんだ。だって筋トレなんて練習場でやるだけで十分だもん。今はあのベンチ、上に物を置いたり服を掛けとく用の台になってます。バーベルは部屋に置いとくのはかさばったから、後輩にあげちゃった。ごめんね祐介さん）

【記者】　それはすごいですね。水沢選手がわざわざ買ってあげたんですか？

水沢　いえ、元々俺の家に置いてあったんですけど、知り合いのジムのトレーナーから似たようなベンチをもう1台譲ってもらえることになったんで、お下がりで諒平にあげたんですよ。諒平はフィジカルが強くなればもっといい選手になれると思ったんで。

上田　あれのおかげで、オフの日でも家でトレーニングできるようになったんで助かってます。本当に祐介さんは、俺にとって最高の相棒ですよ。

（トレーニングベンチは使ってないけどさ、今の言葉は本当だよ、祐介さん）

水沢　ハハハ、どうもありがとう（笑）。まあ、あれでもっと諒平の力が上がってくれれば、チームにとっても日本代表にとってもプラスだからね。

（ったくこのガキ、また見え透いたヨイショしやがって。知ってるんだぞ、お前があの上に物置いて使ってないことぐらい。

お前がやってるしょうもないブログで「新しい服買いました〜」って、部屋の中で派手なシャツ着たお前の写真が載った時、後ろにあのベンチが見切れてたんだよ。ピントが合ってない背景でも、上に段ボールとかズボンとかが雑然と積まれてるのははっきり分かったぞ。先輩からもらったトレーニング器具なんだから、ちゃんと使えってんだよ。

だって——せっかく俺が、細工しといてやったんだから。

俺が一連の作戦を始めたのは、諒平がブレイクし始めた、去年の夏頃のことだった。

知り合いのトレーナーから、あのトレーニングベンチをもらえる話が出た当初は、俺の家にもあるから必要ない、と断っていた。でもその直後に、諒平が日本代表デビュー戦でゴールを決め、それから頻繁に代表に呼ばれるようになり、代わりに俺が呼ばれなくなった。ただ一方で、諒平はメディアから本格的に注目されるようになると、「背が高い割に線が細く、当たり負けする」と、複数の解説者から指摘を受けていた。

そんな状況の中、悪魔が俺にささやいた。「やるなら今だ」と——。

うちにあったトレーニングベンチの、シートと脚をつなぐ中心部のボルトを外して、試しに車のタイヤで踏んでみたら、いい具合に亀裂《きれつ》が入った。説明書にも、その部分のボルトをしっかり締めないと、突然ベンチが倒れて大怪我をする恐れがあると書いてあった。ただ、亀裂の入ったボルトでも、たっぷり注油して慎重にネジ穴にはめてやると、なんとか回って元通りに締めることができた。

俺は、それからしばらくの間、諒平に「日本代表で戦うためにはもっとフィジカルトレーニングが必要だ」と繰り返し説いた。諒平もそれを実感していたようだったから、ある日サプライズプレゼントを装って、あのトレーニングベンチを諒平のマンションに届けてやったのだ。

さらに、バーベルもわざわざ新品をプレゼントしてやった。腹筋背筋よりも、バーベルトレーニングの最中にベンチが崩れた方がより重傷になると考えたからだ。俺の計算では、諒平が日々トレーニングを続けていれば、ボルトがそろそろ限界を迎えるはずだった。——ところが皮肉にも、諒平はトレーニングをサボっていたがために、俺の罠《わな》を逃れることができたのだ。

そもそも、プロなのに一度やると決めたトレーニングを投げ出したことだけでも腹が立った。俺は絶対にそんなことはしない。やると決めたトレーニングは絶対続けるし、シーズン中は禁酒を徹底している。そこまでやって、ようやくこのポジションを守っているのだ。でも、俺と違って体格に恵まれている諒平は、トレーニングを多少サボろうが毎晩飲み歩こうが活躍できてしまうのだ。ああ、つくづく憎たらしい奴だ！

とはいえ、諒平への罠はこれだけではない。何重にも仕掛けたうちの、どれかが成功してくれればいいんだ……）

上田　本当に、祐介さんにはお世話になりっぱなしです。プライベートでも、練習場の近くの『チューリップ』っていうレストランで、俺とかコマ（駒田創《こまだそう》選手）とかヨット（村松義人《むらまつよしと》選手）とかに、いつもおごってくれてるんです。

水沢　おいおい、店の名前出すなよ（笑）。行きづらくなっちゃうだろ。

上田　あ、そうか（笑）。あと、試合でもたくさんアシストしてもらってますしね。

【記者】　こちらの記録によると、昨シーズンの水沢選手から上田選手へのアシスト数は5です。一方、上田選手から水沢選手へのアシスト数は、わずか1ですね（笑）。

上田　わあ、やっぱりお世話になりっぱなしだ（笑）。

水沢　ちょっとは恩返ししてくれよな（笑）。

上田　でも、ついこの間、車貸したじゃないですか。

水沢　ああ、そうだった（笑）。実は俺、車を買い替えようと思ってて、前から諒平が乗ってる車がいいなと思ってたんで、この前一晩だけ交換してもらって試乗したんです。
【記者】　それは仲がいいですね。車の交換なんて、相当な信頼がないとできませんよ。
上田　まあ、先輩が怖くて逆らえなかったんですけどね（笑）。
水沢　嘘つけ（笑）。諒平の高級車に一度乗ってみたかったんですよ。高いんで、まだ買うかどうか迷ってますけどね。
（そう。あの一連の罠も、最初に仕掛け始めてから半年以上が経っている。そろそろ結果が出てほしいんだけどな。

ペラザーナ船橋の練習場の、すぐ近所のレストラン『チューリップ』。そこのマスターは腕はいいが、店名をパチンコにちなんで付けてしまうほどのギャンブル好きで、ピーク時は五百万円以上の借金を抱えてしまっていた。その返済が滞り、店の売却も検討していたマスターに、俺は三年前、借金を全額肩代わりすると申し出たのだった。料理は本当にうまいし、練習場から歩いて行ける距離には他にレストランはないから、つぶすには惜しい店だった。それに正直、五百万円程度なら、第一線のJリーガーにはなんてことのない額だ。マスターは涙ながらに俺に礼を言い、「恩返しに何でもする。水沢さんのためなら命だって投げ出す」と言った。俺は当初は、その気持ちだけ受け取るつもりだった。
しかし去年の秋口、俺はマスターに、恩返しをしてもらうことにしたのだった。

俺は、マスターに睡眠薬を渡して依頼した。「これを諒平の料理に盛ってくれ」と。

マスターは、さすがに一瞬驚いた様子を見せたが、すぐにやりと笑ってうなずいた。

「お安いご用だ。俺も前から、あのチャラチャラした若造は気に入らなかったんだよ」

うちのチームは、まだ車も免許も持っていない十代の若手は電車やバスで通勤しているが、大半の選手は自宅から練習場まで車で通っている。ご多分に漏れず諒平も、チームの誰よりも高い車で通勤している。だから、練習後の食事に睡眠薬を盛れば、帰りの車を運転している最中に、居眠り運転で事故を起こすだろうと俺は考えたのだ。

しかも諒平は、練習後に頻繁に、東京に遊びに行っている。酒を飲んだ後は代行運転で帰っているらしいが、遊びに行く時は一人のことが多く、後輩はめったに連れて行かないらしい。よくつるんでいる駒田や村松が未成年だから飲ませられないというのもあるだろうが、そもそも諒平はケチで、人のために金を使いたがらないのだ。そんな器の小ささにも腹が立つが、この罠を仕掛ける上では好都合だった。諒平が一人で東京へ向から途中に、居眠り運転で自損事故を起こして怪我してくれるのが理想なのだ。

もっとも、懸念材料もある。諒平は後輩におごってはやらないものの、時々気まぐれに、駒田や村松など車を持っていない十代の後輩たちを、練習後に家まで送ってやっているようなのだ。これだと場合によっては、諒平が後輩たちを乗せた状態で事故を起こしてしまうかもしれない。そもそも、一般人が事故に巻き込まれてしまう危険性もある。

それでも俺は、心を鬼にして作戦を決行した。マスターに睡眠薬を盛るよう指示してから、俺はもう何十回と、諒平たちを連れてチューリップで食事している。

――ところが、なかなか効果が出ないのだ。

諒平は、睡眠薬を盛ってもいっこうに事故らず、毎回普通に帰って、翌日普通に練習にやってくる。体がでかいせいか体質のせいか、諒平には薬が効きにくいらしい。実際、諒平はやたら酒にも強いのだ。そのため俺は、マスターに睡眠薬の量を増やすよう何度も指示した。マスターいわく、今では通常の倍の量を入れているらしい。

すると最近ようやく、チューリップで食事をしながら俺たちがサッカー談義をしている最中に、諒平が大あくびをしたりと、眠そうなそぶりを見せるようになってきた。もうひと押しだと思ったが、これ以上薬を増やすと、さすがに不自然だと思われかねない。事故った後で「そういえばチューリップで食事した後いつも眠くなってた」と諒平に供述されてしまっては困るのだ。あくまでも、自分の過失で居眠り運転をして事故ったと思わせなければいけないのだ。

そこで俺は、次の手を打つために、つい先週、一晩だけ諒平の車を借りたのだ。

もちろん「車を買い替えようと思ってて、前から諒平が乗ってる車がいいなと思ってた」なんて理由は真っ赤な嘘。俺は諒平の車を借りて家に帰ると、ガレージでジャッキアップして、前輪の内側のブレーキホースに、電動ドリルで小さな穴を開けてやった。

これによって、ブレーキオイルがほんの少しずつ漏れていき、やがてスピードメーターの脇のブレーキ警告灯が点灯し、最終的にはブレーキがまったく利かなくなる。でも、諒平は車の外見にはこだわるものの、メカニック関係の知識はないようだし、何より鈍感でずぼらな男だ。すぐに修理に出そうとまでは考えないだろう。

まれではあるが、走行中の石飛びや、落下物の巻き込みなどで、ブレーキホースに穴が開く事例はあるらしい。だからこの細工によって事故が起きても、俺が犯人だとばれることはないだろう。万が一疑われても、シラを切り通せば大丈夫。ちゃんとガレージのシャッターを閉めて、誰にも目撃されずに細工を施したから、証拠などない。

ちなみに、この作戦で車を交換した時、諒平のカーナビから遊び歩いている日常が垣《かい》間《ま》見えて、俺はますます腹が立ったのだった。登録された目的地や行き先の履歴を見ると、青山の『Ｐａｕｌ Ｓｍｉｔｈ』とかいう服屋と、新宿の『ＢＡＲ ＮＥＷ ＣＯＭＥＲ』とかいう飲み屋に、特によく行っているようだった。どっちも気取った名前で、俺は店にまで腹が立った。

まあとにかく、眠気とブレーキの合わせ技で、諒平は近いうちに事故ってくれるに違いない。あるいは、諒平が飲みに行った帰りの代行の運転手が、ブレーキが利かずに事故るかもしれない。そうなったらその運転手には気の毒だが、諒平が骨折程度の怪我でも負ってくれれば、代表ＦＷの座はきっと俺に巡ってくる。

しかも、もしこれが不発に終わっても、さらにとっておきの罠があるんだ。あるいはあっちの方が、早く効果が出るかもしれないな……）

上田　いやいや、祐介さんだったらあの車3台ぐらい買えるでしょ（笑）。まあ、車貸しただけで今までの恩を返せたとは思ってませんけどね。それに、祐介さんに恩を受けた分、俺ももっと後輩思いにならなきゃいけないですよね。コマとかヨットにもおごってやらないと（笑）。

【記者】　駒田選手と村松選手といえば、共にまだ10代の、出場機会の少ない若手のＦＷですよね。上田選手から、ＦＷの極意を教えてあげたりはするんですか？

上田　サッカーの技術は教えるより盗むものだと思いますからね。技術的なことを教えるより、プロとしての心構えとか、基本的な話の方が、後輩にする機会は多いですね。

【記者】　というと、具体的にはどういう話ですか？

上田　たとえば、遅刻はするなとか、道具は大事にしろとか、怪我しないように体のケアは怠るなとか、そんな程度のことですけど。

水沢　成長しましたね。諒平がそんなことを後輩に教えるようになるなんて（笑）。

（馬鹿め。「道具を大事にしろ」なんて、お前自身ができてないじゃないか。練習の後いつもスパイクは脱ぎっぱなしだろ。それに「怪我しないように」とは笑わせるぜ。もし車で事故らなかったとしても、お前はいずれ、後輩たちのいい反面教師になるだろう。道具を大事に扱わなかったせいで、大怪我をすることになるんだからな。

諒平はユース時代に、右膝《みぎひざ》前十字靭帯《じんたい》損傷という怪我を負ったことがある。

膝の前十字靭帯というのは、膝が内側に入った内股《うちまた》の状態で、足を踏ん張ったりターンした時に損傷しやすく、復帰までに半年、完全断裂ともなれば一年かかることもある。また、前十字靭帯を痛めた経験がある選手は、元々痛めやすい体勢でプレーする癖があることが多く、注意しないと反対側の膝を含めて再び痛めるケースも多いそうだ。

つまり、諒平には多少なりとも、膝の前十字靭帯を痛めやすい癖があるということだ。その癖を引き出してやれば、奴はW杯までに再び大怪我をする——。俺はそう思って、スパイクに目を付けた。

俺はここ二ヶ月あまり、練習後に諒平のスパイクを、人気《ひとけ》のないところにこっそり持ち出し、シューズの裏の、足の内側のポイントをヤスリで削っているのだ。これによって、足の内側が常に沈むようになるため、膝の前十字靭帯を再び痛めやすくなるはずだ。

Jリーグの中には、ホペイロという用具管理専門のスタッフがいるチームもあるが、予算の少ないペラザーナ船橋は、選手が用具を自己管理している。諒平の管理は雑で、スパイクがいつも脱ぎっぱなしになっているから、細工のチャンスはいくらでもあった。試合用のスパイクにスタジアムで細工するのはさすがに無理だったが、練習用スパイクのうち、一番気に入って使っている様子の赤いスパイクは、特に念入りに内側のポイントを削ってやった。

ずぼらな諒平は、それに気付く様子もない。そろそろ効果が出る頃だろう。この作戦が成功すれば、諒平は絶対にW杯には出られない。なんたって全治半年は堅いからな。

諒平よ、道具をもう少しきちんと管理しておくんだったな。でも安心しろ。怪我はいずれ治るし、お前はあと二回はW杯に出るチャンスがあるだろう。だから今回のW杯は俺に譲って、病院のベッドの上で俺の勇姿を見ておけ……)

上田　あと、後輩からはサッカーの話だけじゃなく、恋愛相談も受けたりしますね。

【記者】　へえ、きちんと相談に乗ってあげるんですか？

上田　まあ、俺もあんまりたいしたことは答えられないんですけど、いつも決め台詞《ぜりふ》にしてるのは、「サッカーも恋愛もチャンスは逃すな」ってことですね（笑）。

水沢　別に上手《うま》いこと言えてないぞ（笑）。だいたい、なんでみんな諒平に相談するんだ。もっと俺に相談してくれれば、親身になって答えるのに。

上田　そりゃ祐介さんは、その年でまだ結果が出てないからじゃないですか（笑）。

水沢　悪かったな！　まだ独身で（笑）。

（ふっふっふ。実は俺にも、そろそろ身を固めようと思ってる相手がいるんだぞ。しかも、諒平は気付いてないだろうが、俺はお前のこぼれ球を頂いたんだ。まさにお前の言う通り、「サッカーも恋愛もチャンスは逃すな」ってことだな。

実は、俺の彼女の美咲は、元々は諒平のファンだったのだ。

美咲は、サッカーのルールさえろくに知らなかったのだが、大学の友人に誘われてペラザーナ船橋の試合を見に来て、当初はその友人同様、諒平のルックスに惹《ひ》かれていたらしい。それからたびたび、美咲は友達と一緒に、時には一人で、リーグ戦や練習を見に来るようになった。

しかし、諒平はファンサービスの意識が低く、声をかけてきたファンを無視して通り過ぎることもしばしばだ。そして半年ほど前、練習場で美咲が勇気を出して「サインください」と差し出した色紙を、諒平は無言で押しのけ、地面に叩《たた》き落としたのだ。その瞬間を、諒平の十メートルほど後ろを歩いていた俺が目撃していた。たしかに、美咲も練習後のファンサービスの時間を過ぎてからサインをねだったので、マナー違反ではあったのだが、それにしても諒平の対応はひどかった。そこで俺は、美咲に駆け寄って色紙を拾い、諒平の非礼を詫《わ》び、まあなんだかんだあって、食事に誘ったのだ。

といってもそれは、美咲がもろに俺のタイプの美人だったことだけが理由ではない。いや、そういう理由も少しは、というか半分ぐらい、というか八割ほどはあったけど、大事なファンに対して後輩が冷淡な対応をしてしまったことを謝りたかったし、そんな理由でサッカーを嫌いにならないでほしい、いつまでもファンでいてほしいという、プロとして当然の意識からくる行動でもあったのだ。じゃあ同じ状況で、相手が男性ファンだったとしても同じように食事に誘ったかといえば、絶対誘わなかったけど。

とにかく、俺はその日のうちに美咲と連絡先を交換し、それから頻繁に会う約束を取り付けては、ペラザーナの限定グッズをプレゼントしたりして気を引き、熱心に口説き

落とし て交際にこぎつけ、今では同棲《どうせい》状態というわけだ。
美咲はとても可愛いし、性格も素直で優しく、料理もうまい。それに体の相性もすごくいい。昨夜だってかなり激しく……おっとっと、対談中に考えることじゃないな。
というわけで諒平、今までおごったメシ代と、俺の方が多く供給してきたアシスト代は、代表の座と美咲を頂くことでチャラにしてやる。だから早く払え、お前が怪我することでな……)

上田 そうだ、あと後輩に教えてることといえば、車の運転ですかね。

【記者】 あ、運転も教えてあげてるんですか?

上田 はい。コマはすごい車好きで、去年18歳になってすぐに免許も取ったんですけど、まだ稼いでないから車持ってないんです(笑)。だから最近、毎日のように俺の車を運転させて、極意を教えてやってるんです。

【記者】 それって……要するに、駒田選手を運転手にしてるだけじゃありませんか?

水沢 そうだよ。教えてるんじゃなくて、ただこき使ってるだけだろ(笑)。
(おい、ちょっと待て。ということは、まさか……)

上田 まあ、そうとも言えますかね(笑)。でもだいぶ上達してきて、今じゃ俺、『チューリップ』で飯食った帰りなんて、よくコマが運転する助手席で寝ちゃってます。あとこの前なんか、ブレーキの故障に気付いて修理までしてもらいました。あいつ、実家が車の整備工場らしくて、そういうのすごい詳しいんです。

【記者】 もはや、完全に雑用じゃないですか（笑）。

水沢 そうだぞ。どこが後輩思いなんだ（笑）。

（おいおいおいっ、嘘だろ⁉

諒平は、最近は車を自分で運転してなかった？ ブレーキも修理してた？ それじゃ事故らないはずだよ！

これじゃ、車で事故を起こさせる作戦は、完全に失敗じゃないか！

いや、しかし、俺もうかつだったな。駒田が車を持ってないからって、免許も持ってないとは限らなかったんだよな……。ただ、諒平も諒平だよ。免許取りたての初心者に、あんな高級車を運転させるか普通？ 事故でも起こされたらどうするつもりだよ。

とはいえ、諒平はそのおかげで、俺の罠《わな》を回避できたのか……。

とにかく、トレーニングベンチ作戦に続いて、またも諒平のずぼらで大ざっぱな性格のせいで、俺の作戦が失敗してしまったんだ！ ちくしょうめ！

いや、でも、待てよ。――スパイクの罠は、そうはいかないぞ。

そうだ、落胆するのはまだ早い。あの作戦に関しては、諒平のずぼらさにつけ込んで計画を立てたんだ。つまりあの罠こそが、諒平に対して最も効果を発揮するはずなんだ。ずぼらだからこそ、気付かないうちに前十字靭帯断裂の大怪我に近付いてるんだからな。よし、W杯までに効果が出るように、もう一度仕上げのヤスリをかけてやろう……）

【記者】まあ、上田選手が後輩思いかどうかはさておき（笑）、先輩と後輩のコミュニケーションがとてもよくとれているチームなんですね。
上田　ええ、そうですね。雰囲気はとても明るいと思います。先輩後輩だけじゃなくて、移籍してきた選手もすぐになじめてますし。
【記者】ジョゼッティ選手とも、ざっくばらんにコミュニケーションしてたんですか？
上田　まあ、最初は少し緊張しましたけど、すぐにざっくばらんに会話できましたね。
（今、記者のおばさんに適当に返したけど、「ざっくばらん」ってどういう意味？　まあ、たぶん「明るい」みたいな意味で合ってるよね）
【記者】具体的に、どういった会話をしたんですか？
上田　俺もジョゼッティも背がでかいんで、通訳を挟んで「でかい奴あるある」みたいな話で盛り上がりましたね。ジョゼッティは「日本に来てからいろんなところで頭をぶつける」って言ってました（笑）。やっぱり建物とか、低く造られてるみたいで。
水沢　俺はこの身長なんで、そんな会話には参加できませんでしたけどね（笑）。
（こいつ、ジョゼッティとそんな気やすく話してたのか。まあこの世代だと、ジョゼッティの全盛期の鬼気迫るプレーもあんまり印象に残ってなくて、だから近寄りがたさも感じなかったのかもな。ただ俺は、諒平のそういうなれなれしさも嫌いなんだけどな）
上田　あはは（笑）。そうだ、その後たしかジョゼッティが、「日本のスポーツブランドは品質がいいらしいけど、俺には合うサイズがない」みたいなことを言ったから、俺がスパイクをプレゼントしてあげたんです。足のサイズがちょうど同じだったんで。

水沢 えっ、そんなことしてたのか。

（スパイクをプレゼント？　おい、ちょっと待て、まさかお前……）

上田 はい。先月ぐらいだったと思いますけど、俺が練習でよく使ってた赤いスパイクをあげたら、すごく喜んでくれました。

【記者】 すごいですね。あのイタリアの闘将とすぐに打ち解けるなんて。社交性はすでに世界基準じゃないですか？

上田 そうですかね（笑）。ただ、それだけいい関係ができてたんで、彼の怪我は本当に残念です。

【記者】 右膝《みぎひざ》前十字靭帯《じんたい》断裂で、全治7ヶ月という診断でしたね。

上田 でも、順調にいけば今シーズンのうちに復帰できますからね。なんとか戻ってきてほしいです。

水沢 本当にその通りだよね。

（うわあああ、えらいこっちゃあああ～！

これは大変なことをしてしまったぞ！　ジョゼッティの怪我は俺のせいだったんだ！

そろそろあの罠の効果が出る頃だ、なんて思ってたけど、もう効果は出てたんだ！

しかも俺は、ポイントをヤスリで削るためにスパイクを持ち出す時、諒平には絶対に見つからないように細心の注意を払っていたけど、ジョゼッティに一度も見られなかったと断言する自信はない。だってジョゼッティに見られたところで、俺自身のスパイクと諒平のスパイクの区別なんてできないと思ってたからな。でも、特に念入りにヤスリをかけていたあの赤いスパイクが、ジョゼッティの物になってたなら話は別だ。もしかしたら一度くらい、あのスパイクを持ってコソコソ物陰に行く俺の姿を、ジョゼッティに見られてたんじゃないか？

あるいはジョゼッティはそろそろ「あの時私のスパイクを持って行ったミズサワの行動は何だったんだ」って気付いてる頃なんじゃないか？　そして内側のポイントが異常に削れてることにまで気付かれたら、俺の手口を察知され、俺は傷害罪で訴えられるんじゃないか？　最終的には日本とイタリアの国際問題にまで発展しかねないぞ！

しかも、今もイタリアには根強いジョゼッティファンがいると聞いている。そしてイタリアサッカーといえば、未《いま》だに八百長の疑惑が持ち上がったりして、マフィアとつながっている噂も絶えない。もしかすると、ジョゼッティファンのイタリアマフィアたちが、報復のためにはるばる海を越え、練習帰りの俺を待ち伏せて『ゴッドファーザー』みたいにマシンガンで蜂の巣に……いや、さすがにそれは考えすぎだ。落ち着け俺！

とにかく確かなことは、俺が諒平に対して仕掛けた罠は、トレーニングベンチ作戦も自動車事故作戦もスパイク作戦も、ことごとく失敗したということだ。いや、実は他にも色々罠を仕掛けはしたんだけど、残りはたとえば、虫が嫌いな諒平のロッカーに蛾《が》の死骸《しがい》を入れて、驚いて転んで怪我してくれないかな、みたいな思い付きで仕掛けたやつばっかりだ。

となると結局、成功したのは、諒平のファンだった美咲と付き合ったことだけか……。

後輩の女を奪ったことだけが収穫というのは、なんとも悲しい。

しかも——諒平から「女を奪った」といえるのかどうかも、疑問なんだよな。

というのも、俺は最近、諒平に対してある疑惑を抱いているんだ。

諒平は、そもそも女を必要としているのだろうか……）

上田 まあでも、ジョゼッティがいなくても、祐介さんがいるから寂しくないですけどね（笑）。

【記者】上田選手は、年の離れた先輩といる方が落ち着くみたいですね。

上田 そうですね（笑）。後輩ともつるみますけど、俺は先輩を近くで見てる方が好きです。特に祐介さんのような尊敬できる先輩は、ただ近くでじっと見てるだけで勉強になりますから。

（そう。オレは見てる。祐介さんをずっと見てるんだ。

祐介さんの顔も体も、ただ見てるだけで、こんなにも興奮してきちゃうんだ。

今も、ムキムキにたくましく鍛えられた、祐介さんのふくらはぎを……）

水沢 そう言ってもらえると光栄ですね。

（出た、この視線だ！　これなんだよ、俺が最近抱いている疑惑の原因は！　今まさに諒平は、じっとりとまとわりつくような目で、俺の足を見つめている……）

上田　祐介さんのいいところを、もっと見て学んで、お互いに高め合っていければ、ペラザーナの攻撃力はさらに増していくと思いますし。

（ふくらはぎの上の太腿《ふともも》も、すごい鍛え上げられてる。ああ、たくましいよ祐介さん）

水沢　うん、それは俺も思うね。

（また見てるぞっ。今度はうっすら微笑みながら、俺の太腿を見てるぞ！）

上田　その上で、怪我の治ったジョゼッティが合流できれば、怖いものなしですよ。

（そして、太腿の上も……あれっ、祐介さんどうしたの、すごい元気じゃん！）

水沢　怪我人が出てる現状を悔やんでも仕方ないからね。苦しい時こそ前を向いて、俺たちのできることをやるしかないよね。

（わっ！　今、間違いなく俺の股間《こかん》を見たよな？

あっ、違う違う！　たしかに今ちょっと大きくなってるけど、これはさっき、美咲との夜の生活を思い出した時のなごり勃《だ》ちで……やめろ諒平。見るな、見るなってば！

ああ、もはやこれは、間違いなさそうだな。

やっぱり諒平は、ホモなんだ。

オカマ、ゲイ、ホモ、ニューハーフ、オネエ……いろんな呼び方がある。最近は「オネエ」と呼ぶのが流行《はや》ってるみたいだけど、諒平の場合は「ホモ」が一番しっくりくると思う。それも、「ガチガチの」とか「ゴリゴリの」という枕詞《まくらことば》付きで。

そもそも、俺と美咲が出会ったあの日、諒平が美咲に対してあんなはねつけるような対応をした時点で、もっとおかしいと思うべきだったんだ。

血気盛んなサッカー選手なら、あんな美人のファンは普通放っておかない。若手なら即座に電話番号を聞いてもおかしくないだろう。でもあの時は、俺も美咲を口説くのに必死だったし、もしかして諒平はブス専なのかな、なんてちらっと思った程度だった。

しかし、どうやら諒平はブス専どころではないらしい。――俺はそのことに、最近になってようやく気付き始めたんだ。

諒平は、以前からボディタッチが多い奴ではあった。しかし、それがこのところ露骨になっているのだ。最近俺が試合でゴールを決めると、諒平は駆け寄ってきて抱きついてから、胸や背中や尻《しり》を愛撫《あいぶ》するように触ってくる。それに、俺が練習後にシャワーを浴びている時も、まさにさっきみたいに、諒平が俺の裸をじっと見つめている視線を何度も感じたことがあった。

もちろん俺も最初は、諒平に限ってそんな趣味があるはずはないと思っていた。だって諒平はあんなにクラブとかバーとか、女の子のいる店で遊び回っているのだから、と。

――しかしそこで、俺ははたと気付いたのだ。

たしかに諒平はよく、「昨日クラブに行った」とか「バーに行った」と言っている。

ただ思い返してみれば、女の子が接客するクラブやバーだったとは一度も言っていなかったような気がするのだ。しかも諒平は、飲みに行く時はチームメイトや後輩は誘わず、いつも一人で行く。これも秘めたる性的嗜好《しこう》があるのなら当然だ。

さらに思い出されるのは、諒平のカーナビに登録されていた新宿のバーだ。俺は実家も大学も地方だったし、今も千葉《ちば》県に住んでいるから、東京の地理にはあまり詳しくはない。ただ「新宿二丁目」という地名と、そこがゲイの聖地であることは、さすがに知っている。しかも、あのバーの名前は『ＮＥＷ　ＣＯＭＥＲ』だった。

『ニューカマー』——新参者、という意味だ。フレッシュな感じで、女の子がいる普通の店の名前としても悪くない。ただ、「ニューハーフ」と「オカマ」を合わせてもじった、ゲイバーにぴったりの名前ともとれるではないか……。

そして、おとといの練習後、俺はついに決定的な手がかりをつかんでしまったのだ。

俺が練習場のトイレに入った時、ちょうど出てきた諒平と入れ違いになった。小便器が五つ、個室が三つのトイレで、一番手前の個室のドアが揺れていて、まだ水も流れていたから、諒平はウンコだったのかな、と思いつつ、俺はその前を通り過ぎようとした。でもその時、個室の中にちらっと、見慣れない黄色い物体が見えた。俺はふと気になってその個室を覗《のぞ》いた。

すると、洋式トイレのタンクの上に『ヂエンド注入軟膏《なんこう》』が置き忘れてあったのだ。

『ヂエンド注入軟膏』といえば、テレビＣＭでもおなじみの、痔《ぢ》の治療薬だ。しかもそれは、五十個入りの大箱だった。たぶん常用している人間がまとめ買いする量だろう。それを見た瞬間、俺の疑惑は一気に確信へと近付いたのだった。

さらに、今日の対談を経て、新たな疑惑が浮上した。もしかして、諒平がジョゼッティとすぐに仲良くなったというのも、そういう共通の嗜好があったからなんじゃないか？　ジョゼッティってたしか、四十手前でまだ独身だったんだよな……。

あっ！　しかも諒平はさっき、「ジョゼッティがいなくても、祐介さんがいるから寂しくないですけどね」とか言ってたよな！　もしや、ジョゼッティが怪我でチームを離れてから、諒平は俺を本格的にターゲットとして狙い始めたのか？　だから最近になって、諒平のアプローチが増してきたのか⁉　そういえば今日の対談中も、諒平はやたらと俺を褒めちぎってきた。最初はただのしょうもないヨイショだと思っていたが、あれは恋愛対象へのアピールだったんじゃないか？　俺が美咲に対して「キレイだよ」とか「愛してるよ」とか甘い言葉をささやくように、諒平も俺のことを……。

いやいやいや、落ち着け落ち着け！　またしても妄想がエスカレートしすぎだ。

ただ、もし本当にそうだったら、これはもう代表争いどころではないぞ。貞操の危機だぞ。もし諒平に無理矢理オカマを掘られたりしたら、体格差からいってまず勝ち目はないもんな。——あ、でも、諒平は痔の薬を使ってるってことは、むしろ掘られる方が好きなのか。ってことは俺が掘る側に回るのか。それだったら最悪なんとか……ってダメだよ！　絶対嫌だよ！　あ〜もう、何をまた想像してるんだ俺は！　対談中だぞ！

落ち着け落ち着け……）

【記者】　なるほど。チーム状態がよくなくても、決して下を向かないところは、ファンにとって励みになりますよね。

上田　ええ。応援してくれるみなさんに、弱気なところは見せられませんからね。なんとしても、この逆境を乗り越えていきたいです。

（あれ、祐介さんの顔つきがなんだかおかしいぞ。もしかして、オレの視線に気付いちゃったのかな）

【記者】　そして、その逆境を越えた先に、W杯があるわけですね。

上田　はい。チームを上向かせた状態でW杯を迎えたいです。

（まあでも、オレの心の中にまでは、気付きはしないよね）

水沢　W杯の中断期間の時点で、負けが込んでるのは嫌ですからね。

（諒平の奴、今さっと視線を外したけど、俺に気付かれてないとでも思ってるのか）

【記者】　そして、その代表を狙っていきたいと……。

上田　どうしてもそれを言わせたいみたいですね（笑）。

（大丈夫、気付かれてないよ。オレの祐介さんへの、秘めた思いには）

水沢　ええ、俺たち2人で、全力で代表も狙っていきますよ。なあ諒平。

上田　もちろんです！　チームのために点をどんどん取って、W杯にも行きたいです。

(そう、オレはW杯に行きたいんだ。小さい頃から憧《あこが》れてきた夢の舞台に、絶対に立ちたいんだ。あくまでも、オレ一人でね。

悪いけど、祐介さんは無理だよ。だって、日本代表FWの残りの枠はあと一つ。もうオレで決まりだもん。

しかし見くびられたもんだよね。あんな罠《わな》にオレが引っかかるとでも思ってたのかね。あのトレーニングベンチを運び込まれた時点で、怪しいとは思ってたんだ。念のため分解してみたら、ネジに亀裂《きれつ》が入ってた。ああ、祐介さんもこの程度の人だったかってガッカリしたけど、オレはこんなの慣れっこだからね。子供の頃から特別扱いされてきたオレは、この手の嫌がらせは何十回と受けて、そのたびにはね返してきたんだから。

でも、車の罠はちょっとびびったよ。チューリップのオヤジに睡眠薬盛らせるなんてね。最初は本当に事故りそうになったけど、なんとか路肩に停めてから眠って助かったんだ。それからはしばらくコマに運転させてたけど、今はまたチューリップの帰りも自分で運転してるんだよ。だってチューリップのオヤジ、オレが七百万円渡したらあっさり寝返ったからね。

そのあと、祐介さんが「車貸してくれ」なんて言ってきた時は、断ろうかとも思ったけど、それで警戒されてもいけないし、何をするつもりなんだろうって好奇心もあったから泳がせてみたんだ。でも、次の日車が返ってきてガッカリ。ブレーキに細工するなんてあまりにも予想通りだったからね。すぐコマに見てもらって、その後ちゃんと業者に修理してもらったよ。

しかし、スパイクのポイントを削られても気付かないと思われてたのは、さすがに腹が立ったね。履いた瞬間すぐ気付いたっつうの。祐介さん、いくらなんでもオレを馬鹿にしすぎだよね。祐介さんは大卒で、オレは実質中卒だから、オレが日本語の難しい言い回しとかを知らないことを時々からかってくるけどさ。オレそういう知識は自信ないけど、サッカーのことなら祐介さんよりよっぽど分かってるよ。それも祐介さんみたいに、学校のお勉強と同じように頭で覚えてるんじゃなくて、体の感覚で理解してるんだから。――それにしても、オレに気付かれてないと思ってる祐介さんのために、同じ赤いスパイクを、練習で履くやつと、練習後にすり替えて祐介さんに細工させておくダミーのやつの、二足持ってるのは面倒だったね。

ちなみに、スパイクをジョゼッティにあげたなんていう話は嘘だよ。他にも、チューリップの帰りにオレがコマに運転をさせて助手席で寝てるとか、コマにブレーキを修理してもらったとか、対談中にわざとそういう方向に話を持っていって、祐介さんの企《たくら》みは全部失敗してるんだって思い知らせてやったんだ。で、そのたびに祐介さんが驚いたり焦ったりする様子を見て、オレは密《ひそ》かに楽しんでたんだよ。

ただ、祐介さん。オレに言わせると、あんた甘いよ。

トレーニングベンチも車もスパイクも、オレに怪我をさせる作戦だろ？　でも、怪我なんて治ったらまた復帰できちゃうんだからさ、相手が二度と立ち直れないような、選手生命が絶たれるようなダメージを与えないと、こういう争いには勝てないんだよ。オレが今、祐介さんにしてるみたいにね。

まあ、まさか祐介さんは、もうすぐ自分の選手生命が終わるなんて想像もしてないだろうね。だって今絶好調で、体のキレも走力も持久力も増してきてるもんね。……ただ、それを不自然だと思えないのが祐介さんの弱点なんだよ。自分の体の状態を感覚でつかめないくせに、頭脳を過信しちゃってるから、独自のトレーニングの成果が出てるんだって思い込んじゃうんだよ。

でも違うんだよ。今の祐介さんは、身体能力が上がって当然なんだよ。だって、アナボリックステロイドを使ってるんだもん。

祐介さんが、家で口にする飲み物や料理、それに最近はチューリップで注文する料理にも、筋肉増強剤のアナボリックステロイドが混入されてるんだよ。その作用で祐介さんの全身の筋肉がどんどん発達してるところや、副作用で髪が薄くなったり、髭《ひげ》や鼻毛が濃くなったり、ニキビが出たり、持続性勃起《ぼっき》が起きてるところを、オレは見たり触ったりするとついニヤニヤして、興奮しちゃうんだ。――こんな人体実験、間近で観察できる機会はそうないからね。

大卒の祐介さんなら、ハニートラップっていう英語は知ってるよね。でも、実物には気付かなかったみたいだね。沙也香《さやか》……えっと、祐介さんの前では美咲って名乗ってるんだっけ？　まあオレも本名は知らないんだけどさ。オレが彼女を、祐介さんの目の前で冷たく突き放してやれば、ファンサービス第一とかクサいこと言ってる割に実は面食いでむっつりスケベな祐介さんなら、きっと引っかかると思ったんだ。

オレ、一時期よく一人で東京行ってたでしょ。まあ普通に遊びに行ってた時もあったんだけど、美人で頭がよくて金次第で何でもやってくれる女をスカウトするためでもあったんだ。付き合いのあったヤクザに紹介してもらった、新宿歌舞伎町《かぶきちょう》の『NEW COMER』っていう会員制のバーで働いてた沙也香は、若い割に美人局《つつもたせ》とか裏稼業の経験も豊富で、祐介さんに薬物を盛り続ける大役を見事に果たしてくれたよ。

Jリーグのドーピング検査は、毎節、無作為に選ばれた試合の中で、各チーム二人ずつがまた無作為に選ばれて検査対象になるだけだから、ドーピングがすぐにばれる確率は低い。ただ「ペラザーナ船橋の水沢祐介がアナボリックステロイドを使ってる」って、具体的なタレコミがあったら話は別だろうね。検査官がアポ無しでやってきて、強制的に尿を採られるらしいからね。

さて、祐介さんを引退に追い込むのはいつにしようかな。別に今日にでも匿名で告発することはできるんだけど、それだとこの雑誌が出せなくなっちゃうかもしれないからね。『SPORTY』は女性読者が多いことで有名だから、きっとオレのファンも多いだろうし、せっかくだから発売されてからにしようか。そうすれば、祐介さんの最後の対談が載ってるってことで、むしろ売り上げも伸びるかもしれないしね。——そう思って、オレは今日の対談で、祐介さんと仲いいアピールを気持ち悪いぐらいにしておいて、筋肉増強剤を盛った犯人だなんて誰にも悟られないようにしてたんだけどね。

もちろん祐介さんは、身に覚えのない疑惑を必死に否定するだろうね。でも祐介さんの自宅からは、筋肉増強剤の空き瓶や、ネット通販で筋肉増強剤を買った履歴が、その上クラブハウスの祐介さんのロッカーからは、錠剤のかけらが見つかっちゃうんだなあ。そうなると、どんなに否定しても無駄だろうね。

まあ、そういうわけで、祐介さんとオレが組むペラザーナ船橋のツートップも、もうすぐ終わりだね。今までありがとう。祐介さんとなら安心してプレーできたし、最高の相棒だったよ。

だって、祐介さんはオレにとって、ちょっと頑張れば越えられそうなちょうどいい壁だったし、去年越えちゃってからは、もうエースの座を奪い返されることはないだろうな、ずっとオレの引き立て役に回ってくれるだろうなって分かってたからね。——そういう意味で、安心してプレーできたし、最高の相棒だったんだ。

こんな別れ方をするのは残念だけど、祐介さんの後にはコマもヨットも控えてるからね。二人とも、祐介さん程度の素質はあるから安心してよ。前十字靭帯《じんたい》断裂でたぶんこのまま引退するジョゼッティも、ドーピングで追放される祐介さんも、若手から「あんな無様な引退だけはしたくない」って思われる最高の反面教師になるはずだよ。

——まあ、オレもいつか、コマやヨットたちと、こんなつぶし合いをする日がくるのかもしれないけどね。

さて、とにかく祐介さんが消えれば、オレのW杯行きは確実だろうね。あと、しいて不安を挙げるとしたら……痔《ぢ》だけかな。

オレは元々、便秘がちな体質ではあったんだけど、この前トイレで三日ぶりにいきんだら激痛が走って、肛門《こうもん》の中の方で切れちゃったんだ。祐介さんのアドバイスはたいがい的外れだったけど、野菜を食えっていうのだけは正しかったね。やっぱり食物繊維は大事だわ。

今も少し痛いけど、手術するほどじゃないと思うんだ。イケメンストライカーのオレにとって、痔の手術が世間にばれたらイメージもよくないしね。それに、三日前に『ヂエンド注入軟膏《なんこう》』を買って使ってみたら、結構効いてくれたんだ。一日一回注入するだけでいいらしいし、五十個入りの大箱を買ったから、あれだけ使えばW杯本番までには完治できるよね……）

【記者】　なるほど、ありがとうございました。それでは最後に、読者からの質問コーナーなんですが、この雑誌は女性読者に重点を置いたスポーツ雑誌なので、圧倒的に多かったのが、上田選手に対する「好きな女性のタイプは？」という質問だったんです。すみませんが、最後にそれだけ教えてもらえませんか？
上田　え〜、そうですね（笑）。芸能人で言うと、井出夏希さんですかね。
【記者】　あ、ビールのＣＭで共演されたから、気を遣ったんですか？
上田　いえいえ（笑）。本当に昔からファンだったんです。あとは、宮坂真樹さんとか、石本美和さんとか、最近だとグラビアアイドルの久我さくらちゃんもかわいいし……。
【記者】　ずいぶん詳しいですね（笑）。ルックス重視ですか？
上田　いや、性格も大事ですけど……でもかわいいに越したことはないですよね（笑）。
水沢　いいなあ、理想が高くてもモテる奴は（笑）。

（あれ？　諒平の奴、ずいぶん目を輝かせて女の話をしてるな。
ホモだってことを隠すためにあえて芝居してるのか。……でも、そうも見えないよな。
う〜ん、分からん。こいつ、やっぱりホモじゃないんだろうか。
もし違うんだったら——あの罠《わな》も失敗ってことか。

　おととい見つけた、五十個入りの『ヂエンド注入軟膏』。俺はあれを発見した後、ふとひらめいて家に持ち帰り、らっきょう型のプラスチック容器に入った軟膏を、強アルカリ性の業務用洗剤の原液に入れ替えてやったのだ。
　俺が大学時代にビル清掃のバイトで使い、今も大掃除で使うために家に置いてあるあの強力な洗剤は、プラスチックは溶かさないものの、うっかり素手で触れるとすぐ皮膚が爛《ただ》れてしまうほどの劇物だ。もしあれを原液のまま痔の患部に注入しようものなら、間違いなく即入院。傷ついた肛門内の組織が無茶苦茶に破壊され、当分は痛みでサッカーどころか歩行すら困難になり、手術してもきっと後遺症が残るだろう。
ただ、美咲が寝た後で、風呂場《ふろば》で入れ替え作業をするのは想像以上に難しかった。換気扇をつけた上に防護用のゴム手袋とメガネとマスクをしなければいけなかったし、個包装を剝《は》がした跡を、接着剤でばれないように元に戻すのは至難の業だった。失敗した時のために、あらかじめスペアの『ヂエンド』を買ってはいたけど、それが十個入りだったのがよくなかった。失敗しすぎてスペアを使い切り、結局二個しか入れ替えられなかったのだ。つまりあれは、五十個弱のうち二個だけが劇物入りの、かなり確率が低いロシアンルーレットなのだ。
しかも、諒平がホモじゃなくて『ヂエンド』も諒平が使ってたわけではないとすると、あの苦労も全部無駄だったことになる。昨日の朝、中身を入れ替えたやつを諒平のロッカーに入れておいてやったけど、イタズラだと思われてもう捨てられちゃったかもな。くそ、やっぱりあんな思い付きで仕掛けた罠は、そううまくはいかないよな……）
【記者】 ありがとうございました（笑）。それでは、本日はこのへんで……。
水沢 あれ、俺には好きなタイプ聞いてくれないんですか？
【記者】 あ、失礼しました（笑）。水沢選手の好きな女性のタイプは？

水沢　そうですね、まず料理が上手で……。
上田　あ、いいですよ、もう締めちゃって（笑）。
【記者】　そうですか？　では、本日はどうもありがとうございました（笑）。
水沢　おい、ちょっと待て！（笑）
（くそ、諒平の野郎、調子に乗りやがって。なんとか追い落としてやりたいけど、もう万策尽きたのかなあ）
上田　あははは（笑）。
（いてて、笑って腹に力入ったら、またちょっと切れちゃったかもしれない。これ終わったら早くチエンドつけよう。そういえば、おとといはこのクラブハウスのロッカーにチエンドを忘れて帰っちゃったんだ。今日は忘れないようにしないとな）

――2人は、ライバルではなかった。どこまでも仲のいい相棒だった。屈託のない笑顔で、時には漫才師のようなやりとりを見せてくれた。この抜群のコンビネーションを、W杯のピッチ上でも見たいという思いは、私も含め多くのファンが抱いているだろう。
しかし、仮にどちらか片方だけが日本代表に選ばれたとしても、彼らは間違いなく、相手を手放しで祝福するに違いない。なぜなら彼らは、最高のコンビなのだから。

The Third Talk

❖

「月刊ヒットメーカー」

10月号

直撃取材！　デビュー5周年を迎えたSML《エスエムエル》の「伝説《レジェンド》への道」

現在人気急上昇中のロックバンド、SML。――紅一点のボーカルのSHIORI《シオリ》(25)、ベースのMAKOTO《マコト》(29)、ギターのLICK《リック》(29)の3人組だ。

今年開催されたサッカーW杯《ワールドカップ》のテーマソング『アセトナミダ』は、初のオリコンシングルチャート1位を獲得。さらに10月7日には、早くも新曲『メッセージ』がリリースされ、その3日後の10月10日からは、初の全国ツアー『SML END TO START』が始まる。その上、来年春にもアルバムのリリースが予定されていて、SMLにとってデビュー5周年を迎えた今年は、おおいなる飛躍の年となっているのだ。

都内某所の音楽スタジオで、来年のアルバムに向けて曲作りの真っ最中のSMLの3人、さらに彼らを陰で支えるスタッフたちも交え、今の心境と今後の展望を聞いてみた。

そして、SMLに関する多少聞きにくいあの質問まで、思い切ってぶつけてみた――。

［取材／谷川舞子　写真／今井修一（SML専属カメラマン）］

【記者】まずは、デビュー5周年、そして初のオリコン1位獲得おめでとうございます。

SHIORI（以下S）　ありがとうございます。

MAKOTO（以下M）　5年でここまで来られるとは思ってなかったですね。

LICK（以下L）　俺は3人で組んだ時から、ここまで来られると思ってたぞ（笑）。

【記者】強気だったんですね（笑）。さて、そんなSMLの結成の経緯ですが、新潟《にいがた》県の高校の同級生だったLICKさんとMAKOTOさんが、上京してバンド活動していたところに、のちに茨城《いばらき》県から上京したSHIORIさんが加入したんですよね。

M　そうです。元々僕らは、同級生で5人組のバンドを組んでたんですけど、最終的に僕とLICKの2人だけになっちゃって、そこにソロで歌ってたSHIORIが加入したんです。だから僕とLICKの関係は、5年どころかもう15年近くになりますね。

（まったく、とんだ腐れ縁だよ。高校時代に僕をいじめた陸夫《りくお》なんかと、ここまで運命を共にするなんて）

L　MAKOTOの実家が楽器店をやってたのもあって、最初のバンドが結成されたんですけど、紆余《うよ》曲折を経て、最終的にこの3人が残ったんだよね。俺はこの3人こそが、理想の音を追求して奏でるためのベストメンバーだと思ってますよ。

（ただ、一緒に上京したメンバーが一人抜け二人抜け、最終的に俺と誠《まこと》だけになった時は、正直いつ解散してもおかしくなかったけどな。だって俺と誠ってたいして仲良くないもん。あのまま解散してたら、俺は夢破れて実家に帰ってたのかな。そう考えるとゾッとするよな）

【記者】その3人でのデビューからわずか5年で、今や幅広い世代に親しまれる人気バンドに急成長したわけですが、その秘訣《ひけつ》はズバリ何だったと思いますか？

M　まずはSHIORIの歌声でしょう。このハスキーな高音は誰にも真似できませんからね。

（それまでの陸夫のボーカルときたらひどかったもんな。歌もギターも下手なくせに、ボーカル＆ギターをやりたがってさ。田舎の番長が手下を集めてバンド組んで、東京に出ても成功すると思ってたんだから本当おめでたいよ。まあ、それについて来ちゃった僕も僕だったけど）

Ｌ　それにＳＨＩＯＲＩが書く詞も、女性ファンを獲得するには不可欠だったろうね。
（ていうか、誠が書いてた詞はマジでひどかったからな。語呂《ごろ》は悪いし理屈っぽいし、曲はそれなりによかったのに、俺も歌いながらこりゃダメだなって思ってたもん。まあ、誠にギターの握り方から全部教えてもらった俺が言えたことじゃないけど）

Ｓ　いやいや、私こそ２人のおかげだと思ってます（笑）。でも成功の一番の秘訣は、実はバンドとメンバーの名前の分かりやすさだったかもしれませんね。私たちは、メンバーの見た目と名前がすぐ一致しますから。

【記者】たしかに、小柄な女性ボーカルのＳＨＩＯＲＩさん、中肉中背のベースのＭＡＫＯＴＯさん、長身でたくましいギターのＬＩＣＫさんというメンバー構成は、見た目の大きさが、まさにバンド名のように「Ｓ・Ｍ・Ｌ」になっていて分かりやすいですね。このバンド名とメンバー名というのは、すんなり決まったんですか？

Ｓ　ええ、たしかすんなり決まったと思います。３人の本名にちなんでこういう名前を付けることを思い付いた時、私ついガッツポーズしちゃいましたもん。

L　ああ、俺も上手《うま》いもんだって感心したよ。

M　そうだったっけね。

（おい、嘘つくな陸夫！　僕と志織《しおり》が話し合ってこの名前のアイディアを提案した時、お前は「バンド名と個人名をセットで覚えてもらうなんて、そんな世間に媚《こ》びるようなことはしたくない」とか言って反対してたんだぞ。何が「世間に媚びる」だよ。そういうのは演奏だけで十分客を引きつけられる技術のある人間が言う台詞《せりふ》で、高校の軽音楽部に毛が生えた程度のテクニックしかない陸夫に言う資格はないんだよ。しかも陸夫はその後、「シャルルドなんとか」みたいな、フランス語の長ったらしいバンド名を提案してきたよな？　たぶん、昔から好きだったラルクアンシエルに影響されたんだと思うけど、とりあえず憧《あこが》れてる人の真似をするっていう安直な発想の時点で売れるわけがなかったんだよ。この名前は僕と志織のアイディアだし、そのおかげでお前も売れたんだからな。覚えとけよ！）

【記者】　ただ、SHIORIさんとMAKOTOさんに比べて、LICKさんだけがちょっと、名前が外国人風で際立っている感じですよね。

L　ええ、まあ、ちょっと軽いノリで決めただけですよ。SHIORIもMAKOTOも本名だから、俺ぐらいちょっと遊んだ方がいいかなっていう話になってね。

M　ああ、そうだったね。

（また嘘ついた！　全然そんな話になんかなってないよ。僕と志織は、お前も本名の

「LIKUO」でいいと思ってたんだぞ。なのにお前が、僕と志織に押し切られてバンド名が決まったのがよっぽど癪《しゃく》だったのか、やたら意地張って、「LICK」と名乗ることだけは譲らなかったんだ。何がリックだよ。本名「飯田《いいだ》陸夫」のくせに。米農家の長男丸出しの名前のくせに。しかもお前は、単に「リック」っていう響きが格好いいと思って名付けたんだろうけど、LICKって実は「舐《な》める」っていう意味の動詞なんだぞ。英語圏の人から見たら、お前の名前は「辛酸《しんさん》なめ子《こ》」みたいなもんなんだぞ。全然格好よくないんだぞ）

S　まあ、名前に関してもそうですけど、いい意味で統一感がないことが、私たちSMLのよさだと思います。3人が同じ方向を向いてるだけじゃ、つまらないですからね。

L　そうだな。そのスタンスが、俺たちがうまくやれてる秘訣かもな。

（ただ名前に関しては、俺は正直、今でも納得いってないんだよ。志織はいいとしても、誠は絶対「MACK」の方がよかったと思うんだ。俺がLICKで誠がMACK。ピッタリだろ。なのに誠は結局、当たり障りのない本名の「MAKOTO」を名乗ったんだ。そういう守りに入ってばかりのところが、俺と違って女にモテない原因なんだぞ）

M　それぞれが個性を出してるからこそ、絶えず新しいものを生み出せてるんだと思いますね。

（そういえば陸夫は、当初は僕にも「MACK」を名乗るように勧めてきたんだ。冗談じゃないよ。何がマックだよ。パソコンじゃないんだから。ハンバーガーじゃないんだから。ダサいってはっきり言いたかったけど、陸夫を怒らせたら僕に勝ち目はないから、角が立たないように断るのが大変だったよ。陸夫が思う格好よさって、発想が全部小学生レベルなんだよな）

【記者】そういった、お互いの個性を尊重するという姿勢も、元々同級生で組んでいたバンドの関係性が受け継がれているんでしょうか。

M　ええ、そうですね。

（なんて、個性を尊重されたことなんてないよ。いつも抑圧されて、びくびくしっぱなしの十五年弱だったよ。高校に入ってすぐ、陸夫のグループにいじめられて脅されて、強制的にバンドに入れられて、僕の実家の楽器店から人数分の楽器を半ば強奪されて、その上ろくに演奏もできないメンバーたちに僕がレッスンまでするはめになったんだ。まあでも、その結果今の成功があるわけだから、人生って皮肉なもんだけどね）

L　本当にMAKOTOは、互いを分かり合える、生涯の親友ですよ。

（根暗で運動神経ゼロで、女子の目を見て会話できなくて、おまけに鉄道オタク。いじめられる要素の集合体だった誠を、バンドに誘っていじめから救ってやったのは俺だったんだぞ。なのに誠ときたら、最近その恩を忘れてるふしがあるんだ。――まあでも、音楽一家で育った誠がいなかったら、俺たちのバンドは何も演奏できないまま解散してたんだろうけどな）

【記者】なるほど。素晴らしい関係ですね。さて、そんなみなさんの最近の活躍についてですが、なんといっても今年のサッカーW杯のテーマソングとなった『アセトナミダ』が、初のオリコン1位を獲得したのは大きかったですね。
M W杯のおかげで、今までSMLを知らなかった人たちにも、僕たちの歌を聴いてもらうことができたので、それがヒットにつながったのかなと思います。
S それと、日本代表がいっぱい勝ってくれたことも大きかったですよね。負けちゃってたらこんなに売れてなかったと思うし（笑）。
【記者】 日本人初のW杯得点王に輝いたエースの藤岡竜明選手も、大会前に『アセトナミダ』を聴いて、ツイッターで「めっちゃいい歌でテンション上がるわ～」とつぶやいてましたね。
S すごくうれしいです。こちらこそお礼を言いたいです。だって、たしか大会前に選手が2人も出られなくなって大変だったのに、藤岡選手が頑張ったから日本は勝てたんですよね。
M そう。代表候補だったペラザーナ船橋のFW《フォワード》2人が、ドーピングと、原因不明の下半身の病気とやらで2人とも出られなくなって、あんな大変なことになっちゃって、当初はFWの駒不足が心配されてたんだよ。でも、藤岡選手が大活躍してくれたから大丈夫だったんだよ。
L 結局、藤岡は全試合フル出場だったから、控えの選手なんて必要なかったんだよな。
M とにかく、『アセトナミダ』が藤岡選手の、そして日本代表のみなさんの力になっていたならうれしいですね。僕らとしても、詞と曲がばっちりかみ合った、会心の作品だったんで。

L　俺たちにとっても自信作だった曲が、日本代表の快進撃とともに日本中に流れたっていうのは、我ながら運命的なものを感じますね。これで俺たちはまた一歩、日本の音楽界の伝説《レジェンド》に近付いたかなと（笑）。

【記者】　なるほど。L－CKさんは最近、他誌のインタビューなどでも頻繁に「伝説《レジェンド》を目指す」と公言されてますよね。何か最近になって心境の変化があったんですか？

L　いいえ、俺たちはデビュー前から、日本の音楽史に残る伝説《レジェンド》を目指して活動してきたんで、その気持ちは3人とも変わりはないですよ。

M　ええ、そうですね。

（あ～あ、また始まっちゃったよ、陸夫の伝説癖《レジェンドへき》が。本当は陸夫、デビュー当時は全然こんなこと言ってなかったのに、ここ半年ぐらいでやたら言うようになったんだ。たぶんサッカーの藤岡選手の影響を受けてビッグマウスぶるようになっちゃったんだろうな。陸夫って昔から簡単に人の影響を受けるんだもん。でも陸夫さあ、ああいうビッグマウスの人たちは、成功する前から将来の成功を思い描いてデカいことを言ってたんだよ。陸夫みたいに、成功してから急にデカいことを言うようになる人は、ただの天狗《てんぐ》なんだよ。今日の取材も遅刻してきたし、そんなのただ感じ悪いだけじゃん。しかも僕たちまで巻き込むのはやめてほしいんだよな）

【記者】 なるほど。ビッグマウスと言われることもいとわず、堂々と目標を口にするというのは、他の若手アーティストにはなかなか見られない、潔い姿勢ですよね。

S はい。もちろん謙虚さは忘れてはいけないですけど、言うべきことははっきり言っていこうというのが、私たちの方針なんです。

M ええ、まったくその通りですね。

(やれやれ。志織も優しいから陸夫に合わせてやってるけど、本当は無理してると思うんだよな。志織は絶対、こういうオラオラ系の男は苦手だもん)

【記者】 ところで、SMLの曲はほとんどが、「作詞SHIORI 作曲SML」となっていますが、どういう方法で曲作りをされているんですか?

M 基本的にはこうやって、インディーズ時代から使ってるこのスタジオにこもって、ひたすら音を紡《つむ》いでいく感じですね。曲作りの時は、親しいスタッフもほとんど入ることはありません。完全に3人だけの世界です。

S 3人で合わせながら「今のメロディいいね」ってなったところで、MAKOTOが譜面におこす感じです。私とLICKは楽譜苦手なんで(笑)。

【記者】 あ、そうなんですか。

M ボーカルとギターは、楽譜が読めなくても務まりますからね。ボーカルは当然歌唱力さえあればいいし、ギターはコードさえ分かればいいんですから。

(といっても陸夫は、そのコードさえちゃんと理解できてるのか怪しいんだけどね)

【記者】それで、そういった曲作りの作業は、どれぐらいの時間続けるんですか？

M　時間を忘れて取り組んでる時は、10時間以上やってる時もありますよ。

【記者】10時間以上！　辛《つら》くなりませんか？

L　もちろん辛くなることもあるけど、やっぱり音楽ってのは、自分の子供みたいなものですからね。手をかけるほどいい子に育ってくれるし、かといって手をかけすぎると甘えん坊になっちゃうこともある。でもほったらかしにしすぎると、ぐれちゃうこともありますからね。

M　なるほどね。

（おい陸夫、大丈夫かよその喩《たと》え？　結局音楽と関係なくなって、普通の子育ての話になっちゃったじゃないかよ。もしライターさんに食いつかれたら、ちゃんと自分で処理しきれるんだろうな？　お前はしゃべってる途中に自分でも何言ってるか分からなくなって、グダグダになる悪い癖があるんだからな。ライターさんも、お願いだから食いつかないでくれ……）

【記者】はあ、なるほど。……甘えん坊の音楽とか、ぐれた音楽というのは、具体的にはどういうことですか？

M　まあ、LーCKは時々こういう、独特な表現を使いますからね。

（くそっ、食いつかれちゃった！　おい陸夫、ちゃんと自分で処理しろよな）

L　一般の人に分かってもらうのはちょっと難しいかもしれないけど、やっぱりこう、甘えん坊の曲っていうのは、クリエイションの中でサウンドがまとわりついてくる感じがあったり、逆にぐれた曲っていうのは、コードやメロディが弾いてるそばから離れて行っちゃったりとか、そういうセンシティブな難しさが出ちゃう時があるんですよね。

（ふう、危ねえ。しゃべりながら自分でもよく分かんなくなっちゃったけど、なんとかごまかせたな）

M なるほど、深いね。

（はあ？ ひとつも意味分かんねえよ！ 相変わらずグダグダじゃねえか！ フォローするこっちの身にもなってくれよ！）

【記者】 いやあ……我々には簡単に理解できないような苦労も多いんですね。しかし、それだけ長い時間の作業だと、帰宅は深夜になってしまいますよね。

S そういう時は、３人でスタジオに泊まり込むこともありますよ。そのために寝袋も常備してますし（笑）。

【記者】 本当ですか。心配じゃないですか？ やっぱり男性2人に女性1人だと……。

S 大丈夫です。襲われたりしないですから（笑）。

M まあ、男2人に女1人っていうメンバー構成だと、そういう色眼鏡で見られちゃうことが多いんですけど、僕らはあくまでも、理想の音楽を追求するために集まった３人なんでね。あなた方が勘ぐるようなことは何もないですよ。

（まったくもう、この手のライターは結局、頃合いを見計らってこういう質問をしてく

るからな。頭に来るよ）
【記者】これはどうも失礼しました。
S　だめだよMAKOTO、記者さんをいじめちゃ（笑）。
M　いじめちゃいないよ（笑）。まあ、言われ慣れてるからいいんですけどね。
（いや志織、こういう時は一回ちゃんと、きつめの口調で牽制《けんせい》しといた方がいいんだよ。

まあ、僕たちみたいに、女一人に男が複数っていうメンバー構成のバンドは、昔からみんな同じような苦労をしてきたんだろうけどさ。世間はこういうバンドを見ると結局、メンバー内に男女の関係があるんじゃないか、なんて下世話な好奇心を抱いてくるんだ。まったく、どいつもこいつも品のない連中だよ。どうしてバンドを見る時に、パフォーマンスだけに集中してくれないんだよ。本当に許せないよな！

とはいっても、まあ……あれなんだけどね。

僕と志織に関しては、本当に付き合っちゃってるんだけどね。

僕と志織は、交際を始めて一年とちょっとが経つ。

でも、実は僕は出会った時から、密《ひそ》かに志織に思いを寄せていた。

あの時の志織は、まさに僕の前に舞い降りた天使だったんだ。

五年前。バンドのメンバーがどんどん抜けていき、とうとう僕と陸夫の二人きりになってしまった。正直、放っておけば、せいぜいあと数ヶ月で解散してたと思う。

そんな時、ソロで活動していた志織と、初めてライブハウスで共演した。ハスキーでありながら高音までパワフルに出る歌声、おまけに可愛らしいルックスを目の当たりにして、僕は一瞬で虜《とりこ》になった。こんなボーカルがうちに入ってくれたらどんなにいいかと思って、僕がダメ元で誘ってみたら、なんと意外にも志織はすんなりOKしてくれた。あの瞬間、真っ暗だった僕の未来に、希望の光が差したんだ。

そして、SMLを結成。その後はとんとん拍子だった。

すぐにメジャーデビューが決まり、ライブに出るたびにファンが増えていき、生まれて初めてファンにサインを求められ、生まれて初めて自分たちの曲がCDになり、生まれて初めての単独ライブも大成功し、生まれて初めてテレビにまで出て……まるで夢を見ているようだった。

そんな夢のような気分に浮かれたまま、僕は去年のある夜、ずっと胸に秘めていた思いを、意を決して志織に電話で打ち明けたのだった。

冷静に考えていれば、絶対あんなことはできなかっただろう。僕の告白のせいで志織が気分を損ねてしまって、メンバー内に亀裂《きれつ》が走ることだってありえたわけだから。夢のような幸せな日々が、あそこで終わってしまうこともありえたわけだから。

でも、志織は、僕の気持ちを受け入れてくれた。

つくづく思う。あの夜、冷静にならなくてよかった。

夢のような幸せは、いっそう大きくなって、今も続いてるんだ。

僕は奥手な方で、志織と初めてキスするのにも半年かかった。女の子をぐいぐい引っ張っていくような柄じゃないし、こんな僕の性格は、相手によっては嫌われてしまうこともある。実際、過去の恋愛でもうまくいったためしがなかった。

でも志織は、僕の繊細で優しいところが好きだと言ってくれた。「オラオラ系の引っ張っていく男って苦手なの」とも言っていた。僕にとっては実にありがたい言葉だった。

僕も志織も、お酒はほとんど飲まないし、夜遊びも好きじゃない。打ち上げとかは付き合いで仕方なく行くけど、部屋で音楽を聴いたり、本を読んだり、ゲームをしたり、鉄道模型のジオラマを作ったりしてるのが一番落ち着くタイプの二人なんだ。

まあ、鉄道に関しては、志織はまだまだ初心者だけど、けっこう鉄子《てつこ》の素質はあると思う。というのも先月、志織は僕に、付き合ってちょうど一年の記念日のプレゼントとして、蒸気機関車C62の模型をプレゼントしてくれたんだ。

それも、ただの模型ではない。今密かに流行《はや》っている『昭和レトロチョコ』というお菓子のおまけでしか手に入らない、超レア物だ。『昭和レトロチョコ』は、三百円弱という値段の割に、白黒テレビやオート三輪など、昭和を象徴する家電や乗り物の精巧な模型が入っていることで今人気を博してるんだけど、その中に蒸気機関車の模型も含まれているのだ。

そのうちのほとんどはD51で、全体の二十分の一の確率で入ってるらしい。でも、S

L時代末期の最高傑作であるC62は、有名な量産型蒸気機関車のD51に比べてはるかに生産が少なかっただけに、『昭和レトロチョコ』においても、D51のさらに二十分の一、つまりチョコ四百箱の中に一つしか入っていないという激レアな代物なのだ。僕も鉄道好きの端くれとしてその話は無視できないと思い、前から密かに入手をもくろんでいたんだけど、レアすぎてネットオークションでも見かけることはなかったから、結局あきらめていたのだった。

その激レアC62模型の話は、前に志織にも聞かせてはいたけど、まさか志織がそれを覚えていて、交際記念日にプレゼントしてくれるとは夢にも思わなかった。あれは相当入手困難だったはずだ。志織は僕にとって存在してくれるだけで十分ありがたいのに、忙しい合間を縫って、僕を喜ばせるためにそんな手間までかけてくれたのだ。本当に志織は、僕にとって天使そのものだ。

一方、僕は志織に『シャイニングイレブン』というゲームソフトの最新作をプレゼントした。W杯で興味を持ったのか、志織はサッカーゲームのソフトを前から欲しがっていたのだ。

正直、あのC62よりは全然入手が簡単な、電気屋で予約しただけの品だったから、あげるのが申し訳なかったけど、志織はとても喜んでくれた。僕がプレゼントを手渡すと、志織は僕に抱きついて目を潤ませて「誠のこと、世界で一番大好きだよ」と耳元でささやいてくれた。その瞬間、僕は骨までとろけてしまうくらいに、志織のことが愛《いと》しくてたまらなくなった。

で、その後、僕たちは初めて、体の関係を持ったんだ。

志織には言わなかったけど、それが僕にとっての初体験だった。——いや、厳密に言うと、実は志織と出会う前に一度、うちの母親と年がそう変わらないぐらいのソープ嬢と体を合わせたことはあったんだけど、あれに関しては翌日から膿《うみ》が出て地獄だったから、僕の中で完全になかったことになっている。だから、僕にとっての初めての女性は、やっぱり志織だ。

二十九歳で、付き合って一年も経ってからというのは、やっぱり遅い方なのかな。

ああそういえば、もうすぐ志織の誕生日だな。今度は何をあげようかな。……なんて、プレゼントの見返りにまた抱けるんじゃないかと期待しているわけではない。いや、そんな期待もまったくないと言えば嘘になるけど、それよりも僕は純粋に志織の喜ぶ顔が見たい。志織の幸せは、そのまま全部僕の幸せなんだ。これこそ純愛ってやつだよね。

——ただ、僕たちの前途には、乗り越えなければいけない壁がある。

現時点で、僕と志織の関係は、事務所にも、そして陸夫にも知らせていないのだ。

まあ、事務所には、簡単には悟られないと思う。社員の目の前でキスでもしてしまったら別だけど、同じバンドのメンバー同士である僕と志織が、多少親密に話していたとしても、まさか男女の関係になっているとは思われないはずだ。

問題は、陸夫だ。

誰よりも僕たちとの付き合いが長く、誰よりも近くにいるあいつは、いずれ僕たちの関係が変わっていることに気付いてしまうかもしれない。その時、陸夫はどうするだろう。意外とすんなり祝福してくれればいいけど、そんなにうまくはいかない気がする。やっぱり、多少ぎくしゃくはしてしまうだろうな。

最悪の場合、関係がぎくしゃくするあまり、三人で活動するのが難しくなってしまうかもしれない。実際に僕らの先人たちの中にも、そういう経緯で解散してしまった、女一人に男が複数というメンバー構成のバンドはいくつもあった。

でも僕は、志織との結婚まで真剣に考えている。だから、覚悟もしているんだ。

もし、陸夫に僕たちの関係がばれて、三人で活動を続けていくことが難しくなったら、僕は陸夫に「脱退してくれ」と言おうと思う。もちろん陸夫は簡単には納得しないだろう。下手したら殴られるかもしれない。でも僕は、志織のためなら骨の一本や二本折られてもいい。

そして、陸夫の脱退後、僕と志織は結婚して、二人で活動していくんだ。

――ただ、もし本当にそうなったら、困るのがバンド名なんだ。

『SML』からLICKが抜けたら、バンド名が『SM』になっちゃうんだ。

夫婦で組んでるバンドの名前が『SM』ってのはまずいよね。かなり公序良俗に反する感じになっちゃうよね。NHKにはまず出られないよね。となると今のうちから、陸夫が脱退した後のバンド名を、真剣に考えておくべきなのかもしれないな……)

【記者】 ではここからは、新曲の『メッセージ』について、詳しくうかがいたいと思います。この曲の特徴は、1番と2番で歌詞の内容に大きな幅があって、全体を通して一つのドラマが展開されていることですよね。まず1番の歌い出しは、

「また仕事だね　デートの約束　ずっと会えぬままの週末　ただ君を愛しているから　あせりなんてないから」

と、失恋の予感がありながらも、なんとか前向きさを保っている内容です。ところが2番は、

「つらいだけだね　ふたりでいても　かなしいかんけいなら　もうやめよう　つよがりをいってみても　なさけなくなるだけ」

と、冒頭から失恋してしまった感情を歌っています。しかも2番の冒頭の歌詞は、すべてひらがな表記になりますよね。これにはどういう意図があったのですか？

S　これは、全部ひらがなにすることで、失恋した時の、何も手につかないような気持ちを表現してみたんです。

【記者】 なるほど。たしかにそう言われてみると、分かる気がします。頭の中が空っぽになっている状態というか、何を考えようとしても思考がまとまらない感じですよね。

S　ええ、そうです。私にもそういう経験がありますから、その時のことを思い出して、こういう風に表現してみたんです。

【記者】しかし、2番の歌詞はその後で、「もう明日へ出発しよう　たとえ過去が懐かしくても」と、漢字が復活しますよね。ここから、失恋を乗り越えて新たな一歩を踏み出そうとしている女性の気持ちが、実に鮮やかに表現されていますよね。

S　まあ私自身も、過去の失恋を乗り越えて、今はいい恋愛してますからね（笑）。

【記者】あら、これまた気になる発言ですね。できたらもう少し詳しく聞きたいんですが（笑）。

M　こらSHIORI、そういうこと言うからまた誤解されるんだろ（笑）。

（もう、危なっかしいなあ。志織は時々、僕たちの関係をぽろっと漏らしそうになることがあるんだ。でも、まだ我慢してよ志織。いずれ堂々と発表できる日がくるからさ）

L　まあ、これは世間のみんなに対して言いたいんだけど、俺たちの関係性に対して向けられるそういう誤解や、下世話な好奇心が、俺たちのクリエイティビティを邪魔してるってことを分かってほしいですね。さっきMAKOTOも言ったけど、俺たちは音楽と向き合うためにこの3人でいることを選んだわけで、メンバー内でいちゃつこうなんてみじんも思ってません。3人で新しい音楽を生み出して、伝説《レジェンド》になるためのプロセスを妨げないでほしいですね。

（まったく志織の奴、自分から記者に食いつかれるようなこと言って、何考えてんだよ。ただ、いちいち志織の言葉尻《ことばじり》をとらえてくる、この記者のおばさんもムカつくけどな。これからは、この手の取材でインタビュアーが少しでも下世話な方向に話を進めるようだったら、ロックンローラーらしく途中でキレて帰ってやってもいいかもしれないな。そうだ、なんなら俺が今から、ここでキレてやろうか。椅子を蹴《け》り上げて、「やってられるか！」なんて叫んでこのスタジオを飛び出して……。

いや、やめとこう。だってそんなことしたら、近い将来、あのニュースが流れた時に、周りからすげえ恥ずかしい感じで見られちまうだろうからな。「なんだＬＩＣＫの奴、ＳＨＩＯＲＩとの仲を疑われて取材でキレて帰ったことあったのに、結局ＳＨＩＯＲＩと結婚してんじゃねえか」って。

俺と志織は、付き合ってもう二年以上になる。

もちろん、誠には内緒で付き合ってるし、マネージャーや事務所関係者を含めて、俺たちの関係は誰にも明かしていない。

正直俺は、五年前に初めて志織に会った時から、ずっといい女だと思ってた。性格はいいし外見も可愛い。はっきり言って抱きたいと思ってた。それでも俺は、志織の才能を世に出す方が先だと思って、自分の欲望はじっと抑えてたんだけど、まあ二年が限界だったな。結局おととし、二人っきりで飲みに行った時に、酒の力も借りて告白したら、志織もＯＫしてくれて、その夜のうちにベッドインしたんだ。

世間には、キスするのにも何回もデートして段階踏まなきゃだめ、なんて面倒なことを言う女もいるけど、志織はそんな女じゃない。男と女は本能のままに求め合って初めてお互いを理解できるんだってことを、ちゃんと分かってたよ。今でも、二人きりで会うたびに必ず抱いてるしな。志織は、ああ見えてM入ってて、俺みたいなオラオラ系の男に強引に責められるのがたまらないらしいんだ。

そういえば二ヶ月前、俺と志織が付き合い始めてからちょうど二周年の記念日を迎えたんだけど、志織は俺に、最近話題の『スーパーコア』っていう腹筋マシーンをくれた。俺の肉体美を見せつけてのギターソロは、ファンも注目してるところだからな。

一方俺は、記念日やらプレゼントには無頓着《むとんちゃく》なタイプだから、完全にその日も忘れてたんだけど、志織は彼氏が記念日を忘れたからって不機嫌になるような面倒な女じゃない。ただ、俺も鬼じゃないからな。その半月ぐらい後に、志織が前から飲みたがってた高級芋焼酎《いもじょうちゅう》『森宇蔵《もりうぞう》』をプレゼントしてやったんだ。

俺も志織も酒好きだけど、俺は芋焼酎は苦手だから、志織が『森宇蔵』を飲んでみたいって言ってたのをずっと聞き流してたんだ。でも、無関心を装って、本当はちゃんと気に留めてたんだぜ。いつかサプライズでプレゼントしてやろうと思ってたんだ。

あの日俺が、志織の部屋の玄関で『森宇蔵』をいきなり手渡してやると、志織は感激して、目に涙まで浮かべて、俺にぎゅっと抱きついて、「陸夫君のこと、世界で一番大好きだよ」なんてささやいてきたんだ。さすがの俺も、その時は体がしびれるぐらいうれしかったよ。もちろんその後、いつも以上に情熱的に抱いてやったけどな。

あ、そういえば、そろそろ志織の誕生日だったな。あれからまだそんなに日が経ってないけど、何かプレゼントしてやった方がいいだろうな。何がいいかな……なんて、柄にもなく俺も、記念日やプレゼントを気にするようになっちまってるな。

――ただ、そろそろ覚悟しとかなきゃいけないとは思ってる。

このまま俺と志織の関係が深まっていけば、いつか誠にばれることは避けられないだろう。誠は昔から女にモテなくて、恋愛経験もほとんどない。もしかするとまだ童貞かもしれない。一方志織は、誰に対しても優しく気配りができる女だ。だから誠は、志織が自分のことを好きなんじゃないか、なんて勘違いしてる可能性もあると思うんだ。

実際、最近ちょっと、誠が志織を見る目つきが変わってきてるんだよ。あいつ、高一の時にクラスメイトの女子に片思いしてた時も、あんな感じの目つきしてたんだよな。まあその時は、俺たちが誠の下駄《げた》箱に、その女子の名前で「放課後、体育館裏に来てください」って書いた偽のラブレターを入れておいたら、誠がまんまとだまされてやって来て、待ち構えてた俺たちが大笑いしてやった結果、ショックで三日間学校を休んじまったんだけどな。

そんな誠が、もし本当に志織に惚《ほ》れてて、実は俺と志織が付き合ってるなんて知らされたら、ショックでＳＭＬを辞めるとか言い出すかもしれない。

でも……そうなったらしょうがない。俺は友情よりも愛情を取るさ。

ただその場合、一つ悩むことがあるんだ。――バンド名をどうするかなんだよ。

『SML』からMAKOTOが抜けるわけだから、残りは『SL』っていう、汽車みたいな名前になっちまうんだ。でも、俺も志織もそういう鉄道とかは全然興味がなくて、むしろ脱退した誠が鉄道マニアなわけだから、脱退したメンバーの好きなものを残った二人のバンド名にするっていう、なんだか当てつけみたいなややこしい状況になっちまうんだよな。

となると今のうちから、俺と志織の新しいバンド名を考えておくべきかもな。まあ、俺はそもそもSMLなんて名前は気に入ってないし、せっかくだから俺の理想の名前を付けてやろう。う～ん、どんなのがいいかな。やっぱとりあえずフランス語かな……)

S もう、カリカリしないでよLICK（笑）。ごめんなさい、新曲の話続けてください（笑）。

【記者】 すみません、ありがとうございます。では、改めて『メッセージ』の歌詞についてですが、1番と2番のサビも対照的ですよね。1番のサビは、

「切ないよねドラマのようには　ぜんぶ伝わんない　愛のメッセージ　悩みはもうゴミ箱に捨てて」

という、恋人との関係を立て直そうとしているような歌詞です。一方2番では、

「切ないロマンスの分だけもっと　がんばれとメッセージ　自分に送ろう　恨みはもうゴミ箱に捨てて」

という、失恋の傷や、恋人への恨みつらみを乗り越えようとする歌詞です。同じメロディに乗っていながら、印象はまったく違いますよね。
S そうですね。私なりに、曲の中にうまくストーリーを展開することができたんじゃないかなと思ってます。
【記者】 そして今までの曲だと、2番のサビの後で間奏が入り、最後にもう一度サビがある構成が多かったんですが、今回は2番のサビの後、割とあっさり終わりますよね。
S まあ、今回は派手なギターソロは控えて、しっとりと落ち着いた歌にしたかったんです。私のイメージでは、落ち着いた年上の男性との恋愛を思いながら、詞を書いたんですけどね。
【記者】 ああ、なるほど……。
M こら、SHIORIがそういうプライベートの恋愛をにおわせるようなことを言うから、またライターさんが意味深な表情になっちゃっただろ（笑）。
（もう、志織ったら、「落ち着いた年上の男性との恋愛を思いながら詞を書いた」なんて、僕との関係をほのめかしちゃだめだよ。まったくもう、ハラハラするなあ）
L あ、ほんとだ（笑）。
（おい、志織。「年上の男性との恋愛を思いながら詞を書いた」なんて、俺との関係をほのめかすなよ。まったく、ハラハラさせやがって）
【記者】 いえいえ、そんなつもりじゃなかったんですが（笑）。

L それにほら、安西《あんざい》さんの目も泳いじまってるぞ（笑）。

S あ、ごめんなさい安西さん（笑）。

安西マネージャー いやいや、焦りますよ（笑）。

（まったく、ハラハラしちゃうよ。

ままSMLは、志織の天真爛漫《らんまん》なキャラクターや、もしかしたらメンバー内に恋愛関係があるんじゃないかと思わせるような、若くて比較的ルックスのいい男女三人の関係性で売ってる部分もあるけど、今日の志織はさすがに問題発言が多いぞ。後で注意しておかないとな。

だって、「今はいい恋愛してる」とか「落ち着いた年上の男性との恋愛を思いながら詞を書いた」なんて言ったら、私と志織の関係がばれてしまうかもしれないからな。

私だって、こんなことをしてマネージャー失格だという自覚はある。五十代のバツイチでありながら、担当する女性歌手と、それも親子ほど年の離れた女の子と、もう三年も付き合ってるんだからな。もし外部にばれたら大スキャンダルになってしまうだろう。

志織と初めて出会ったのは、若手アーティストが集うライブハウスだった。独特のハスキーな高音を一度聞いただけで、私は志織に一目惚れ、いや一耳惚れして、すぐにスカウトした。もちろんその時は、あくまでも志織の才能に惚れただけで、恋愛対象として見ていたわけではなかったが、三年前に酔った勢いで関係を持ってから、お互いもう離れられなくなってしまった。

志織は、私のような自分の倍以上も年上の男を選ぶだけあって、包容力があってわがままを聞いてくれる父親のような男が好きらしい。彼女が母子家庭で育ったことも影響しているのかもしれない。私のことを「パパ」と呼んで甘えてくるし。

ただ、私がうっかり、志織との記念日を忘れてしまうと、志織は子供のようにすねてしまう。しかしその記念日というのも、「初デート記念日」、「初キス記念日」、「初H記念日」ぐらいならまだ覚えていられるが、「初めて志織が私に手料理を作って褒められた記念日」、「志織一人では倒せないとあきらめてたテレビゲームのボスを私が協力して倒した記念日」、「二人でホラー映画のDVDを見たら私の方が怖がってしまってその時の顔が超ウケた記念日」ともなると、さすがに覚えていられない。まして私は、年を取って物忘れが多くなってきているから、しょっちゅう志織をすねさせてしまっている。志織は一度すねてしまうと、何かプレゼントでも買ってあげないと機嫌が直らないのだ。まあ、そんなすねたところも可愛いんだけど。

三ヶ月前も、「去年二人で『四丁目の西日』のDVD三巻を一気に見て感動した記念日」を私が忘れてしまったばっかりに、志織はすねてしまった。もっとも私は、そもそもそんな記念日の存在自体を知らなかったし、二人で『四丁目の西日』という映画を見たこと自体はうっすら覚えていたけど、細かいストーリーも、志織がそんなに感動していたことも忘れていた。

しかし、志織がいつまでもすねたままなので、仕方なく私は、何かプレゼントでも欲しいかと尋ねてみた。すると志織は、最近発売されて流行《はや》っているという『昭和レトロチョコ』という景品入りの菓子を、なんと五百箱も欲しいと要求してきたのだ。

志織は、昭和の高度経済成長期を描いた『四丁目の西日』を見た影響で、このチョコをコンビニで買うようになり、昔ながらのチョコの味とおまけの模型にハマったのだという。志織はお菓子が好きで、過去にもお菓子の食べ過ぎで少々太ってしまったことがあり、その時私はマネージャーとして注意したのだが、今回は志織の指令に逆らうことができなかった。

幸い、そのチョコの発売元はうちの事務所と取引がある会社で、五百箱まとめて志織のマンションに送ってもらうことができた。もちろん代金は私が払ったので、一箱三百円弱でも十五万円近い出費になってしまったのだが、それで志織の機嫌が直るのなら安いものだった。

プレゼントが届くと、志織はすっかり機嫌を直して、翌日事務所で会った時に、廊下の物陰で私に抱きついてきて「パパのこと、世界で一番大好きだよ」と言ってくれた。いわゆるツンデレ、あるいは小悪魔というやつか。これだからたまらない。――ああ、そういえばもうすぐ志織の誕生日だな。今年はツアー中になるんだな。忙しいさなかだろうけど、うっかりプレゼントを忘れたりしたら、志織がすねてパフォーマンスに影響が出てしまうかもしれない。絶対に忘れないようにしないとな。

でも志織は、そうやってわがままを言って私を振り回すばかりではない。ちゃんと私のことを気にかけてくれる時もあるのだ。

先月も、志織は私に突然、高級芋焼酎『森宇蔵』をプレゼントしてくれた。私が飲みたいとは思っていたものの、なかなか手が出なかった代物だ。私は志織の前でその焼酎の話をした覚えはなかったのだが、会話の中で一言漏らしたのを覚えてくれていたらしい。しかも志織は芋焼酎が苦手なのに、わざわざ私のために買ってくれたのだ。つくづくツンデレである。

ＳＭＬのマネージャーとして、こんなことは人前では絶対に言えないが、はっきり言って私は、誠と陸夫のことなんてどうでもいい。志織さえ輝ければそれでいい。実際、ＳＭＬの人気はほぼ志織で持っている。志織のソロでも十分やっていけるのだ。

それに、志織の方にも、そろそろ独立志向が芽生えてきているのかもしれない。

志織はこのところ、仕事の上でも強く我を通すようになってきた。もうすぐ始まる全国ツアーのタイトルや演出に関しても、スタッフの意見に耳を貸さず、強引に自分の意見を通しているのだ。プライベートだけならまだしも、仕事場でも私を振り回すようになってしまっては、さすがに周りに対して示しがつかないので困っている。

そんな志織の態度に、私が一抹の不安を感じているのも事実だ。

ただ心の奥底では、この小悪魔に振り回されるのを望んでるのかもしれないな……）

M　まあとにかく、新曲の『メッセージ』は、今までのSMLのポップなバラードの流れを踏襲してるように見えて、SHIORIとしても新しい詞の世界にチャレンジしてるんですね。だから、みなさんにはSMLの違った一面を見てもらえると思います。

L　SHIORIが新しい方向に変化しようとしているのも、俺たちはすぐ分かりますからね。家族みたいなものですから。

【記者】　たしかに、SMLの3人は、スタッフさんも含めて絆の強さを感じますよね。そういえば今日のカメラマンさんも、SMLの専属の方なんですよね。

M　そうです。今日みたいな雑誌の写真の他に、ツアーやコンサートの写真や、ホームページに上げる写真も、全部専属カメラマンの今井君に撮ってもらってるんです。

S　やっぱり、毎回カメラマンが替わるより、ずっと一緒にいる人の方が、より私たちの素顔に近い部分を撮って、ファンのみなさんにお届けできると思いますからね。

今井カメラマン　まあ僕としても、安定した仕事がもらえて助かってますよ（笑）。

（本当に、オレが今カメラマンとして活動できてるのは、全部SMLのおかげだからな。マジで感謝してるよ。ありがとう志織。

心から思う。オレ、お前と結婚してよかったよ。

出会った当初は、まさか志織がこんなスターになるとは思ってなかったよ。あの頃はまだ、SMLとしてデビューする前だったからな。

志織がライブハウスでソロで歌ってた頃、仕事で来てたオレと打ち上げで飲んでるうちに意気投合してすぐ付き合って、交際半年足らずでほとんどノリで結婚しちゃったんだよな。あの頃はマジでなんにも考えないで生きてたな。まあ、たぶん志織もそうだったからオレと結婚なんてしちゃったんだろうけど。

でも、結婚から六年ぐらい経つけど、オレたち夫婦の関係はうまくいってる。志織は昔とは比べものにならないくらい忙しくなっちゃったけど、今でもお互いの誕生日と結婚記念日だけは、必ず一緒にお祝いすることにしてるんだ。ついおとといが、オレの二十五回目の誕生日だったんだけど、志織はオレが好きなサッカーゲームの『シャイニングイレブン』の最新作をくれた。やり込んでるせいで、実は昨日もほとんど寝てないんだけどね。

あ、そういえばもうすぐ志織の誕生日だな。オレの一つ上だから二十六になるのか。何をあげよっかな。たしか去年の誕生日は、ちょっとお腹の贅肉《ぜいにく》を気にしてた志織に、オレは最新型の腹筋マシーン『スーパーコア』をあげたんだ。冗談半分のプレゼントだったのに、志織はオレに抱きついて、「修《しゅう》ちゃんのこと、世界で一番大好きだよ」なんて言ってくれたっけ。

本当に志織は、オレが何をやっても喜んでくれる。自分で言うのもなんだけど、未《いま》だにオレにベタ惚《ぼ》れなんだな。もちろんオレだって、志織のことが世界で一番大事だよ。だって、今オレがSMLの専属カメラマンをやってるのは、志織に口利きしてもらったおかげだからね。

オレは高校を一ヶ月で中退して以来、いろんな仕事をしてきて、十七歳からカメラマンとして働き始めたんだけど、志織と出会った頃なんて当然、生活はカツカツだった。それでも、まだあの頃はオレの方が稼いでたから、最初はオレが志織を養ってたんだ。

そのお返しっていう形で、志織はSMLとしてのデビューが決まるとすぐ、オレを専属カメラマンに指名してくれたんだ。他のメンバーや事務所の人間には「若いけど腕のいいカメラマンを見つけたから、ぜひうちの専属にしたい」ってオレを紹介してくれた。本当はオレは、そこまで腕がいいってわけでもないんだけど、まあ写真家の実力なんて素人にはそう分かるもんじゃないからね。

それにオレは、たいした写真の腕も学歴もないけど、口のうまさだけは一級品なんだ。それまでの人生も、ほぼその能力だけで世の中を渡ってきたからな。誠さんも陸夫さんも、最初はオレを専属カメラマンにするのを渋ってたけど、オレが「有名なバンドには専属カメラマンをつけているところも多い」って、海外も含めて一流のバンドの名前をいくつか挙げてやったら、すぐに陸夫さんが「じゃあうちにも」って感じでオレを迎え入れてくれたんだ。あの人は何でも形から入るタイプだから、簡単に丸め込めたよ。で、志織と陸夫さんが賛成となると、押しの弱い誠さんが反対するわけもなく、すぐオレのSML専属カメラマン就任が決まった。まあ事務所としても、デビューが決まったばかりのバンドの専属カメラマンなんて、どうでもよかったんだろうな。でもその後

SMLはどんどん売れていき、そうなるとオレの仕事も増えていき、今じゃオレの仕事の大半はSMLからもらっている。今年の初めには、オレにとってもSMLにとっても初の写真集を出して、結構な額の印税までもらっちゃったしな。

要するに、オレはほぼ嫁さんのヒモってことだ。逆玉に乗ったってことだな。でも、それが情けないなんて少しも思っちゃいない。オレの人生、これで万々歳さ。

そもそも、嫁さんの方が稼ぎが多いことに夫がコンプレックスを感じる最大の要因は、世間の目があるからだろ。でもそれに関してはオレは安心。なぜなら、オレが志織の夫だってことは、メンバーや事務所の人間も含めて誰も知らないんだからね。

もちろん、それも計算のうちだ。若くて可愛い女性ボーカルが結婚してることを明かすより、独身ってことにしといた方が人気が出やすいことぐらいサルでも分かる。だからオレも志織も、SMLのデビューの段階で、結婚してることは口外しないことに決めたんだ。

逆玉には乗ったけど、コンプレックスは感じなくて済む。嫁さんの方がずっと仕事が多いけど、オレの仕事中は嫁さんに会えるわけだから寂しくはない。それで、嫁さんは見た目も可愛くて性格もいいんだから言うことなしだろ。マジで最高だよ、オレの人生。

ただ——そんな志織の様子が、このところちょっとだけ変わってきてるんだ。

オレはただのカメラマンだから、音楽活動そのものにはノータッチだけど、周りのスタッフから聞いた話だと、志織は次のシングルの制作過程でも、全国ツアーの段取りでも、ずいぶん我を通そうとしているらしい。あまり強く主張することのなかった志織にしては、かなり珍しいことだ。そんな志織の変化に、オレも不安を感じていないわけじゃないんだけどね……）

【記者】さて、そんな家族のようなスタッフのみなさんと共に、いよいよ初の全国ツアーがスタートするわけですね。

M　ええ、今はすごく楽しみです。

（ただ、実はちょっと心配なこともあるんだけどね）

L　うまくいくかどうか不安もあるけど、それより楽しみな気持ちの方がはるかに大きいよね。

（本当は、半々。いや、不安の方が大きいぐらいなんだけどな）

【記者】ツアータイトルは『SML END TO START』ということですが、これにはどういった意味を込めたのでしょうか？

S　やっぱり何事にも始まりがあれば終わりがあって、何かが終わることが次の新しいステージにつながってると思うんです。たとえば失恋だって、次の新しい恋のスタートにつながってるとも言えるし、仕事を辞めた人も、次にもっといい仕事が見つかるかもしれないですよね。私たちの音楽のスタイルも常に流動的に変化してますけど、それもまた次の新しいステージに向けてスタートを切ってるんだっていう、前向きな意味をタイトルに込めました。

【記者】 なるほど。ただ、非常に申し上げにくいのですが……実はネット上などで、この『END TO START』というツアータイトルが、SMLの解散を示唆しているのではないかという説も出ているのですが。

S いやいや、それはありませんよ（笑）。私たちは一生この3人でやっていきたいと思ってますから。

M 僕らも、そんな説が一部で出回ってるって聞いて、逆にビックリしたぐらいですよ。解散なんて真っ赤な嘘です。

（だよね、それでいいんだよね、志織。本当に解散するつもりはないんだよね？

「私たちは一生この三人でやっていきたい」っていう今の言葉、信じていいんだよね。

いつもコンサートのタイトルを決めるのは志織だったから、今回も当然のように任せたけど、『END TO START』なんて聞いた時は冷や汗が出たよ。直訳すると『始めるために終わる』――それってつまり、志織がソロ活動を始めるために、SMLを解散するっていう意味が込められてるんじゃないかと思ったからね。

その気持ちは僕だけじゃなく、ファンのみんなも同じだったようで、ツアータイトルが発表されるとすぐ、ネット上にSMLの解散説が流れた。初の全国ツアーのチケットが異例の速さで完売になったのは、きっと僕らの人気のせいだけではない。これがSM

Lの解散コンサートになるのかもしれないという憶測も手伝って、チケットの売れ行きが伸びたんだろう。

そして、そのことに志織が気付かなかったはずがないんだ。こんな意味深なツアータイトルにすれば、よからぬ反響があるだろうと十分予想できたはずだ。なのに志織は、スタッフの反対も押し切って、このタイトルに決めたらしいんだ。

志織、本当にこれは、解散を意味してるわけじゃないよね？　信じていいんだよね？

——しかも、志織は最近、他にも気になる変化を見せてるんだ。

このところ志織は、歌い方をちょっと変えている。前よりも省エネというか、悪い言い方をすれば手を抜いたような歌い方になってるんだ。それに、作詞の締め切りも守らなくなってきた。もしかしたら、創作意欲も下がっているのかもしれない。

それと今回のツアーでは、ステージ上でいろんな演出を見せるために、バンドの立ち位置が後ろに下がって、結果的に僕らの姿が客席から見えづらくなってしまった。まあこれに関しては、僕は正直それほど気にしてないんだけどね。目立ちたがり屋の陸夫はご立腹みたいだけど。

ただ、志織がやけに派手な演出を注文していることは、僕も気になっている。今回のツアーでは、田舎のパチンコ屋のように派手な電飾付きの巨大ゴンドラに乗った志織が新曲の『メッセージ』を歌ったり、日本代表のユニフォームを模した青いTシャツ姿のダンサー約五十人が盛大に踊る中で『アセトナミダ』を演奏したりと、バブリーな演出が目白押しなんだ。でも、従来の僕たちのライブは、そんな演出には頼らず、しっかり歌を聴かせることをテーマにやってきた。たしかに僕たちの人気が上がった分、コンサートの予算もだいぶ増えたみたいだけど、だからってこんなに派手にしなくてもいいと思うんだ。きっとファンも戸惑うと思うんだよな。

ねえ志織、本当に大丈夫なんだよね？

ここ最近の志織の変化を見ていると、僕はどうしても勘ぐっちゃうんだよ。もしかして志織は、SMLにとって記念すべき初の全国ツアーを、SMLの解散後にソロでやっていくためのテストとして利用しようとしてるんじゃないか？

そのために、今までやらなかったような豪華な演出を試しつつ、もうSMLの活動に労力を使わないように、適当に手を抜いてるんじゃないか？

――もちろん、自分でもさすがに考えすぎだと思うよ。今までとても優しかった志織が、そんなこと考えてるわけないよね。僕のことを世界一愛してくれてるんだもんね。僕たちはずっと一緒だよね。脱退するとしたら陸夫一人だよね。

ねえ志織、僕は本当に、君を信じていいんだよね……）

【記者】では、解散はないということで、いいんですよね？

S　もちろんです。

【記者】それを聞いて安心しました（笑）。では、ツアーの中身に関するお話を聞いていきたいのですが、今回はデビュー5周年という節目の年で、初の全国ツアーということもあって、今までにない大がかりな演出が用意されているそうですね。

L そうなんですよ。まだ内容に関しては秘密ですけどね（笑）。

【記者】 何かヒントだけでも（笑）。

S まあ、今までのSMLのライブとはかなり違ったものになると思いますけど、ファンのみなさんの心に残るような、まさに伝説のツアーになるんじゃないかと思ってます。

【記者】 なるほど。やはり、今までと大きく違う演出に挑戦したのも、どんどん新しいステージに進んでいこうというSMLの気持ちの表れなんですか？

L もちろんそうです。常に進化し続けようっていうのが、俺たちの信条ですからね。

（ってことで、本当にいいんだよな、志織。

俺は気になって仕方ないんだ。最近、強引なほど自己主張するようになった志織が。

といっても、演出が派手になったことはそれほど気にしてない。誠は多少気にしてるみたいだけど、俺は盛り上がるんなら、もっと派手にしてもいいくらいだと思う。

ただ、どうしても納得できないことがある。――俺の立ち位置の件だ。

今回のツアーは、ダンサーが大勢出てきたりする都合で、俺たちの立ち位置が後ろに下がってるんだ。でも、誠よりも俺がさらに後ろってのはどういうことだ？　三人の中で俺が一番目立たない位置に追いやられるなんて、マジで考えられない。俺のギターソロをどれだけ多くのファンが待ち望んでると思ってるんだよ。格好いいギターソロのパフォーマンスと肉体美を客席中に見せつけるために、俺は日頃体を鍛えてるんだぞ。

しかも、最近俺のギターソロがない曲が増えてるよな？　俺も当初は、そういう曲がたまにはあってもいいかと妥協してたけど、だんだんその比率が上がってるのはおかしいだろ。もう一回言うけど、俺のギターソロをどれだけ多くのファンが待ち望んでると思ってるんだよ。

なあ志織。俺のこと、世界で一番愛してるんだよな？　なのにこの仕打ちは何だ。

もしかして、プライベートとステージは別ってことなのか？　志織は、SMLの中で自分以上に目立ってファンも多い俺のことを、邪魔だと思ってるのか？　まあたしかに、一流のボーカリストってのは、自分が一番だって気持ちがそれぐらい強い方がいいのかもしれない。

でも、一度疑い出すと、想像はどんどん悪い方向にエスカレートしていくんだ。

もしかして志織は、俺を追い出そうとしてるんじゃないか？

そして、誠と二人で活動しようとしてるんじゃないか？

さらに……作曲はもう全部、誠一人にやらせてるんじゃないか？

もちろんこんなことは、おおっぴらには口にできない。だって、SMLの曲は一応、「作詞SHIORI　作曲SML」ってことで、俺も作曲に携わってることになってるんだからな。——でも実は、俺は作曲には参加してないんだ。

というかこれは、同級生で組んでいた前身のバンド時代からずっと続いてる慣習なんだ。俺たちは元々、スタジオを借りてメンバー全員で曲を作る、ジャムセッションって形で作曲してたんだけど、音楽歴の浅いメンバーが出す案より、明らかに誠の案の方がよかったから、結局徐々に、誠が一人で作る感じになっていった。

その後、ＳＭＬが結成されて、最初のうちは三人でスタジオに入るジャムセッション方式に戻ったんだけど、俺がいてもほとんど役に立たないから、結局また俺はスタジオに行くこと自体めったになくなった。――だから俺は、いつも作曲に使ってるこのスタジオの場所も、今日久々に来たから忘れちゃって、対談に遅刻したんだけどな。

でも、俺が曲作りの作業から外れても、志織と誠からは特に責められなかった。作曲者の名義も「ＳＭＬ」のままだし、作曲分の印税もちゃんと俺に三分の一入ってくる。別に俺が脅してそうさせたわけじゃなくて、本当に二人とも、作曲者の名義を変えたいって言い出さなかっただけなんだ。――まあとにかく俺は、最近までずっと、志織と誠が二人で作曲してるんだって思ってたんだよ。

でもよく考えたら、俺は作曲の様子を見てるわけじゃないから分からないんだよな。それに、前からうっすら思ってたんだけど、ＳＭＬの曲は、誠が前から作ってた曲のテイストと似てるというか、誠のセンスの延長線上にある曲って感じがするんだ。俺だってそれぐらいは分かるんだぞ。だって俺は、誠が作った曲を高校時代から何十曲も聴いてきたんだからな。

そして何より怪しいのは、誠の志織に対する視線や態度だ。やっぱり最近の誠を見てると、志織にベタ惚《ぼ》れしてるような気がしてならないんだ。ただ、気になるのは、今の誠は高校の頃と違って、片思いの悲愴《ひそう》感がないというか、やけに幸せそうなんだ。

もしかして、これは片思いじゃなくて、俺の知らないうちに二人の間に新しい関係ができてるんじゃないか？　それはつまり、志織と誠の主従関係——当然、志織が主で誠が従だ。

まさか、志織はもう、誠と付き合ってるんじゃないか？

奥手な誠をたぶらかして、自分の思い通りに操ろうとしてるんじゃないか？

そして、俺を追い出して、作詞が志織、作曲が誠のデュオになろうとしてるんじゃないか？

——もちろん、さすがに考えがエスカレートしすぎだってことは分かってるよ。

でも同時に、俺は二人から除《の》け者にされても文句は言えないっていう自覚もある。だからこそ、こんな妄想でも心の中から排除しきれないんだ。

そう、俺だって分かってるんだ。——自分にギターの腕がないことぐらい。ギターソロのパートも、最低限のテクニックで演奏できるように気を遣って作られてることぐらい。ネット上ではもう、俺のテクニックの無さが気付かれ始めてることぐらい。だからギターソロを減らされても文句は言えないことぐらい。

それでも、俺のファンは結構いるんだ。だから、もし本当に、お前ら二人で俺を捨てようとしてるんだったら、絶対に許さないからな……）

【記者】 そういった新しい演出のツアーを、ファンのみなさんは楽しみにされていると思いますが、一方で裏で支える側も、今回のツアーは今までとは勝手が違いますよね。

今井カメラマン まあ僕に関しては、従来のライブとは違ったアングルでの撮影が多くなると思いますけど、これからリハーサルなども見ながら、いいアングルで撮れるように詰めていきたいですね。

（なんて、ぶっちゃけた話、もうテレビカメラ入っちゃってるから、オレの写真なんてあんまり必要ないんだけどね。でも、今まで通りライブの撮影の仕事はもらえるみたいだから、精一杯頑張ってる感を出しつつ、適度に手を抜きながらやりますよ。

それにしても最近、ずいぶん志織の帰りが遅いんだよな。曲作りの時期に帰れなくなるのはいつものことなんだけど、それとなくスタッフさんたちに聞いてみたら、まだ来年のアルバムの発売日程も確定してるわけじゃないし、そこまで根を詰めるほどの状況じゃないらしいんだ。

なのに、どうしてこんなに帰りが遅いんだろう。

もしかして、誰かと会ってるのか。

まさか、不倫？——いや、いくらなんでも、まさかにもほどがあるよね。

でも、初めてだよ。一人で家にいるのがこんなに不安で寂しいのは……）

【記者】 マネージャーさんとしても、まったく違った仕事になるんじゃありませんか?

安西マネージャー 私の仕事は、マネージャーとして3人が表現したいものを最大限発揮できるように動くことです。奇抜なパフォーマンスのアイディアが出てくると、大変だと思うこともありますけど(笑)、3人の表現力とセンスを信じてますから、やりがいはありますよ。

(コンサートの演出に関しては、立場的に正直、あまり金をかけられるのは困るんだ。今までSMLは、規模の割には低コストなライブをやってくれていた。でも今回は志織の意向で、電飾にゴンドラにダンサーにプロジェクションマッピングと、ずいぶん金がかかる演出が増えてしまった。しかも、そのことで誠や陸夫とも軋轢《あつれき》を生んでいる。そして、志織がそのことに気付いていないはずがない。おそらく確信犯的にやっているのだろう。もしかすると、彼女は周囲にメッセージを送っているのかもしれない。

「もうそろそろ独り立ちしたい」と。

私は、志織が本気でSMLの解散を考えているのなら、それで全然構わない。私が本当に売りたいのは志織だけだ。私は公私ともに、全てを志織に捧《ささ》げる覚悟があるのだ。

しかし問題は、志織が私と同じ気持ちでいてくれるのかどうかだ。

志織——君は本当に、私を愛してくれているのか?

私のような中年男の嫉妬《しっと》ほど醜いものはないと、自覚はしている。しかしどうしても気になってしまうのだ。志織はここ最近、ツアーの打ち合わせという名目で、私より二十歳近く若い、橋本《はしもと》という、やり手でやたら派手好きな男性演出家と頻繁に会っている。いや、密会していると言った方がいいかもしれない。私を含めた周囲のスタッフにも伝えず、一人でいそいそと彼のもとに出かけているようなのだ。

疑いたくはない。でも、どうしても勘ぐってしまう。

本当に打ち合わせだけなのか――。

なあ志織。君は本当に、私のことを世界一愛してくれてるんだよな。まさか、私から離れようとしているわけではないよな。あの演出家とは、あくまでも仕事上の付き合いなんだよな。

私は君を全力で支えたい。だから君にも、隠しごとはしないでほしいんだよ……)

M こうやって支えてくれている人たちのためにも、いいツアーにしたいですね。

L 俺たち自身が楽しみながら、ファンのみんなにも楽しんでもらえるのが理想だね。

【記者】 さらに、今回のツアー中に、SHIORIさんは26歳の誕生日を迎えるんですよね。

L あ、そういえばそうだったな。

(なんて、本当はちゃんと覚えてたよ。プレゼント何でも買ってやるからな。だから志織も、ちゃんと俺を愛し続けてくれよな)

M　そういう意味でも、記念すべきツアーになりそうだね。
(志織、今度のプレゼントも、喜んで受け取ってくれるんだよね。いつまでも僕を、世界一愛してくれるんだよね。僕は何があっても、君だけを愛し続けるからね)
S　そうだね。きっと思い出に残る誕生日になると思います(笑)。メンバーや、支えてくれるスタッフのみんなと一緒に全国を回って、大勢のファンの前でパフォーマンスできるっていうのは、デビュー以来ずっと夢見てきたことだし、最高に幸せなことです。
(本当だよ、みんな。

愛する人たちに囲まれて仕事ができるなんて、こんなに幸せなことはないよ。

もちろん、あたしが、世間的には好ましくない男の愛し方をしてるってことぐらい、自分でも分かってる……。でもね、こうでもしないと不安でしょうがないの。

だってあたしは、今までさんざん大事な人に裏切られて、辛《つら》い思いをしてきたから、愛する人が一人いるだけじゃ心細いの。

あたしが六歳の頃、大好きだった父が、ある日突然家からいなくなった。

両親は、夫婦でスナックを経営してたんだけど、父が従業員のホステスと駆け落ちしたんだって聞かされたのは、何年も経った後のことだった。

その時、あたしは学んだ。——愛する人が、ある日突然目の前から去ってしまうことが、人生では起こりえるのだということを。

十四歳の時、同じクラスに親友ができた。

遠足のバスの中のカラオケで、あたしが歌った歌を彼女が褒めてくれたのをきっかけに、その子と仲良くなった。彼女はあたしと同じで母子家庭だったこともあって、一時期は休み時間のたびに話し込むほどの仲になった。

でもある日、体育の授業中に、彼女が教室に置いてたヴィトンの財布がなくなる事件が起きた。そして、その時間にたまたま忘れ物をして校庭から教室に戻ってたあたしが、犯人だと疑われちゃった。あたしは本当に無実だったし、必死に否定したんだけど、疑いは晴れないまま、結局クラス全員から仲間外れにされて、そのままあたしは不登校になった。

彼女の家は、どうやら母子家庭とはいってもお金持ちだったみたいで、母が小さいスナックを経営してギリギリで生活してたうちとは大違いだった。しかも彼女は、クラスの中でも一番イケてるグループの子で、内気で友達も少ないあたしとは別格だった。そんな彼女とあたしが友達になっちゃったのが間違いだったんだ。あたしが彼女に嫉妬して財布を盗んだんじゃないかって、真っ先に疑われて当然だったんだ。

あたしは学んだ。——あまり階級が上の人と仲良くなっても、最終的にはこっちが傷つくだけだということを。

あたしはその後、不登校のまま進学もせず、母の店を手伝うようになった。最初はちょっと調理とかを手伝ってただけだったけど、そのうち十六歳なのに二十歳と偽って、ホステスとして働くようになった。まあ、働かせた母も母だったけどね。

そこで知り合ったのが、当時のあたしの設定では四つ年上、でも実際には八つ年上のお客さんの、レイジ君だった。

近所の自動車整備工場で働いてたレイジ君は、優しくてかっこよくて面白くて、しかも店のカラオケであたしが歌うと「超うまい」って誰よりも褒めてくれた。

そのうちレイジ君とは店の外でも会うようになって、レイジ君の住むアパートの部屋にも行くようになった。あたしにとって、男の人との初めてのことは、全部レイジ君が相手だった。レイジ君はギターが趣味で、部屋に置いてあったギターで弾き方を教えてくれて、余ってた一本をプレゼントまでしてくれた。

あの頃は本当に幸せだった。あたしとレイジ君の仲がどんどん深まるのを、母も黙認してた。

そしてあたしは、十七歳で妊娠した。

レイジ君に電話で告げると、すごく喜んでくれた。ただ、「今は忙しくて会いに行けない。仕事が片付いたらすぐ会いに行く」と言われた。あたしは、たぶんその時にプロポーズされるんだなと思って、うきうきしながらレイジ君の仕事が片付くのを待った。

でも、何日経ってもレイジ君は来なかった。電話してもつながらなかった。

さすがにおかしいと思って、電話で妊娠を告げてから一週間後にレイジ君の部屋に行ったら、空き部屋になってた。あたしは慌てて、レイジ君が勤めてた工場の電話番号を調べて電話した。すると、レイジ君が六日前に突然退職したということを聞かされた。

あたしは家に帰って、泣きながら母に経緯を伝えた。すると母は、顔を歪《ゆが》めてため息をついた後、店の金庫からなけなしのお札の束を出して、投げるようにあたしに渡して言った。

「これで手術してきなさい」

あたしは学んだ。——男の人は、不都合なことを見せると逃げてしまうということを。

中絶手術を受けた後、あたしは初めてまともに、人生について考えた。これからどうやって生きていこうかって。

学歴は中卒、いやそれどころか、まともに通った日数を考えると小卒。友達もいないし、男を見る目もないし、ちゃんと就職しようにも何のスキルもない。それどころか、もう二年近く、未成年なのに年をごまかして、毎晩男の客に酒を出して一緒に飲んでる。はっきり言って犯罪者だ。人に誇れるものなんて何一つない。もういっそのこと死んじゃってもいいかな——。

でも、そう思いかけて、一つだけ思い出した。

そうだ、あたしには歌がある！

あたしは内気で対人関係を結ぶのも苦手だったけど、スナックで歌えば一気にお客さんが盛り上がってくれた。声はその頃から若干酒焼けしてたけど、それがまた独特の味のある声になってた。これから先、何も期待できそうにない人生。どうせなら思い切って好きなことにチャレンジしよう。あたしはそう思って、独学で音楽の勉強を始めた。それまでの人生で真剣に勉強なんてしたことなかったけど、好きなことにがむしゃらに取り組むとこんなに夢中になれるんだって感動するぐらい、あたしは一気に音楽の知識を吸収した。実家のスナックで働きながらお金を貯めて、十九歳になる年に、レイジ君からもらったギターと最低限の荷物だけ持って上京して、ライブハウスの舞台に立つようになった。

東京は楽しかった。地元とは比べものにならないくらい毎日が刺激に満ちてた。同じライブの出演者の中にも、音楽そっちのけで、ボーカルが心臓手術の痕《あと》を見せつけて自分の生い立ちを延々と語るようなバンドもあった。まあ結局そのバンドは解散しちゃったみたいだけど。

そんな中あたしは、ライブの打ち上げで出会ったカメラマンの修一《しゅういち》と意気投合して、すぐに同棲《どうせい》した。修ちゃんは一緒にいても気を遣わなくてよくて居心地がよかったから、とうとう勢いで結婚までしちゃった。まあ今考えれば、東京の熱に浮かされてた感もあったけど。

ただ、音楽の方はちゃんと真面目にやってた。すると上京から一年ちょっとで「ギターで弾き語りをする、いい声の女性シンガーがいる」っていう評判が徐々に広まっていった。自分で言うのもなんだけど、正直勝算はあった。歌唱力には元々自信があったし、あたしみたいに酒焼けしたハスキーな声で、ちゃんと高いキーも出せる女性シンガーは他にいなかった。それに自作の曲も、結構いいものができてる手応《てごた》えがあった。

やがて、今のマネージャーの安西さん——パパにスカウトされて、デビューを持ちかけられた。「君には天賦の才能がある」とまで言ってもらえた。ただ、そこであたしは悩んだ。

あたしは修ちゃんと結婚しちゃってるし、過去には未成年なのにスナックで働いたり、子供を堕《お》ろしたりしてる。もしソロシンガーとして注目された時、そんな経歴が傷になるかもしれない。あたし一人が注目されないようにするためには、バンドを組んだ方がいいと思った。

ちょうどそんな時、ライブハウスで共演した誠に「うちのバンドのボーカルにならないか」と誘われた。あたしは誠と陸夫君の演奏を聴いて、その誘いを受けることにした。だって二人は、正直あたしから見ても全然才能がなかったのに、なんとか売れたいっていう切羽詰まった感じが前面に出てて、目がギラギラしてたんだもん。この二人なら、絶対にあたしを大事にしてくれると思った。——あたしは十四歳で学んでるからね。自分に比べてレベルが高すぎる人と仲間になると後が怖いって。その点、誠と陸夫君なら絶対安心だった。

そして結成したＳＭＬで、パパのマネジメントでデビューした。パパは最初、あたしが連れてきた誠と陸夫君に、特に陸夫君の演奏の下手さに戸惑ってたみたいだったけど、そんな技術はそのうち向上するし、それよりも上昇志向が大事だとあたしは思ってた。実際、あたしの読みは当たった。

あれからたった五年で、あたしたちはここまで登ってこられた。予想以上の成果だった。あたしの歌声はやっぱり強い個性があったし、楽曲もパパの戦略もうまくハマった。それに、メンバー内に恋愛関係があるんじゃないかって思われたことも、かえって話題性が出てプラスになったと思う。三人ともそれなりにルックスが良かったから、なおさらそういう想像をかき立てたみたい。──まあ、実際今は付き合ってるんだけどね。

でも、あたしたちがここまでこられた一番の理由は、はっきり言って運だと思う。主題歌を歌った深夜アニメがヒットしてあたしたちの知名度が上がったり、テーマソングを歌ったW杯で日本代表が大活躍したのは、あたしたちの力とは関係なく、完全に運だ。もしデビュー直後にタイムスリップしてまた同じことをやっても、今度は売れない可能性だって十分あると思う。

そんな幸運にも恵まれて、大勢のファンに愛されて、今あたしは最高に幸せだ。

そして、ファンだけじゃなく、周りの男の人たちも、次々にあたしを好きになってくれた。

あたしはみんなの思いを断ることなんてできなかった。結婚してることは内緒にしてたし、それにあたしは六歳で学んでるからね。愛する人は突然去って行ってしまうことがあるって。──でも、もしそんなことがあっても、愛する人が何人もいれば大丈夫。

だからあたしは、みんなの愛をつなぎ止めるために、それぞれの男の人の好きなタイプの女を頑張って演じてきた。もう、本当のあたしがどんなだったかなんて分かんなくなっちゃった。でも、みんなのことを本気で愛して、それでみんな幸せだったら、あたしがしてることは全然悪いことじゃないと思う。

ただ、最初は、愛する人が何人もいれば一人ぐらい失っても大丈夫なんて思ってたけど、今はもう、この中の誰も失うことは耐えられない。あたしは全員のことが本当に大好きなの。あたしを好きになってくれてる人を、全員幸せにしたいんだ。

まあ、だからってプレゼントを融通させちゃってるのは申し訳ないとは思うけど、忙しい中でみんなが喜んでくれる物を揃えるのは、人の力も借りないと難しいんだ。あと、夫婦で暮らしてる部屋とは別に、他の彼氏と会う用の部屋も内緒で借りてるんだけど、これもばれさえしなければ、みんなと幸せに過ごせるすごくいい方法なんだ。もちろん、夫や彼氏たちだけじゃなく、週刊誌とかにもばれないように注意は払ってるしね。

とにかく、あたしは仕事でもプライベートでも、みんなが喜ぶ顔が見たくてずっと頑張ってきた。その結果、あたしは夫にも恋人たちにもファンのみんなにも愛されてる。孤独だった思春期に比べれば、夢のような状態だよ。

――でも、この幸せは、長くは続かないんだ。

声が出にくいことは、もう一年以上前から感じてた。工夫してケアもしてたけど、売り出し中の時期だったから活動を減らすこともできなくて、ギリギリの状態でやってた。喉《のど》から血が出たこともあったけど、みんなに心配かけたくないから黙ってた。――だってあたしは、十七歳の時に学んでるから。男の人は、不都合なことを見せると逃げてしまうことを。

でも、それがなおさらよくなかったみたい。

あたしの声帯は、とうとう限界を迎えちゃったの。

ボイストレーナーさんにもお医者さんにも、もう回復は無理だって言われちゃったの。

高音域の歌手は寿命が短い。澄んだ高音が持ち味だった人が、年を取って少し声がかすれただけでも、「劣化した」なんて言われちゃうからね。しかもあたしの場合、元々かなりかすれた中で奇跡的に高音が出るっていう、ギリギリのところで絶妙なバランスをキープしてたから、少しバランスを崩せばあっという間に、聴くに堪えない声になっちゃうの。――そんなことに、なんでもっと早く気付かなかったんだろう。今さら後悔しても遅いんだけど。

今は歌い方を変えながら、どうにか劣化をごまかしてるけど、それすらできなくなるのも時間の問題だと思う。そしたら、あたしはどうなるのか……想像するだけで、ぞっとする。

歌声を失ったあたしに価値なんてない。きっとあたしの大事な人もファンもみんな、手のひらを返したようにあたしから離れていくんだ。十四歳の時の友達のように。

そしてあたしは、一緒に伝説を目指してきた、誠と陸夫君のことも裏切ることになるんだ。

あたしの声が出なくなれば、SMLは絶対に伝説になんかなれない。ピークを過ぎても音楽の世界にしがみついてるような、惨めなバンドにしかなれない。よっぽど演奏がうまかったり、作り出す曲がよっぽど素晴らしければ、少しはましな形で生き残れるかもしれないけど、SMLはそんなバンドじゃない。幸運に恵まれてここまで来ただけの、メッキが剝《は》がれれば大した才能がないってすぐばれてしまうレベルのバンドだ。それははっきり断言できる。――だってSMLは、ほとんどあたし一人でもってるんだから。せめて、そんなあたしを、誰かが支えてくれればいいんだけど……)

L マジで今回は、伝説のツアーにしますよ! ぜひ期待してほしいね。

(なあ志織。お前は今まで、俺のためにとことん尽くしてくれたよな。だから、誠をそそのかして俺を捨てたりしないよな。これは全部俺の妄想だよな。お前は俺を、世界一愛してくれてるんだよな)

M 今年一杯、新曲、ツアー、アルバムと、寝る間もないほど活動がありますから、ファンのみなさんにはもっともっと楽しみを提供できると思いますね。

(志織、僕を捨てたりしないよね。もし捨てられたら、僕はもう生きていけないよ。だって、僕はもう、曲の作り方なんて忘れちゃってるんだから。

みんなには秘密にしてるけど、実はもう、作曲は完全に志織一人の仕事なんだ。僕だって、自分よりはるかに優れた才能の持ち主を見ると、自分が加わるのが無意味だって分かっちゃうからね。前身のバンドでは逆の立場だったんだから。

今では、作曲の時のスタジオで僕は、志織が思い付いたメロディを譜面におこす係なんだ。しかもそれは、志織一人でも手間さえかければできないわけじゃない。要するに僕は、ただの書記だ。「作詞SHIORI　作曲SML」なんて真っ赤な嘘で、本当は「作詞作曲SHIORI　書記MAKOTO」なんだよ。

志織は本当にセンスがあるから、僕の曲のスタイルの延長線上にあるようなメロディを、僕よりはるかにハイペースで量産できる。僕が気に入るように、「僕っぽい曲」を作ることができるんだ。なのに、僕と陸夫にも印税を分け与えるために、作曲者として僕らの名前を入れてくれてるんだ。こんないい子はいないよ。

たぶん、陸夫は今でも、僕が作曲に加わってると思ってるんだろうな。

もっとも僕も、わざと陸夫に勘違いさせたままにしてる部分もあるんだ。今の僕は、本当は陸夫と同じ立場なのに、少しでも精神的に優位に立ちたくてね……）

安西マネージャー　普通、それだけ忙しいともうちょっと愚痴るものなんですけどね、この3人はその忙しさを楽しみながら、本当に一生懸命やってくれてます。私たちも、その頑張りに精一杯応えていきたいと思いますね。

（志織、お願いだから、私を捨てたりしないでくれよ。君にはもっと働いてもらわないと困るんだ。今や君は、うちの事務所の稼ぎ頭なんだからな。

最近声が出にくくなっていることぐらい、私だって気付いている。でも根性で乗り切ってもらうしかない。昔から歌手というのはみんな、そうやって乗り切ってきたんだよ。

医者とかボイストレーナーとか、ああいう輩《やから》はこっちの懐事情も知らずに、休ませろなんて適当なことを言うよ。でも、彼らの言う通りに歌手をしょっちゅう休ませていたら、日本の音楽業界はとっくにつぶれている。ただでさえ厳しい時代なんだからな。

大丈夫だよ志織。君はもし歌えなくなっても、可愛くてそれなりにトークもできるから、タレントとしてつぶしが利く。誠も陸夫も、捨てるには多少の抵抗があるかもしれないが、いつまでも三人でやっていく必要なんてないんだ。

志織の人生を、私なら確実に支えていけるんだ。だから他の男に乗り換えたりするんじゃないぞ。君の大抵のわがままは許してやるけど、それだけは許さないからな……）


今井カメラマン　僕も楽しんで、ツアーの写真を撮りまくりたいと思います。

（まあ難しいことは分からないけど、もうちょっと志織がオレとの時間を作ってくれたらいいなあ。その上もっと稼いでくれたら、言うことなしなんだけどね。

一人で家にいると寂しくてさ、ゲームばっかりやっててもさすがに間が持たないから、ついキャバクラとかセクキャバとかイメクラとかソープとか行っちゃうんだよね。それだけ金使っても、どうせ貯まる一方なんだからばれやしないだろ。

でもやっぱり、心の底から満たされるのは、志織といる時だけだよ。

愛してるよ志織。絶対離さないよ。だって、こんないい女を手放したら、またフリーカメラマンとして、しんどい仕事をしなきゃいけなくなるからね……）

L　今井は、楽しみすぎると撮るの忘れちゃうからだめだよ（笑）。

M　あと今井君、時々居眠りしてるしね。

L　今井は徹夜するほどのゲーム好きらしいからな。仕事以前に、家でゲームを楽しみすぎてるんだよ。

今井カメラマン　ちょっと、僕だけひどい言われようじゃないですか（笑）。

S　アハハハ（笑）。

（無理だよね。支えてもらおうなんて。

しょうがない。愛する男たちをこうしちゃったのは、あたしなんだから。

でもあたしは、今あたしを愛してくれてる人が、この先愛してくれなくなっちゃうことに、もう耐えられない人間になっちゃったの。なのに、みんなに愛され続けるために必要不可欠な声が出なくなるなんて、こんな絶望的な状況はないと思ってた。

だけどね……あたしは一つだけ、解決方法を見つけたの。

演出家の橋本さんと相談しながら、あたしは計画を詰めてきた。もちろん、橋本さんにも真意は説明してないけどね。それでも、計画が確実にうまくいくように入念に準備を進めて、もうほとんど完成したところなんだ。

この方法を使えば、あたしもSMLも、永遠にみんなに愛され続けて、伝説として語り継がれることができるんだよ。

今回のツアーで、誠と陸夫君を含めたバンドメンバーには後ろに下がってもらって、ステージ上のスペースを広く空けてもらうことにした。特に陸夫君は、演奏は下手だけどギターソロのパフォーマンスで派手に動き回るから、安全のため誠よりも後ろに下がってもらった。といっても、『メッセージ』はギターソロをなくしたから、さすがに陸夫君も動き回らないと思う。あたしが二十メートル上にいる間も、きっと定位置にいてくれるよね。

計画実行の日は、ツアー中に迎える、あたしの二十六歳の誕生日に決めたんだ。そして計画が成功したら、誰かがきっと『SML END TO START』っていうツアータイトルと、新曲の『メッセージ』に込められた意味に気付いてくれると思う。

歌詞にはこだわったよ。あたしが最後に歌う歌だし、一文字でもずれちゃいけないからね。元々はただ、頭文字を順番に読んでもらうつもりだったけど、そういうのって「縦読み」っていう、すでにある手法らしいんだ。だからあたしは、せっかく完成しかけた歌詞を作り直したの。そのせいで締め切りからだいぶ遅れちゃったんだけどね。

でも、そうやってなんとか完成した歌詞は、文章になってるところが二カ所あるんだ。

これがまさに、あたしからみんなへの「メッセージ」。あたし中卒だし不登校だったから、『END TO START』ってのがちゃんとした英語になってるか自信ないんだけど、「終わりから始めに向かって読む」っていう意味を込めたんだ。これって、縦書きにして左から読むと読みやすいから、「横読み」って呼ぶのがいいかもね。

上から何文字目と何文字目の二列にメッセージが隠されているか、あたしがぴったり生きた年数にちなんでるから、きっと誰か気付いてくれるよね。

誠、陸夫君。これであたしたちは伝説になれるよ。

パパ、修ちゃん。みんなに愛されたまま終われて、あたし、とっても幸せだよ。

みんな、ありがとう。でも、ごめんね……）

【記者】それでは、ツアー楽しみにしてます。今日はどうもありがとうございました。

SML　ありがとうございました！

最後に、新曲『メッセージ』の歌詞を特別に先行公開する。いったいどんなメロディに乗るのか、ファンにとっては発売が待ち遠しいばかりだろう。

メッセージ

作詞　SHIORI　作曲　SML

また仕事だね　デートの約束
ずっと会えぬままの週末
ただ君を愛しているから
あせりなんてないから
不幸になっちゃう予感
あれれ気分落ちこんでる
まさかね私らしくないね
純愛の結末かなえよう
空に向かいラブソング奏でよう
切ないよねドラマのようには
ぜんぶ伝わんない　愛のメッセージ
悩みはもうゴミ箱に捨てて

つらいだけだね　ふたりでいても
かなしいかんけいなら　もうやめよう
つよがりをいってみても
なさけなくなるだけ
もう明日へ出発しよう
たとえ過去が懐かしくても
今が一番と声に出せるよう
ありったけうんと生きてみたい
さあ明日はもっとよくなるように
切ないロマンスの分だけもっと
がんばれとメッセージ　自分に送ろう
恨みはもうゴミ箱に捨てて

The Fourth Talk

「テレビマニア」

9月10日〜9月23日号

もうすぐ最終回!『花ムコは十代目』のムコ＋娘＋頑固オヤジ3者対談
大竹俊也《おおたけとしや》×江本莉奈《えもとりな》×土門徹《どもんとおる》

9月17日に最終回を迎える連続ドラマ『花ムコは十代目』。
今回、クランクアップ直後の撮影所にて、主人公の花ムコ・木戸《きど》一喜《かずき》役の大竹俊也(25)、その妻・愛美《まなみ》役の江本莉奈(21)、そして愛美の父親で老舗《しにせ》和菓子店の9代目店主・剛蔵《ごうぞう》役の土門徹(56)の対談が実現! 撮影中の裏話から、プライベートな話、そして気になる最終回の行方まで、おおいに語ってもらいました!

【取材・文　谷川舞子　写真　津村浩】

【記者】今日で全撮影が終了ということで、まずはお疲れさまでした。
大竹　お疲れさまでした!
江本　無事クランクアップできてほっとしています。
【記者】江本さんは今回が初のドラマ主演でしたが、今のお気持ちはいかがですか?
江本　最初は、自分に主演が務まるのか不安で眠れないくらいだったんですけど、周囲のみなさんに支えてもらってこの日を迎えることができて、本当にほっとしています。みなさんに心から感謝したいです。
（でも、一番感謝してるのはトッシーだよ。あなたがいたから、あたしは撮影中もずっと幸せな気持ちでいられたの。最初の顔合わせの時、初めてトッシーを生で見て、あたしは一目惚《ぼ》れしちゃった。だから、三話目の撮影の後に告白してくれた時は本当にうれしかったよ）

大竹　まあでも、江本さんはそんな不安を感じさせないくらい落ち着いてましたし、演技の方も、とても素晴らしかったですよ。

（本当にすごく上手だったよ、りなたん。でも一番可愛いのは、演技をしてない素顔のりなたんだよ。早くこんな取材終わらせて、また二人でイチャイチャしたいな～）

【記者】　現場の雰囲気はとても良かったみたいですね。先ほども、大竹さんと江本さんが楽しそうに会話をされてましたが、どういった内容の話をしていたんですか？

江本　あ、見られてましたか（笑）。ええっと、内容は……ちょっと秘密です（笑）。

（やだ、「次のデートはどこに行こうか」って話してたなんて言えるわけないじゃん）

大竹　いやいや、たいした話じゃないですよ（笑）。そのハートのネックレスどこで買ったの？　とか、そんな他愛《たわい》のないことです。

（もう、りなたんってば、そんな慌てたそぶりを見せたら、二人の関係がこのオバさん記者にばれちゃうかもしれないだろ。まあ、そんなおっちょこちょいなところも可愛いんだけどさ）

土門　２人のおかげで現場の雰囲気は良かったですよ。本物の夫婦みたいに仲むつまじくてね。ひょっとして本当に何かあるんじゃないかって勘ぐっちゃうほどだったね。

（ああ、くそっ、面白くねえ！　こいつら撮影中からこそこそ隠れていちゃつきやがって！　俺にばれてねえと思ったら大間違いだってんだよ！）

江本　あはは（笑）。やめてくださいよ～、土門さん。

（マジでやめてよ。あたしたちの関係がばれたら面倒なことになっちゃうでしょ）

大竹　まあもちろん、夫婦役だからかなり打ち解けましたけど、あくまでもビジネスライクな関係ですからね（笑）。

（なんて、もちろん嘘だからね。本当はりなたんのこと超大好きだよ。ケータイにりなたんのイニシャルの「R」からの着信があるたびに、一気にテンション上がるんだから。早く二人っきりでラブラブしたいよ～。りなたん、今夜はスケジュールどうかな？）

【記者】　土門さんは、強面《こわもて》の頑固オヤジという役柄でしたが、撮影中は共演者とリラックスしてお話をされたりもしたんですか？

土門　和菓子職人役のみんなとは、ずっと一緒にいたんでね。いろんな話をしましたよ。

（そうだ、いいこと思い付いたぞ）

大竹　そうでしたね。

土門　そういえば一度、職人役のみんなで、女の体のどこのフェチかっていう話になって、たしか俺と大竹は、おっぱいフェチってことで意見が一致したんだったよな（笑）。

（どうだ大竹。いきなり猥談《わいだん》を挟んで、好きな女の前で恥をかかせてくれるわ！）

大竹　えっ、そんなこと言いましたっけ（笑）。

（おい、何だよオッサン。もしかして、りなたんの前でおれに恥をかかせようとしてるわけ？　いたよね〜、中学の時とか、モテる同級生をひがんでこういう茶々入れてくるモテない男子。この年になってまだそんなことやってんのかよ。……あ、もしかして土門さんも、りなたんのこと狙ってるの？　まさかとは思うけど、念のため少しは注意しといた方がいいかもな）

江本　え〜っ、そんなこと話してたんですか（笑）。

大竹　ちなみに江本さんは、男のどこフェチ？

江本　私は……そうですね、顔ですかね。

大竹　顔フェチ？　それって要するに、ただの面食いってことじゃん（笑）。

江本　あはは、そっか（笑）。

大竹　とまあこんな感じで、いつも他愛のない話をしながら笑いの絶えない現場でした。

土門　ああ、そうだったな（笑）。

（ちっ、大竹の野郎め、俺の猥談トラップを軽くいなして、結果的にソフトな会話につなげやがった。こういうモテる男特有のたたずまい、つくづく気に食わねえぜ）

【記者】　なるほど、これほど和やかな現場なら、ドラマ初主演の江本さんもリラックスできたでしょうね。ところで、江本さんは第1話の冒頭の結婚式の場面で、初めてのキスシーンも経験されたんですよね。

江本　初めてのキスシーンというか……人生初めてのキスでした。

大竹　あ、そうだったんだ。なんか申し訳ないですね（笑）。
（じゃありなたんは、プライベートも含めて、おれとしかキスしたことないってこと？
うれしいよ、りなたんの初めての男になれて）
土門　いいなあ、俺もそろそろ初めてのキスシーンがしたいよ。
大竹　またまた（笑）。冗談でしょ土門さん。
土門　いや、初めては言い過ぎにしても、俺みたいな悪人面じゃキスシーンなんてほとんどないんだぞ（笑）。Vシネマで殺し屋の女とキスした時も、直後にその女に刺し殺されたからな。
大竹　それはお気の毒でしたね（笑）。
土門　おいっ、失礼な言い方をするな（笑）。
（ふん、二十歳そこそこでドラマの主役張れたお前に、俺の苦労なんざ分からねえよな。俺が二十代の頃は、バイトしながら貧乏劇団で細々やってたんだ。しかもその劇団でも主役張れたわけじゃなくて、ヤクザとかチンピラとかの脇役ばっかりだったんだぞ。俺だってお前みたいな整った顔に生まれてりゃ、きっとすぐに売れてたってんだよ）
【記者】　一方大竹さんですが、今回、老舗和菓子店の10代目となる婿の役を演じるために、実際に和菓子店で1週間みっちり修業をされたそうですね。
大竹　はい。リアルな演技ができるように、1週間しっかり勉強させていただきました。
（本当は番宣のメイキング映像を撮るために、修業のまねごとを半日しただけで～す）

江本　やっぱり、それだけ熱心に役作りしただけあって、大竹さんの和菓子作りのシーンは、本物の職人さんみたいでかっこよかったです。
（本当だよ、トッシー！　そして熱視線を送るあたし）
大竹　まあ、主演俳優としては当然だよ。
（ありがとうりなたん。ああ、ちょっと見つめ合っただけで、大好きが止まらないよ）
土門　いいな大竹。俺だって一応、現場で専門家のレクチャーを受けてちゃんと演技したのに、莉奈ちゃんにかっこいいなんて一度も言われなかったぞ。
（畜生、今こいつら、あからさまに視線を交わしやがった！　まったく虫酸《むしず》が走るぜ）
江本　あ、ごめんなさい（笑）。もちろん土門さんもかっこよかったですよ。
（もう、何なのおじさん。あたしとトッシーの間に割り込んでこないでくれる？）
土門　ありがとう（笑）。しかし俺から見ても、大竹の演技への姿勢は勉強になったよ。
（なんて、俺も大人だから取材でこれぐらいのリップサービスはするけどよ、本当はお前から学ぶものなんざ一つもねえからな！　だいたい最近やたらと「役作り頑張ってますアピール」をする若手俳優が増えたけどよ、デニーロやダスティンホフマンみたいに体形を激変させたり難役を演じ切ったならまだしも、こんな二流ドラマで役作りなんざ必要ねえだろうが。まあ、どうせ本当にみっちり役作りしたわけじゃなくて、番宣で流すためにせいぜい半日、カメラの前で和菓子の体験教室程度の「なんちゃって役作り」をしたのが関の山だろうがな）

【記者】 大竹さんは、昨年公開された映画『魂のペダル』で競輪選手役を演じた時も、本格的な自転車のトレーニングをなさったんですよね。

大竹 はい。今でもプライベートで、週1回はグリオンのクロスバイクに乗ってますよ。（とまあ、あの映画以来、来年まで自転車メーカーの「グリオン」の名前を小出しにして金をもらうステマ契約を結んでるんだけど、本当はあのチャリ、もう半年ぐらい乗ってないんだよね）

【記者】 しかし役作りといえば、今までの長いキャリアの中で数々の難役をこなしてきた土門さんは、もっと過酷な役作りの経験もあったんじゃありませんか？

土門 まあ、役作りのつもりでやってたわけじゃないけど、俺はこの顔のせいで、悪役が多いからね（笑）。芝居だけで食えなかった頃に、柄の悪い連中ばっかりの職場で働いてた経験は、役に立ったかもしれないね。

大竹 何の職場ですかそれ？　もしかして、本物の暴力団に入って役作りしたとか？

土門 そんなわけないだろ（笑）。俺がやってたのは、トンネルを掘る仕事だよ。でも労働環境はひどかったし、周りも柄の悪い連中がいっぱいで殺伐としてて、労働者同士でたいした理由もなしに殴り合いのケンカになることもしょっちゅうだったんだ。あんな荒《すさ》んだ環境に身を置いた経験は、悪役の芝居に多少は生かされてるかもしれないな。

（まったく、お前ら二人には、これから先も永遠に分からねえだろうな。俺たちみたいな役者の、下積み時代の苦労ってのは。

世の中「人は見た目が九割」なんて言われたりもするが、役者の世界ほど、持って生まれた顔の造作で運命が決まっちまう世界はねえだろうな。見た目が九割どころか、九割九分九厘ってとこだろう。お前らみたいな抜群に整った顔で生まれりゃ、お姉ちゃんが勝手に応募しました、なんてふざけた理由で大手のプロダクションに簡単に入れて、大して努力しなくても若いうちに成功できちまう。でも俺みたいな面《つら》じゃ、実家の農家を勘当同然で飛び出してから、好きな芝居のためにどんなに努力してもずっと辛酸を舐《な》め続け、運よく拾われるのを延々と待ちながら、芸能界の底辺を這《は》いつくばってゴキブリみたいに生きていくしかなかったんだ。

大竹俊也よ。お前は二十代で高級マンションに住んで、外車乗り回して、有名新人女優に手を出せるけどな。同じ二十代の頃の俺は、風呂《ふろ》無しアパートに住んで、持ってる乗り物は錆《さび》の浮いた自転車だけ。女優に手を出すにしても、相手は同じ貧乏劇団の無名女優だったんだぞ。

アルバイトも、周りのみんなは「人間観察のため」とか言って接客業をやるんだ。ところが俺はこの悪人面だ。接客業はことごとく落とされ、接客以外の仕事に就いても、ただ無表情で話を聞いてるだけで「なに睨《にら》んでんだ」とか「ケンカ売ってんのか」なんて上司や同僚に絡まれて、なかなか長続きしなかった。とはいえバイトしなけりゃ生きていけねえ。劇団の活動費だって団員みんなで出さなきゃならねえしな。

結局、劇団の活動期間以外の短期で多くの金が手に入って、しかもこの悪人面でも大丈夫って仕事を探してるうちに、行き着いたのがトンネル工事の現場だったんだ。ただ、三十年も前って時代のせいなのか、たまたま俺の入った現場がひどかったのか知らねえが、とにかく無茶苦茶な労働環境でな。時間外労働も、揉《も》め事も、死人が出ない程度の事故も日常茶飯事。周りには暴走族上がりとかムショ帰りの奴なんかもいて、雰囲気もギスギスしてて、本当に嫌な現場だったよ。今で言うブラックバイトってやつかもな。

でも、そんな中で真面目に働いてた俺は、しだいに出世しちまったんだ。工事に必要な資格を上に勧められるまま色々取って、大事な倉庫の鍵《かぎ》まで任されたりしてな。そうなってくると、次の葛藤《かっとう》が出てくるんだ。「俺、このままここに就職した方がいいんじゃねえか」って。

これも、お前らには絶対分からねえだろうよ。俺たちのような役者が、本業で一切芽が出ず、バイト先では重宝されるって状況が何年も続くと、もしかしたら俺はこっちの世界の方が向いてるんじゃねえかって思っちまうんだ。劇団の仲間の中にも、最終的にバイト先に就職して引退した奴が何人もいたよ。——まあ俺に関しては、職場環境が劣悪だったのが結果的にはよかったのかもな。どんなに出世しても、ここで一生過ごすのはごめんだって思えたからな。

しかも、そうやってまったく芽が出ねえまま三十近くになった頃に、付き合ってた女優が俺のもとを去っちまったんだ。彼女は劇団も辞めちまって、無名とはいえ彼女が看板女優だったから、劇団もつぶれそうになっちまった。本当にあの頃が人生のどん底だったたな。夢をあきらめて実家に帰ろうにも、もう農業は弟が継いでたしな。自分が本当に芝居が好きなのかも分からなくなりそうな中、それでもなんとか有名になりたい、芝居で飯が食えるようになりたいって、ほとんど神頼みで、何百回落とされてもオーディションを受け続けてたんだ。

そんな中、静岡《しずおか》のトンネル工事の現場から、わざわざ一日だけ東京に帰って受けた舞台のオーディションで、嫌味な演出家に「才能がない」とか「辞めちまえ」とかぼろっかすにけなされたんだ。その時は本当に、もう一歩でぶち切れるところだったよ。工事現場に戻ってもまだ怒りが収まらず、むしろ増すばっかりで、もう生きてることも嫌になって、いっそあの演出家を派手にぶっ殺して俺も死んで、伝説の殺人犯として有名になってやろうか、なんてことまで本気で考えたんだ。あの時は、俺を見出《みいだ》さねえ業界関係者を呪う気持ちと、ただ有名になりたいって欲が混ざり合って、ほとんど発狂寸前だったな。

ただその数ヶ月後、別の映画のオーディションで、俺は生まれて初めて、エキストラじゃなくて台詞《せりふ》がいくつもある、ちゃんと役名がついたヤクザの役をもらうことができた。まあそれでも開始三十分で死んじまう役だったんだが、俺は全力で演じた。すると、その演技がちょっとした評判になって、それから少しずつ運が向いてきたんだ。ヤクザ役に強盗役、殺人犯役に強姦魔《ごうかんま》役、中には強盗強姦殺人犯のヤクザっていう、悪の万能選手みたいな役まであったな。でも、そんな役をこなすうちにじわじわ仕事が増えて、ようやく役者一本で飯が食えるようになったんだ。もしあのきっかけになった映画がなけりゃ、俺は本物の殺人犯として有名になってたかもしれねえからな。危ねえところだったよ。

――なんて、ここまで感慨深く、記憶を噛《か》みしめながら俺が苦労話をしたところで、苦労知らずのてめえらの心には響かねえんだろうな。ほら、大竹なんて俺を見ながら「重い話するなよ、空気読めよ」みたいな顔してやがる。ふん、気に入らねえぜ……)

大竹　いや、大変だったんですね。僕なんかまだまだ、修業が足りませんよ。

（ちょっとオッサン、空気読んでよ〜。そんな、脇役俳優のただ重いだけで何のオチもない話、テレビ雑誌に載っても読者の気が滅入《めい》るだけじゃん。芸人だったらまだ、こういう苦労話でも必ずみんなオチつけるけどさ、下積みの長いベテラン俳優ってこれだから面倒臭いよね）

【記者】一方で江本さんも、21歳という若さで、もちろん独身でありながら新婚の妻役を演じ切ったわけですが、難しくはなかったですか？

江本　重圧もありましたけど、悩んでもしょうがないので、本当に大竹さんと夫婦なんだって思い込んで体当たりで演じました。撮影がない日は、寂しくて不安になるくらいでしたよ（笑）。

（本当だよ、トッシー。こうやってトッシーの顔を見つめてるだけで、あたし胸がキュンキュンしちゃうんだから。ああもう、マジで好き好き好き！）

【記者】 デビュー直後から演技力には定評がある江本さんですが、役に入り込んでいる間は、本当に相手役の俳優さんを愛してしまうものなんですか？

江本　はい。……と言うのも照れちゃいますけど（笑）。

土門　いやあ、うらやましいなあ大竹。

（ああ畜生、いらいらするぜ。こんな対談、俺なしでやってくれりゃよかったのに）

大竹　いや、ありがたいですね。僕もちょっと照れちゃいますけど（笑）。

（もう、だめだってば、りなたん。そんなまっすぐな目でおれを見つめたら。でも、そうやって一途《いちず》におれを愛してくれて、本当にうれしいよ。おれだって、りなたんとなら毎日でも会いたいよ。りなたんの、ショートカットが似合う可愛い顔も、チャームポイントの大きな耳も、すらっとスレンダーな体も、全てが愛《いと》しいよ。

まあ、でも――結婚はないけどね。

だって、結婚なんてしたらさ、今キープしてる十人以上の女たちを捨てなきゃいけなくなるでしょ。それはもったいないもん。

やっぱりさ、女をものにする時の、このプロセスが一番わくわくするんだよね。まだ汚れてない、この世界に入りたての女の子に、おれみたいな一流俳優がちょっと優しくしてやれば、すぐ虜《とりこ》にできるんだ。あとは体を奪うのは時間の問題。芸能界ってのは、日本中から可愛い子が集まってくるからね。そういう子を手当たり次第に抱いていくのは、おれのような選ばれた男にしかできない最高の遊びだよね。

しかも、相手が処女だったりしたら最高だよ。まあ新人のタレントとか女優ってのは、処女ぶってて実は違うなんてこともよくあるんだけど、りなたんは久々に本物の予感がするんだよね。二十一歳なら、うぶな子だったらありえるもんね。ああ、楽しみだなあ。処女をさ、何回も抱いていくうちに、徐々におれに合った体にしていくの。痛みの先の快感を覚えさせて、おれの思い通りに動くように手なずける。これが醍醐味《だいごみ》なんだよね。ただ、その段階を過ぎると飽きちゃって、会うのも面倒臭くなっちゃうんだけどさ。で、どんどん違う女に手を出してるうちに、手持ちの駒がずいぶん増えちゃったんだけど、そいつら一人一人にもたまに会ってやらないと「なんで最近会ってくれないの？」なんてごねてくるのが面倒なんだよ。ちゃんとおれの気が向いた時、久々にあの体を味わいたいって思った時に抱いてやるんだからさ。いちいち文句言うなっつーの。しかもさ、最初に抱いた時は「期待の新人」なんて言われてたのに、結局あんまり売れない女もいて、そういう女はおれの稼ぎを目当てに結婚を迫ってきたりするわけ。そんな奴と結婚なんかできるかっつーの。りなたんはくれぐれもそういう面倒な女にはならないでくれよな。

あと困るのが、勘が鋭くて、おれが何股《また》もかけてることを嗅《か》ぎつけちゃう女。これも面倒なんだよね。「私以外の女と別れて」だなんて、無茶言うなっつーの。

結局、こういう輩《やから》が最終的に、悪質クレーマーになっちゃうんだよね。「私と結婚しないなら慰謝料払って」なんて、馬鹿なことほざくの。おれクラスの男がわざわざ抱いてやったのに、その上に金まで取ろうなんてどういう神経してるんだって話よ。

で、そんな悪質クレーマーの行き着く先が、自爆テロ犯ね。「あなたに弄《もてあそ》ばれたことをマスコミに暴露してやる」なんて、鬼婆みたいな顔で捨て身で脅してくるの。ここまでくると、なんでこんな女を好きになったんだろうって、すごい後悔しちゃうんだ。

ま、そういうひどい女への対策も、ちゃんと講じてあるんだけどさ。

うちの寝室には、ベッドの周りのインテリアや小物、そして天井にも、隠しカメラが仕込んであるんだ。相手の女がシャワーを浴びてる間に、リモコンで録画スタート。そうやって全ての女とのプレイの様子をちゃんと撮影して、ケータイにもパソコンにも保存しておくの。今ではおれ、隠しカメラに女の顔と局部がはっきりと写るようにしつつ、おれ自身の顔は女の体の陰に隠すっていう、絶妙な体位をとる名人だからね。

で、女がおれとの関係を暴露するとかほざいてきたら、おれの顔が映ってない場面をつなぎ合わせて編集した画像を見せて「じゃあこれをネットに流しちゃおうかな～」って言ってやるの。それだけで女は泣き崩れて、何もできなくなるからね。もちろん泣いてる女に向かって、その画像が何ヵ所にも分けて保存されてること、今後おれを怒らせるような行動を一度でも取ったらすぐに画像をネット上に公開することを、ちゃんと伝えるのも忘れない。

そこまで脅してやれば、ほとんどの女が泣き寝入りするんだけど、今までに馬鹿な女が二人、自殺を図っちゃったことがあるんだよね。一人は手首を軽く切っただけで、手切れ金と口止め料を山ほどくれてやったらなんとか収まったけど、もう一人は本当に首吊《つ》って死んじゃったんだ。その女優はデビューしたばっかりで、その点は今のりなたんと同じだったけど、りなたんみたいにブレイクはしてなかったのが幸いして、自殺のニュースもそんなに報じられなかった。遺書も残してなかったから、おれとしてはどうにか助かったけどね。

ただ、若い女の自殺とか自殺未遂のニュースを聞くと、おれが抱いた女じゃないよなって、今でもついドキッとしちゃうんだ。そういえば去年の秋頃、ＳＭＬのボーカルの自殺騒動が起きた時も焦ったっけな。まあ、あれはおれとは無関係だったけどね。

とにかく、りなたんとはそんな悲しい別れ方はしたくないな。ここまで上物の女は久しぶり、いやもしかしたら初めてかもしれないから、手放すのはもったいないよ。ああ、そんなこと考えてたらムラムラしてきちゃった。やっぱ今夜抱きたいな。よし、この後部屋に誘おう。

前回は、部屋でキスしてあと少しのところで生理が始まっちゃったからね。今夜こそ必ず、りなたんをものにするぞ……）

【記者】 ただ、ドラマの中では、そんな夫婦に危機が訪れてしまうんですよね。9月10日放送の第9話で、一喜の元恋人が偶然店を訪れてしまい、物語は急展開を迎えます。

江本 そうなんです。私の演じた愛美は、元恋人に再会した夫の一喜の動揺を、敏感に察知してしまって、それまでラブラブだった新婚夫婦の仲が少しずつぎくしゃくしてしまうんです。そこから夫婦の危機を乗り越えられるのか、注目してほしいですね。

【記者】 大竹さんは、心が揺れ動く一喜を演じてみてどうでしたか？　もし大竹さんが結婚していて、妻の前で元恋人と再会してしまったら、やはりこのドラマのように、夫婦関係がぎくしゃくしてしまうと思いますか？

大竹 いや、僕はこんな素敵な妻がいたら、元カノになびいたりはしませんよ（笑）。（とまあ、ここでもう一度、りなたんにアピールしておきますか）

土門 さて、本当かな？　大竹ほどモテる男は、実際結婚したら分かりゃしないぞ。

大竹 いやいや、本当ですよ〜（笑）。（何だよもう、このオッサンまた茶々入れてきたぞ。おれのアピールを邪魔するなよ）

土門 結婚する前から「俺は浮気します」って言う男はどこにもいないのに、実際結婚した後で浮気する奴は山ほどいるわけだからな。莉奈ちゃんも、こういう男にはくれぐれも気を付けなきゃだめだぞ（笑）。

大竹 「こういう男」って、人のこと指差してなんてこと言うんですか（笑）。

（ジジイ、いくら冗談でも何回もそういうこと言うなよ。なぜなら図星だから！　ていうかこいつ、マジでりなたん狙ってんの？　おいおい、自分の年と顔考えろよ）

江本　はい、気をつけます（笑）。

土門　結婚するんだったら、こんな大竹みたいな浮気性のモテ男じゃなくて、俺みたいな、顔にクセはあるけど一途な、モテない男にしなさい。

（俺は本気で言ってるんだぞ。こんな野郎に引っかかっちゃだめだ。

大竹俊也が女たらしで共演者を食い散らかしてるって噂は、このドラマが始まる前から聞いたことがあったが、実際に共演してみて本当だって分かったよ。俺みたいに長年この世界にいると、女たらしの特徴が見抜けるようになるんだ。その特徴がはっきり現れるのが、目だ。

大竹俊也は、若い女を見る時に、明らかに目つきが変わる。一秒足らずの間に女の全身を品定めして、その後胸とか尻《しり》とか、特に気に入ったパーツを、相手の隙を見てじっくり楽しんでやがるんだ。江本莉奈と話してる時はもちろん、若い女性スタッフが相手でも同じだった。

俺は、日本中のモテ男が集まるこの世界で、数々の二枚目俳優を観察してきたが、女優を何人もとっかえひっかえするような女たらしの俳優ってのは、みんな常日頃から性欲が強いんだ。女が近寄るたびに、相手が気付かねえほどの素早さと巧みさで体を品定めしてるんだよ。

そんな長年の観察経験から、俺は断言できる。――大竹は本物の女たらしだ。それに、ついさっき俺が「こういう男には気を付けろ」とか茶化してやったら、大竹は一瞬、暗い目で睨《にら》んできやがった。でも、好きな女の前でそうやって茶化されても、浮気しない奴なら笑い飛ばして終わりなんだよ。やましいところがあるから睨むんだ。間違いねえ。こんな男と付き合ってもろくなことはねえんだよ。

だから目え覚ましてくれよ。大竹なんかとはすぐに別れてくれよ、由梨子《ゆりこ》。たった一人の娘が、こんな男の毒牙《どくが》にかかりそうになってるところを、俺はとても見てられねえんだよ。

俺が、長年同棲《どうせい》していた、同じ劇団の看板女優の京子《きょうこ》を妊娠させちまったのは、もう四半世紀以上前のことだ。

当時の俺たちには、仕事も金もなかった。それに京子は、十代の頃に心臓の病気を患ったことがあって、医者からも「出産には危険が伴うから覚悟をしておいて下さい」と言われてた。だから俺は結局、泣く泣く京子に堕胎を勧めた。

すると京子は、俺のもとを去り、劇団も辞めちまった。無理もなかった。俺は避妊に失敗しておきながら、子供を堕《お》ろせだなんて最低なことを言っちまったんだからな。ただ、惚《ほ》れ抜いて長年同棲してきた女との別れが、そんなざまになっちまったのは、我ながら情けなかったよ。

その後俺は、すっかりやけになった。芝居よりトンネル工事のバイトに精を出すようになり、劇団の方も看板女優の京子がいなくなったことで解散寸前に陥り、そんな時に受けたオーディションで演出家に糞味噌《くそみそ》に言われて、本気でそいつを殺すことまで考えて……ほとんど人生捨ててたな。

ただ、そんなどん底の日々が一年近く続いたある日。京子から一通の封筒が届いた。その中身を見て、俺は驚いた。

なんと京子は、たった一人で俺の子を出産してたんだ。

封筒の中には、生まれて間もない赤ちゃんの写真と共に、手紙が入っていた。そこには、赤ちゃんが女の子で、由梨子と名付けたこと、京子は由梨子と二人で元気に暮らしてるってことが書かれていた。そして、その後の文章を読んで、俺は泣いた。

「あなたには才能があります。だからどうか、夢をあきらめないでください。私は一人でこの子を育てます。あなたに迷惑はかけません。

最愛のあなたの子供を産んで、あなたに夢をあきらめさせないためには、こうするしかありませんでした。いつか必ず、成功した姿を私たちに見せてください」

その封筒には、京子の住所は書かれてなかった。もちろん、住所が書かれてりゃ俺は、すぐ京子と由梨子に会いに行って籍を入れて、二人のために役者なんか辞めてちゃんと就職してただろう。しかし、京子はそれを見越してたんだ。俺に役者を続けさせるために、由梨子を自分一人で育てる決心をしたんだ。

俺は申し訳ねえと思いながらも、なんとしても役者として成功してやると腹を決めた。その後受けた映画のオーディションで合格できたのも、たぶんそれまでとは気合の入り方のレベルが違ったからだろうな。

そこから仕事が増えて、なんとか役者として食えるようになって、土門徹という名前と凶悪な顔が、世間に少しずつ認知され始めた頃。俺は探偵事務所を訪れ、前にもらった封筒の消印を頼りに、京子と、六歳になってるはずの由梨子の住所を調べてもらった。それだけの手がかりでも、プロの探偵は京子と由梨子の居所を突き止めてくれた。

京子は茨城県に住んでた。実家は群馬《ぐんま》県だが、両親の反対を押し切って演劇の世界に入り、その時に実家と仲違《なかたが》いしたと聞いてたから、子供を身ごもっても故郷には帰れなかったんだろう。それでも京子と由梨子は、新天地で元気に暮らしてるって話だった。

ただ――京子は、違う男と結婚していた。

仕方ねえよな。俺が売れるのが遅すぎたんだ。そもそも、由梨子を堕ろせなんて言い放った俺が、今さら父親になろうなんざ虫がよすぎるって話だ。俺は二人の幸せを願いながら、未練を泣く泣く断ち切ったよ。

それから約二十年が経った、去年の夏。由梨子の芸能界デビューを知ったんだ。

江本莉奈って芸名を名乗ってても、彼女が由梨子だってことはすぐに分かった。なぜなら、若い頃の京子にそっくりだったからな。京子も、貧乏劇団には似つかわしくないほどの美人だったんだ。それに、由梨子が時々雑誌のインタビューの写真なんかで着けてて、今日も着けてるハート型のネックレスは、実は俺が京子と付き合い始めた頃にプレゼントした物なんだぞ。

ちなみに、俺は由梨子の実年齢を知ってるから、由梨子が年をサバ読んでいることも知ってる。まあ、そんなのは芸能界じゃよくあることだからいいんだけどな。とにかく俺は去年、由梨子のデビューを知ってすぐに、彼女の情報をかき集めた。

すると、ある雑誌の記事で、悲しい事実を知っちまった。

その記事の中で、由梨子の生い立ちがこう紹介されてたんだ。

「江本さんが小学校に入ってすぐ両親が離婚し、それからは母子二人で暮らしてきた。しかし、江本さんが中学三年生の時に、その母親も病気で亡くなってしまった……」

つまり京子は、俺が探偵事務所に調査を頼んだ直後に離婚し、それから十年足らずで亡くなったってことだ。それじゃ、あの後もう一度会いに行けば、俺は今度こそ京子と結婚して、由梨子の父親にもなれたかもしれねえんだ。そうすりゃ、俺の稼ぎで京子にいい治療も受けさせてやって、京子はまだ元気でいられたかもしれねえんだ。――俺は後悔の涙が止まらなかった。

しかし一方で、京子の忘れ形見である由梨子は、江本莉奈としてあっという間にブレイクし、ついには今回ドラマで主役を張るまでになった。そして、なんともうれしい偶然だが、実の父親である俺が、父親役で共演することになった。由梨子は、亡き京子のかつての夢を見事に叶《かな》えたんだ。それを目の当たりにすることができて、俺は今度は感激の涙が止まらなかった。クランクインしてからしばらくの間は、毎日家に帰っては泣いてたほどだったんだぞ。

ただ、この思いは、誰とも共有するわけにはいかねえんだ。

俺が江本莉奈の父親だなんてことは、もちろん本人には言えねえし、周りにも絶対に明かすわけにはいかねえ。今売り出し中の新人女優が、実は悪役俳優の隠し子だなんてばれちまったら、出世を邪魔することになっちまうからな。

——まあ、そう言いながら、実は一度だけ、口を滑らせたことがあったんだが。

俺は去年、由梨子がデビューしてすぐの頃に、『君の横顔』とかいう、主人公の若い男女がくっついて離れてみたいな、どうでもいい内容の漫画が原作の映画に出たんだ。役者ってのは不思議なもんで、優れた作品に呼ばれた時は思い入れが強くなるあまり、現場で監督や共演者と衝突することもあるんだが、逆にあれほどしょうもない作品だと、何も考えなくていいから現場は意外と楽しいんだな。だから俺は、打ち上げの席でつい羽目を外して飲み過ぎて、「最近デビューした江本莉奈ってのは俺の娘なんだ」なんて口走っちまったらしいんだ。

俺自身は全然覚えてなかったが、後でマネージャーに聞かされて青くなったよ。とはいえ、当時は江本莉奈の知名度も低かったし、彼女を知ってた人間も、まさか俺みたいな悪人面からあんな美しい子が生まれるわけがねえって、誰も本気にしなかったらしい。

でもよく見ると、由梨子の大きな耳なんて、俺そっくりなんだぞ。まあ、由梨子の場合はその大きな耳がチャームポイントだと言われて、俺の場合は「悪魔みたい」とか「ピッコロ大魔王みたい」なんて言われちまうんだけどな。——とにかく、俺はその一件以来、二度と深酒はしてねえ。俺が江本莉奈の父親だってことは、墓場まで持って行く秘密だからな。

ところが、そんな大事な一人娘の由梨子が、大竹俊也に惚れちまってるらしいんだ。頼むよ由梨子。顔フェチだか何だか知らねえが、そんな男と付き合ってもろくなことはねえんだよ。気付いてくれよ。目え覚ましてくれよ。

それに、俺にはもう一つ危惧《きぐ》してることがある。想像したくもねえが——もし由梨子が大竹にたぶらかされちまった場合、その後大変なことをしでかす可能性があるんだ。なんたって由梨子は、あの京子の娘だからな。もしかすると、ああいう性格も受け継いじまってるんじゃねえかな……）

大竹　僕が浮気性って（笑）。もう、冗談きついですよ土門さん！
（マジで殺すぞジジイ！　言いたい放題言いやがって！　りなたん、こんな奴の言うこと信じちゃだめだよ。まあだいたい当たってるんだけど）

江本　ご忠告ありがとうございます（笑）。でも実際、大竹さんが演じた一喜みたいに、男の人って、昔付き合ってた人への未練をなかなか断ち切れないって聞きますよね。

（ね、トッシー）

【記者】 たしかに、別れた恋人への未練は、男女差が大きいっていいますよね。

大竹 それはあるかもしれないですね。男にとっては耳の痛い話ですが。

（あれ、何だ？　りなたんのこの意味深な視線は）

江本 だから、昔の恋人に気持ちがなびいてしまう一喜と、それが許せない愛美の対比は、このドラマの終盤にかけてとてもリアルに描かれてると思います。経験不足な私ですけど、その部分は一生懸命演じたので、ぜひ注目していただきたいと思います。

（ねえトッシー。あなたもまた、昔の恋人が忘れられなかったのかな。

あれを見つけちゃった時は、あたしの心も大きく揺れ動いたんだよ。

トッシーの部屋のパソコンに保存された、あの画像を見つけちゃった時は。

半月ぐらい前、トッシーの部屋に初めて上がった日、あたしはトッシーに体を捧《ささ》げるつもりだった。でも、トッシーがシャワーを浴びてる間に、ほんの出来心でパソコンを覗《のぞ》いちゃった時、心臓が止まるかと思うほど驚いた。

そこには、トッシーがいろんな女性と裸で絡み合う画像が、大量に保存されてた。しかも、どの女性も局部まではっきり写っていた。さらに、その女性たちの顔をよく見てみると、有名な女優さんやタレントさんが何人もいた。

そして、その中に一人、ある女優さんの顔があった。

その女優さんは、何年か前に自殺していた。当時彼女はまだデビューから間もなくて、あまり有名じゃなかったけど、彼女が脇役で出たドラマをあたしは素人時代にたまたま見てたから、自殺のニュースも印象に残っていた。そして、そのドラマの主演俳優は、トッシーだった。

さらにあたしは、シャワーの音に注意しながら、他の画像も見ていった。すると、少し前までは注目されていたのに消えてしまった若手の女優さんの裸の画像が、もう何人分もあった。

あたしはそこでピンときた。

もしかして、トッシーは一度に何人もの相手と付き合って、こういう画像を隠し撮りして、後で別れ話がもつれたりしたら、画像をネタに相手を脅してたんじゃないか。そのショックで再起不能に陥った人もいて、一人はとうとう自殺までしちゃったんじゃないかって——。

誤解しないでね、トッシー。あたしはあなたのことが好きなの。一度好きになっちゃった気持ちは、そう簡単には変えられないよ。あなたがあたしに見せてくれた優しさは本物だったと思ってるし、あたしは今も、トッシーを見つめるだけで胸がときめくぐらい大好きなの。

大好きだからこそ、あたしはあんな行動をとったんだよ。

ねえトッシー。子供の頃に親から、「自分でやったことの責任は自分で取りなさい」

って言われなかった？　あたしは言われたよ。大好きだったお母さんに、何回も。お母さんの言葉は、今でもあたしの心の中にしっかり残ってる。あたしもトッシーに、自分のしたことの責任を取ってほしかったの。だからあたしは、シャワーを浴び終えたトッシーに、「生理が始まっちゃった」と嘘をついて、逃げるようにトッシーのマンションを出た。

そしてすぐに、知り合いの弁護士さんに連絡をとったんだ……）

【記者】　なるほど、江本さんの演技、非常に楽しみですね。そして、土門さんが演じる剛蔵にも、最終回に向けて大きな試練が訪れるんですよね。近所に人気の洋菓子チェーンが進出してきて、店の経営が悪化。さらには、新商品を開発して客足を呼び戻そうとしていた矢先に、店先で病に倒れてしまいます。

土門　まあ、夫婦仲の方も大変だけど、店がどうなるのかという部分も見どころですね。

大竹　そこで婿の僕が急きょ店を任されることになるんですけど、失敗の連続で、しかも夫婦仲もだんだんうまくいかなくなって、果たしてこのままで大丈夫なのかっていう、第1話から見てくださった方にとってはハラハラし通しの展開になると思います。

土門　ただ、入院して婿に店を任せることで、頑固オヤジと婿の信頼関係がぐっと深まる部分もあるので、そういうところもぜひ楽しみに見てもらいたいですね。

（ああもう、こんな大した面白味も新鮮味もねえ、今まで掃いて捨てるほどあったような二流ドラマの話はどうでもいいんだ。俺の心配はとにかく、由梨子のことだけだ。もし大竹に弄《もてあそ》ばれて捨てられたりしたら、由梨子はさぞ傷つくことだろう。ただ残念ながら、新人女優が先輩の男優につまみ食いされるなんてことは、この世界じゃよくあることなんだ。スキャンダルが表に出ることもまずねえしな。表に出たら、新人女優の方だって大きなダメージを負うわけだから、みんな泣き寝入りするしかねえんだ。

ただ、由梨子にそんなことができるだろうか……。

この子は、あの京子の娘だ。もし、京子の性格を受け継いでたとしたら——大竹の本性を、捨て身で暴露したりしちまうんじゃねえかな。それが不安でならねえんだ。

京子は一見、綺麗《きれい》でおしとやかな女だった。でも実は、曲がったことが大嫌いで、理不尽なことは絶対に許さねえっていう鉄の女でもあった。たとえば、劇団の打ち上げで入った居酒屋で、酔って周りの客に絡んでるサラリーマンに食ってかかって、最終的につかみ合いのケンカになって、慌てて俺たち劇団の仲間が止めに入ったこともあった。

それに、そもそも俺と京子が付き合ったのも、劇団の稽古《けいこ》の帰り道で、京子が高校生の悪ガキ三人組に囲まれてるところを、俺が助けたのがきっかけだったんだ。

その高校生たちは、歩道を横に広がって歩いて、よぼよぼの婆さんとすれ違いざまにぶつかって転ばせたまま、謝りもせずに歩き去ろうとした。それを見た京子は、婆さんを助け起こし、それだけで終わりにすりゃよかったものを、わざわざ高校生たちを追いかけて「今転ばせたお婆さんに謝りなさい。自分でやったことの責任は自分で取りなさい！」と怒鳴った。

すると、「何だねえちゃん、オレたちと遊びたいの？」なんてニヤついた高校生たちに、京子が取り囲まれちまったんだが、そこに俺が通りかかってことなきを得た。俺が持ち前の極道面をフル活用して「てめえら、俺の女に何の用だ？」とすごむと、高校生たちは一気に血の気が引いて、「すみませんでした！」と謝って逃げて行ったんだ。

実は、当時俺は、まだ劇団に入ったばっかりで、先輩だった京子に思いを寄せながらも声をかけられずにいた。でも、結果的にあの高校生たちがキューピッドのような形になって、京子に礼を言われ、次の日から会話も弾むようになり、やがて付き合うことになったんだ。

ただ残念なことに、京子は私生活だけでなく、女優としての活動の場でも、そんな性格を抑えきれなかった。オーディションで失礼なことを言ってきた演出家に食ってかかったこともあれば、映画にちょい役で出た時にセクハラしてきた大物俳優にビンタしたこともあったらしい。せっかくのチャンスを、そんな行動で何度も棒に振っちまってた。

京子にも、スターになる資質は間違いなくあった。今まさにスターの階段を登り始めてる、江本莉奈によく似た美人だったんだからな。でも、京子が出世できなかったのは、間違いなくあの性格が原因だった。どんな相手でも、勝ち目がなくても、許せないと思った相手には後先考えずに立ち向かっちまう。それが京子だった。そんな京子に育てられた由梨子は、あの過剰なまでの正義感も受け継いじまってるんじゃないか。――俺は気が気じゃねえんだよ。
まして由梨子は、江本莉奈としてデビューしてから、あまりにも順風満帆にここまで来ちまってる。芸能界の汚い部分も知らねえまま、愛する大竹によって初めてそれを見せつけられた時、怒りと悲しみのあまり、やけになって暴露でもしちまうんじゃないか。でも、そんなことをすりゃ間違いなく、由梨子の方も大ダメージを負うことになる。
まあ一番いいのは、由梨子がさっさと大竹と別れちまうことなんだ。でも、今さらそういうわけにもいかねえだろうな。
ああ、どうすりゃいいんだ。俺は父親として、何もできねえのかな……)

【記者】 また、最終回では江本さんが初めて調理場に立つシーンも出てくるんですよね。

江本 はい。土門さん演じる父親の剛蔵が倒れて、調理場の人が足りない時に、大量の注文が舞い込んでしまって、それまで接客を担当してた愛美が駆り出されることになるんです。

【記者】 しかも、そのシーンは2分近くに及ぶ長回しで撮影したとか？

江本 実際私も、調理場のセットに入るのは初めてで、しかも長回しだから、そのシーンは緊張で本当にあたふたしちゃったんです。でも、ドラマの中の愛美も、ほとんど調理場に入ったことがないのに急に駆り出されて慌てるというコミカルなシーンだったので、むしろその様子がいいんじゃないかと監督さんがおっしゃって、一発OKをもらっちゃいました（笑）。

土門　俺も出来上がったシーンを見ましたけど、調理器具を派手に落としたりして、ドタバタの面白い仕上がりでしたよ。莉奈ちゃんはアドリブも交えて、本当に素晴らしい演技でした。

（そんなにいい演技ができるのに、将来有望なのに、大竹なんかに近付いちゃだめなんだよ。そいつに深入りしてもろくなことはねえんだよ）

大竹　やっぱり、この作品を通して、江本さんの初々しさというのはとても大きな魅力でしたし、演技に好感が持てましたよね。

（それはきっと、ベッドの上でも同じなんだろうな。それも演技じゃなくて、一人の女としてのりなたんの初々しさ。早く全身で味わいたいよ。——ああ、マジでムラムラしてきちゃった。よし、絶対今夜抱くぞ！）

江本　ありがとうございます。自分で言うのも恥ずかしいですけど、そのシーンは必見です。もちろん、どのシーンも必見なんですけど（笑）。

（ああ、このトッシーの目つき。もしかすると今夜また、あたしを抱こうとしているのかもしれない。だって、半月ぐらい前のあの日と、同じ目つきをしてるもん。

でもトッシー。あたしは、あなたの思い通りになるわけにはいかない。

あの、大勢の人たちみたいに、裸の画像を撮られるわけにはいかないよ。

あの日あたしは、トッシーの部屋を逃げるように出てすぐ、知り合いの弁護士さんに連絡をとった。そして、画像を見て分かった範囲で、彼女たちの名前を伝えた。

弁護士さんは、彼女たち一人一人にコンタクトをとって「大竹俊也を相手に集団訴訟を起こしませんか？」と提案した。でも彼女たちはみんな「そっとしておいてほしい」と、提案を断ったらしい。みんな泣き寝入りを選んだみたい。

これが性犯罪の怖さなんだって、あたしは実感した。弁護士さんも落胆していた。

それでもあたしは考えた。これからどうすべきだろうって。

そして、一晩しっかり考えて、結論を出した。

しょうがない。それじゃ……トッシーのパソコンの画像データを盗み出して、なるべく高値で売り飛ばそう！

それぐらいしか方法はないもんね。せっかく見つけたお宝画像をお金に換えて、しかもトッシーを破滅させて楽しむ方法は。

画像に映ってた馬鹿女どもが、この先どうなるかなんて知ったこっちゃないしね。

あたしはね、顔フェチなの。きれいな顔をしてる人が好きなの。きれいな顔を見てるだけで、胸がキュンキュンしちゃうの。トッシーの顔なんて、もろタイプ。

でも一番好きなのは、そんなきれいな顔が、恐怖や絶望でぼろぼろに崩れる瞬間なの。

元の顔がなるべくきれいで、そして恐怖や絶望がなるべく深くて、その落差が大きければ大きいほどいいんだ。それを見た時、あたしは最高のエクスタシーを感じるの。

でも、あたしに会う人はみんな、そんなあたしの性癖になんか誰一人気付かないの。みんな、あたしのことを第一印象で、素直で汚れのない、とってもいい子だと思っちゃうらしいんだ。人を見る目なんてあてにならないよね。まあ、あたしも自分のそういう特性を生かして、いろんな人に近付いて仲良くなって、すっかり信用させたところで破滅させて、その顔を見て楽しむっていう遊びをしてきたんだけどね。

そのために今まで、いろんな名前を使い分けてきたなあ。本名の由梨子なんて、長いこと名乗ってないから忘れちゃいそうだよ。

普通、芸能人同士で仲良くなると、芸名で活動してる人は相手に本名を教えるらしいけど、あたしは江本莉奈が本名ってことにしてる。あたしは相手と本当に仲良くなりたいなんて思ってないからね。近付く相手は全員ターゲット候補なんだから。といっても、トッシーだって本名で活動してるとは言ってたけど、本当かどうか分からないしね。

トッシーは、性欲が抑えきれないタイプみたいだね。セックス依存症ってやつかもね。それに比べたらあたしは、上手に自分の欲望を抑えてはいるよ。性癖は相当歪《ゆが》んでるけどね。

あたしが、そんな自分の性癖に気付いたのは、七歳の時だったんだ。

あたしは、血がつながった本当のお父さんの顔を知らない。元々東京でお母さんと一緒に暮らしてたけど、あたしが生まれる前に別れたらしい。その後お母さんは、実家とはうまくいってなくて帰れず、学生時代の友人が茨城県で不動産屋に勤めてたから、その人に紹介してもらった借家であたしを産んだらしい。そこが、あたしの育った家だ。

住宅街の端っこの、木造のボロい平屋建て。そんな家でも、田舎だけあって庭付きだった。庭と、隣接する林との境目も曖昧《あいまい》で、たぶんその林も一応誰かしら所有者はいたんだろうけど、手入れも全然されてなくて空き地みたいな感じだった。土地が余りまくってる田舎ならではの、東京じゃ絶対に考えられない環境だった。

その家で、物心ついた時には、お父さんとお母さんとあたしの三人で暮らしてた。その頃はまだ、そのお父さんとは血がつながってないことは知らなかったんだけどね。

それと、そのお父さんが、異常だってことも知らなかった。

お父さんがお酒を飲むと、暴れてお母さんを殴って、時にはあたしまで殴ることも、仕方ないことだと思ってた。お父さんとお風呂《ふろ》に入ると、体のいろんなところを触られたり舐《な》められたりすることも、普通のことだと思ってた。それに、お母さんが勤め先の夜勤で家にいない時、寝てる間に下半身裸のお父さんが布団に入ってきて、あたしも裸にされて、お父さんに上に乗られるのも、よくあることだと思ってた。お父さんが動くたびに股《また》の間がずきずき痛むのは嫌だったけど、それが終わるまでは、お父さんはあたしのことを殴らず、酔っ払っていても「可愛いね」とか褒めてくれたから、暴れられるよりはまだ安心だった。

でも、お母さんが夜勤で出かけたある晩、いつものようにお父さんが、ふすまを開けて入ってくる気配を感じてた時。——ふすまの向こうでガンッと音がした後、ドスンと何かが倒れて、その後もガンガンという音と、低いうめき声と、ドタバタと人が動き回るような音がした。あたしは驚いて起きて、ふすまを薄く開けて、隣の居間を覗《のぞ》いた。

すると、お母さんが、下半身裸のままうつ伏せに倒れたお父さんの背中に乗って、お父さんの首を紐《ひも》で思いっ切り絞めていた。二人の脇には、血の付いたスコップが転がっていた。そのお母さんの顔は『ももたろう』の絵本に出てくる赤鬼みたいで、すごく怖かった。

でも、お母さんに後ろから首を絞められて反り返る、お父さんの顔を見た時——。

あたしは、つい笑いそうになっちゃった。

流血したお父さんの顔は、お母さんより真っ赤だったけど、それは『ももたろう』の赤鬼じゃなかった。『ないたあかおに』の、面白い方の赤鬼だった。まん丸い目が飛び出しそうになって、舌も飛び出て、まるでにらめっこしてるみたいだった。あんなに怖かったお父さんが、こんな面白い顔をするんだ。——そのギャップがすごく新鮮だった。

それが、あたしの性癖の始まりだった。

すぐにお母さんが、あたしが覗いてるのに気付いて「見ちゃだめ！」と叱ったから、あたしはふすまを閉めた。ただ、暗い寝室の中で、あたしの興奮はいつまでも収まらなかった。何分かして、お母さんが寝室に入ってきて、「今まで気付かなくてごめんね」と言ってあたしを抱きしめた。そして、「今日はこのまま寝なさい」と言うと、またふすまを閉めた。

もちろん、あたしがそのまま寝られるはずがなく、お母さんが玄関を出た後で、居間の窓から外を見た。すると、お父さんの両足を持って引きずって、庭を横切って林に向かうお母さんの姿が、月明かりに照らされて見えた。しばらくしてお母さんは手ぶらで戻ってくると、今度はスコップを持ってまた林に向かった。――今思えば、あの日お母さんは夜勤じゃなかったんだと思う。お父さんがあたしに性的虐待を加えてるのを知って、最初から殺すつもりだったんだろう。スコップでお父さんを殴ったのも、後で死体を埋めることまで考えてたんじゃないかな。

そして、次の日からお母さんは、周りに対して「夫が水商売の女と駆け落ちした」という嘘で通してた。どうやらお父さんは、ちゃんと会社勤めをしてたわけじゃなくフリーターだったらしくて、しかもその嘘が通用しちゃう程度の評判だったみたい。当時のあたしは「ミズショウバイ」も「カケオチ」も意味は知らなかったけど、あの夜のことは誰にも言うなってお母さんに言われてたし、子供心にそうするしかないことは分かってたから、言いつけ通りにしてた。

結局そのまま、あの殺人は誰にもばれることはなかった。

ただ、そんなお父さんでも、ある程度稼いではいたみたいで、それからうちの家計はかなり苦しくなった。食品工場で働いてたお母さんは、それまで以上に夜勤も増やしてひたすら働いたけど、買ってもらえるおやつや服はますます少なくなった。

その一方で、お母さんは忙しくなったからこそ、一緒にいられる短い時間でしっかり教育をしようと思ったみたいで、家であたしに厳しく接するようになった。宿題も歯磨きも生活態度も、細かくチェックされた。おかげであたしは、成績はトップクラスだったし、一度も虫歯になったことはないし、毎晩八時に寝る超健康的な生活を送ってたけど、やっぱり貧乏は嫌だった。成長して知恵がついてくると、だんだん自分の家庭環境に納得がいかなくなってきた。

だってよく考えたら、あんな暴力変態男と結婚したのも、そいつを殺したせいで稼ぎが減って貧乏になったのも、全部お母さんの自業自得なわけじゃん。それ以前に、あたしの本当のお父さんと別れたのも、その後実家と仲が悪かったから帰れなかったのも、やっぱりお母さんのせいなわけじゃん。なのになんで、あたしがひもじい思いしなきゃならないの?――そんな思いが、どんどん募っていった。

しかもお母さんは、心臓の持病が悪化してきちゃって、病院に通うようになった。仕事を休みがちになって、治療費もかかって、ますます生活は苦しくなった。

あたしだって、周りのみんなと同じようにオシャレしたかったし、ケータイやアクセサリーも欲しかった。何も買ってもらえないあたしは、友達の輪にも入れず、いつも地味におとなしくしてるしかなかった。結局、自分のお小遣いは自分で稼ぐしかなかった。

——だからあたしは、小六から援助交際を始めたんだ。

抵抗はなかった。小さい頃お父さんにされてたあれでいいんでしょ、と割り切った。それに、実際に出会い系サイトや伝言ダイヤルで客を取ってみると、たしかにキモいオヤジもいたけど、意外と大学生とかの若い客も多かった。医者とか社長とか、チップをはずんでくれる人もいた。何より、みんなお父さんよりは丁寧だった。あたしの体も成長してたから、気持ちのいいもんではなかったけど、もう痛くもなかった。

お金はすぐに貯まった。おかげで中学に入ってからは好きな物が買えるようになった。さすがにバッグは目立つから無理だったけど、小物はヴィトンで揃えた。

するとあたしは、同級生から「大人っぽい」って言われるようになって、周りに女子の取り巻きが増えた。さらに男子の中にも、実は小学校の頃からあたしの隠れファンがいたことを知った。あたしも正直、自分の顔が可愛いことは自覚してたけど、自分や援交の客だけじゃなくて、みんなもそう思ってたんだってことをようやく知った。その頃にはもうあたしの成績は急降下してたけど、そんなことは関係なく、あたしはクラスの中心的存在になった。

そんな時、教室であたしのヴィトンの財布が無くなる事件が起きた。

あたしが一言「あれ、財布がない」と言っただけで、周りの取り巻きの女子たちが一斉に動いた。そして最終的に、同級生の中で一番貧乏だった友達が疑われた。彼女のことはもう名前も覚えてないけど、たしか歌がうまかったのは覚えてる。一時期は結構仲が良くて、お互いに母子家庭だっていう身の上話までしたような気がする。でもそんな彼女に向かって、取り巻きのみんなは「あんたが犯人なんでしょ」「正直に出しなさいよ」と一斉に牙《きば》を剝《む》いた。

気の毒だったよね。だって、実はその時にはもう、財布は見つかってたんだから。普通に、あたしが自分のバッグの奥に入ってたのを見落としてただけだったの。でもあたしは、騒ぎが大きくなってたから言い出せなかった。その結果、彼女はどんどん追い込まれて、もうちょっとでリンチが始まるんじゃないかってくらいの状況になってた。あたしは取り巻きの子たちの間から、そっと彼女の顔をうかがった。

その時――あたしは久しぶりに、あの興奮に包まれたんだ。

つい最近まで、あたしの前で朗らかに笑っていた彼女の、絶望に包まれた表情。涙を流して、唇が震えて、違う違うって必死に否定しながら、取り巻きの陰から覗くあたしと目が合って、それまでよりひときわ大きく首を横に振ったんだけど、そこであたしが疑ってるような表情で睨《にら》みつけてやると、絶望がありありと目に浮かんで、ぎゅっと目をつぶって、無様に鼻水まで垂らしてしゅんとうなだれた。最後の希望が消えた瞬間の、彼女の無惨な顔。それを見ながら、あたしはゾクゾクと興奮していた。お父さんが殺された時の顔を見て以来、久しぶりにあたしの性癖が呼び覚まされた瞬間だった。

しかも、彼女の顔は元々結構かわいかった。元々の整った顔がここまで崩れる、そのギャップがたまらないんだな、とあたしは自覚した。

結局、次の日から彼女は不登校になっちゃった。でもあたしは、あの地獄に突き落とされたような人間の表情をまた見てみたいと、強く思うようになっていた。あたしは密《ひそ》かにそれを、「終わりの顔」と名付けて、その頃から「終わりの顔」見たさに行動するようになった。

援助交際のお客さんの一人に、通ってる中学校の理科担当の、矢崎《やざき》先生がいた。

矢崎先生は、四十歳のダンディなイケメンで、教え方も上手で生徒から人気があった。結婚はしてるけど子供はいなくて、奥さんも小学校の先生だった。元々は隣町の中学校に勤めてて、あたしが中一の時からのお客さんだったんだけど、中二に上がった年にうちの学校に赴任して、しかもあたしのクラスの理科の担当になった。もちろん、新しい勤め先であたしを見つけた時、彼は焦ってたけど、あたしが「秘密は守るから大丈夫」と言ってあげたら安心していた。

それから、矢崎先生との仲が深まっていった。

最初は遠慮してた先生も、やっぱり自分の受け持つ生徒とHする方が興奮したみたい。先生は奥さんとの仲はもう冷え込んでて、「あいつ怒るとすぐヒステリー起こすから嫌なんだよ」とかいつも愚痴ってて、当然セックスレスだったから、どんどんあたしの体に溺《おぼ》れていった。あたしにとってはいいお得意様だったし、最終的にあたしは半分愛人みたいになってた。

ただ、そんな矢崎先生の顔は、結構あたしのタイプだった。それが終わっていくところが、こんなにも近くで見られるチャンスは、なかなかないだろうって思った。

――だから、あたしは行動を起こしちゃったんだ。

あたしは、先生と会う日の待ち合わせ時間の前に、いつも二人で使ってたラブホテルの脇の自動販売機の陰に、目立たないように小型のデジタルビデオカメラをセットした。ちゃんとアングルも計算して、ホテルに入る客と、ホテルの看板が両方写るように。

それから、先生と待ち合わせて、二人でいつも通りホテルに入ったんだけど、あたし自身の顔はカメラとは反対側に向けながら、先生の肩にもたれるようにして入った。その後、先生とHしてお金をもらって別れてから、カメラを回収。先生の顔がはっきりと写ってて、あたしの顔は分からないけど若い女とホテルに入ったことははっきり分かる画像を、パソコンでプリントアウトした。もちろん、カメラもパソコンもプリンターも、援交で稼いだお金で買ってあった。

で、その作業を五回ぐらい繰り返した後、先生に写真と脅迫状を送ったの。ベタに「淫行《いんこう》をばらされたくなかったらこの銀行口座に金を振り込め」ってやつ。口座はネット上で売られてたやつを買った。しかも、学校の住所を書いて矢崎先生宛てに送ったから、先生は職員室でその写真を見ることになった。さぞビックリしただろうね。

その日は面白かったなあ。あたしのクラスで矢崎先生の理科の授業があったんだけど、教室に入ってきた時から、先生の顔がいつもと明らかに違うんだもん。気もそぞろで、いつもは分かりやすかった授業も急に下手になっちゃってた。その授業の後、先生はあたしをこっそり空き教室に呼び出して、「理由は話せないけど、しばらく会うのはやめよう」と言ってきた。

もちろん、その「理由」を作ったのはあたしなんだけど、あたしは知らないふりをして「どうして？ また先生と会いたいよ。あたし先生を愛してるの」なんて言ってみた。すると先生の苦悩はますます深まっちゃったみたいで、「すまない、すまない」なんて繰り返しながら、もしかすると今も監視されてるんじゃないかってびくびくした顔で、やたらと辺りを見回してた。その追い詰められた表情は、すごく見応《みごた》えがあった。

あたしは面白くなって、それから何回も、違うバージョンの写真と脅迫状を送り続けて、要求金額もどんどんつり上げていった。そしたら矢崎先生はどんどんやつれていって、おおらかだった性格もカリカリしだして、生徒に怒鳴ったりもするようになった。そのせいで、「矢崎先生は病気だ」とか「麻薬をやってる」なんてデマまで流れ始めた。あんなにダンディで人気のあった先生が、こんなに惨めに変わっちゃうんだなあって、あたしは授業中に心配そうな表情を作りながら、心の中ではウキウキして観察してた。でも、そうやって合計三百万円ぐらい搾り取った頃、楽しい日々は突然終わった。

奥さんが、先生と無理心中しちゃったの。

矢崎先生は、自宅の一階の寝室で寝てる間に刺し殺されて、その横で奥さんが、自分の体と部屋全体に灯油をかけて火をつけたみたい。奥さん、写真とか脅迫状を見つけちゃったのかな。ヒステリーを起こすとは聞いてたけど、まさかあれほどまでとは思わなかったよ。でも結果的に、家は全焼だったから、あたしと先生との関係の証拠も全部燃えちゃったんだろうね。

その事件はニュースでも報じられたけど、矢崎先生の夫婦仲に問題があるらしいってことは周囲にも広まってたから、結局その無理心中は「夫婦喧嘩《げんか》のもつれ」ってことで片付けられちゃった。まああたしとしては、楽しみが突然終わっちゃったのは残念だったけど、お金も儲《もう》かったし、矢崎先生の終わりの顔を何ヶ月にもわたって観察できたのは、いい経験だった。

でも……しばらくして、今度はお母さんがあたしの稼ぎに気付いちゃったんだよね。

ヴィトンの小物は隠してたし、カメラもパソコンも「友達からもらった」なんて嘘をお母さんは信じてたから、簡単にだませると思って、あたしは油断してた。だからつい、援交代が入った通帳を食卓に置きっぱなしにして、お母さんに見つかっちゃったんだ。

お母さんはその通帳を見て「なんでこんなにお金があるの！」って怒鳴った。それを聞いてあたしは、思わずずっこけそうになった。だってあたしの方こそ、小さい頃からずっと「なんでこんなにお金がないの！」って叫びたい気持ちだったんだから。

あたしは「ちゃんとしたバイトで貯めたお金」ってことで通したけど、さすがに信じてもらえなくて、お母さんにしつこく聞かれるたびに「うちが貧乏だからいけないんでしょ！」と逆ギレして言い返して、そのたびにケンカになった。

ただ、貧乏なことも不満だったけど、お母さんの方こそ、なにかと秘密が多すぎたんだよね。

七歳の時に殺したお父さんとは別に、本当のお父さんがいるって教えてくれたのも小学校高学年の頃だったし、そのお父さんが今どうしているのかも教えてくれなかった。

しかもお母さんは、それを秘密にしておくことに酔ってるみたいなところがあった。

あたしが何度か本当のお父さんについて聞いた時、お母さんは「まだ秘密よ。でも由梨子がもっと大きくなったら教えるね」なんて、妙に懐かしそうな、誇らしそうな笑みを浮かべながら言ってたの。でも正直、そこまで気になってるわけでもなかったんだ。

なんか、テレビ番組でたいして気にもなってないVTRの続きを「果たして結末は？」とかすごい煽《あお》られてCMに行かれた感じ。大げさに隠してるそのノリにイラッときた。

それに、お母さんは情緒不安定なところもあった。日頃から何を考えてるのかよく分からなかったし、分かり合うにはお母さんは忙しすぎた。

お母さんは、あたしが小学生の頃、保護者参加の学校行事で、周りの子供が騒いだりふざけたりすると真っ先に怒って、ちょっと名物おばさんみたいになりかけたことがあった。あたしの母親だって分かるといじめられるかもしれないと思ったから、やめてってお母さんに言うと、「ルールを守らない子は怒って当然よ。自分でやったことの責任は自分で取るべきでしょ」なんて言ってきた。結局お母さんはその後、病気が悪化してそういう行事にはあまり出られなくなったんだけど、「ルールを守れ」なんて人殺しておいてよく言えるなって、正直思ってた。

でもお母さんは、ルールやモラルに厳しい割には、そんなのを度外視した内容の、Vシネマやヤクザ映画が異常に好きだった。あたしにはおやつも買ってくれないのに、自分はそういうビデオをしょっちゅう新作料金で借りてきて、夜中に一人で見て、どう見ても感動するようなストーリーじゃないのに泣いてることもあった。――そういえば、たしか若い頃の土門さんも出てたっけな。

とにかく、謎が多すぎる上に情緒不安定で悪趣味で、自分の価値観を押しつけてくるお母さんとは、もう分かり合えないなっていう思いが、あたしの中には積もり積もってた。それに、あたしはもう、お母さんが工場で稼ぐ額の何倍ものお金を自力で稼げるようになってた。むしろお母さんは、病気のせいで出費がかさむ金食い虫でしかなかった。

だから、お母さんにも終わってもらったんだ――。

通帳がばれてから二、三ヶ月経った頃だったか、もう家で口論ばっかりするようになってたある日。あたしは、ちょっと和解を演出する感じで、それまで一度もやったことなんてなかったけど、お母さんに急須《きゅうす》でお茶を淹《い》れて勧めた。

普通の緑茶の葉に、キョウチクトウの葉っぱをすりつぶして加えたお茶をね――。

それを教えてくれたのは、生前の矢崎先生だった。先生とよく使ってたラブホテルの近くに、ピンクの花の咲いた木が生えてたんだけど、あたしがそれを見て「きれい」って言ったら、先生はさすが理科の先生だけあって、豆知識を丁寧に教えてくれた。「あれはキョウチクトウといって、毒性の強い植物なんだよ。葉にも枝にも強心作用があって、子供がうっかり口に入れたりしたら大変なんだ。大人でも、特に心臓の弱い人だと非常に危険だろうね」って。――それを聞いた時はまだ、お母さんを殺す計画なんて立ててなかったけど、あの植物を使えばお母さんのこと殺せちゃうかもしれないな、と心の片隅で思ってはいた。

とはいっても、本当に効くのかどうかは半信半疑だった。失敗したら次の手を考えよう、ぐらいに思ってたんだけど……結果は見事だった。

お母さんは、あたしの行動を疑うことなく、「ありがとう」って笑顔でそのお茶を飲んだ。たぶんお母さんも、あたしと仲直りしたかったんだろうね。でもしばらくして、お母さんは胸を押さえてうつむいて、むせながら床にひざまずいた。あたしはその様子を、じっと見ていた。

お母さんは、左手で胸を押さえて、右手と両膝《りょうひざ》を床について、息を荒くして汗を流しながら、絞り出すような声で「由梨子、救急車」と言った。でもあたしは、もちろん電話するわけもなく、じっとお母さんを観察してた。たぶんあたしの顔には、少し笑みも浮かんでたと思う。

その様子に気付いたんだろうね。お母さんはあたしを見上げると、そこから、最高の終わりの顔を見せてくれた。

目尻《めじり》に多少皺《しわ》はあったけど、子猫のように澄んだ目を大きく見開いて、あたしを見つめながら涙をいっぱいに溜《た》めて、口をぱくぱくさせて何か言おうとした。でもなかなか声にならなくて、かろうじて「嘘でしょ……」とつぶやいた後、とうとう体を支えることもできなくなって、肩から床に落ちて仰向《あおむ》けになった。目が半開きになって、そこから細い川のように涙を流して、小さく痙攣《けいれん》しながら、痩《や》せた胸を、ひっ、ひっと浅い呼吸とともに上下させて、元々色白な顔からさらに血の気が引いて、透き通るように白くなって、形のいい唇も色が薄れて、とうとう呼吸がなくなって、儚《はかな》く美しく、このまま終わるのかな、と思った時――。

突然、お母さんはさっと顔をこっちに向けて、あたしを睨《にら》みつけて声を張り上げた。

「自分でやったことの責任、自分で取りなさいよ!」

それまでにも何十回と言われてきた言葉だったけど、まさに魂の叫びって感じだった。

その直後、体全体からすうっと力が抜けて、床にごんと後頭部をぶつけて、澄んだ目を見開いたまま、今度こそ本当に、お母さんは息絶えた。

その終わりの顔は、本当にきれいだった。未《いま》だにあれが、あたしの記憶の中の「終わりの顔コレクション」のベストワン。ビデオカメラで録画しとけばよかったって後悔してるほどだ。長いこと、仕事とか病気で疲れ切ってやつれてるお母さんしか見てなかったけど、一番最後に、実はすごくきれいな、あたしの大好きな顔の持ち主だったんだって気付かせてくれた。

あたしは深く感動して、この思い出をずっと忘れないように、何か記念になる物が欲しいと思って、お母さんが着けてたハート型のネックレスを外して、自分の首にかけた。たぶん、釣り好きの人が魚拓を残したり、狩り好きの人が獲物の剝製《はくせい》を作ったり、プレデターがいろんな星の生物の骨を宇宙船に飾ったりするのと同じ気持ちだったんじゃないかな。そのネックレスは今でもあたしのお気に入り。今日も着けてるしね。

その後、キョウチクトウ入りのお茶の葉は処分して、念のため三十分ぐらい間を空けてから、「お母さんが部屋で倒れてることに今気付いた」っていうお芝居をして、一一九番通報した。元々心臓に持病があったお母さんが心臓発作で死んでも、詳しい解剖なんてされないだろうというあたしの読みは、見事に当たりだった。お母さんは何の疑いもなく病死と判断された。

その後、中学を卒業して、あたしは東京に行くことにした。お母さんが死んで自由になった以上、もう実家にとどまる理由もなかったし、やっぱり一度は大都会を見てみたかった。

同級生や担任には「東京の親戚《しんせき》のもとで暮らすことになった」と嘘をついた。一応あたしは、中三にして両親を失った気の毒な生徒ってことになってたから、みんな同情して涙さえ流してくれた。そんなみんなに心の中で舌を出しながら、あたしは上京した。

貯めてたお金で、保証人無しでもそこそこの部屋は借りられた。それから、最初はまた援交で稼ごうかとも思ったけど、せっかく東京に来たんだし、地元にはなかった仕事を色々やってみることにした。出会い喫茶なんてH無しでも小銭を稼げたから楽でよかったし、キャバクラの体験入店だけで荒稼ぎした時期もあった。

そうやって、いろんな店を渡り歩くうちにたどり着いたのが、ぼったくりバーだった。

最初あたしはホステスとして入ったんだけど、すぐに店長が「こんな可愛い子を店に置いておくだけではもったいない」と言ってくれて、外でナンパ待ちしたり、出会い系サイトやテレクラで男と待ち合わせて、デートの後で店に連れてくる美人局《つつもたせ》の役を任されることになった。

あの仕事は楽しかったなあ——。デート中はあたしの前でウキウキして格好つけてた男が、あたしに連れられてバーに入った後、怖いお兄さんたちに脅されて地獄のような表情に変わるところは、まさに終わりの顔って感じで見ものだった。好みの顔の客ばっかり選べるわけじゃなかったけど、あたしの欲求を満たしてくれる、実益を兼ねた趣味って感じだった。

そして、そのバーで働くうちに、あたしは出張も任されるようになった。

そのバーは暴力団ともつながってたんだけど、そこを通じて時々あたしに依頼が来た。

あたしは、まずバーで依頼主と打ち合わせしてから、全国各地に出張した。

出張の仕事内容は、まず指定されたお店に行って、コンパニオンやホステスとして、時には偶然居合わせた客を装って、ターゲットの男にお酒を飲ませること。——といっても、それは普通のお酒じゃない。中にこっそり遅効性の睡眠薬を入れておいた。

その後、指定されたラブホテルに男を誘ってHする。でも、相手の男は最後までいく前に薬が効いて寝ちゃうから、そこで男の裸の写真を撮ったり、鞄《かばん》やノートパソコンを盗み出して、ミッション終了。——まあ、あたしが盗んだ物がどう使われたのかまでは知らないけど、たぶんあの仕事で、両手じゃ数え切れないくらいの男の社会的地位を奪ったんだろうね。

出張の仕事は、相手の終わりの顔が見られなかったのがちょっと不満だったけど、その分ギャラはよかったし、時々依頼主からのボーナスプレゼントまであった。時計やバッグはもちろん、高級外車をもらったこともあった。一番すごかったのは、商売敵の若手社長をつぶしたお礼として、不動産業者から、山梨《やまなし》県の山の中にある別荘をもらったことだった。

そういう悪い仕事をするようになると、類は友を呼ぶって感じで悪い知り合いも増えた。暴力団の人が時々バーに連れてくる、闇医者に闇弁護士に闇税理士……って、肩書きに闇がつく人ばっかりだね。そういう人たちが来る時だけは、あの店はぼったくりバーじゃなくて高級会員制バーに変身した。ちなみにここで知り合った闇弁護士が、この前トッシー相手に訴訟を起こして一儲《もう》けしようと企《たくら》んだ時の先生なんだけどね。

結局、普段はぼったくりバーの美人局で、時々出張っていう生活を、五年以上続けたのかな。それにしても皮肉だったのが、そのバーの名前。当然、一度ぼったくられた客は二度と来ることはなくて、客は一見《いちげん》さんばっかりだったから、それにちなんで『NEW COMER』っていう名前だったの。

で、そこであたしに出張を依頼してきた最後のお客さんが、上田君だった。

あたしは知らなかったんだけど、彼はJリーグのそこそこ有名な選手だったらしい。

そんな彼から、刺激的な話を持ちかけられた。

水沢さんっていう彼の先輩選手と付き合って同棲《どうせい》して、こっそりドーピングの薬を飲ませて、さらに自分の意志でドーピングをしてた証拠を捏造《ねつぞう》するっていう依頼だった。上田君と水沢さんは、ワールドカップの日本代表を争うライバルだったらしい。そんなつぶし合いが現実にあることにもビックリしたけど、超面白そうな仕事だったし、水沢さんの顔も結構タイプだったし、さすがJリーガーだけあってギャラも高かったから、あたしはその依頼を受けた。

「女子大生の沢口美咲《さわぐち》」という設定のあたしは、まずチームの練習場に来たファンを装って、上田君にサインを断られたふりして、水沢さんの気を引いた。この作戦は上田君が考えて、こんなことで引っかかるかなってあたしは疑ってたんだけど、水沢さんはあっさり引っかかった。その後、あたしは水沢さんと付き合って、やがて同棲することになった。女子大生が毎晩家にいないのはおかしいから、『NEW COMER』はしばらく休むことにした。

実際に薬を盛るようになると、水沢さんは副作用でやたらムラムラするようになって、夜の相手をするのが大変だった。それでも、日に日についていく筋肉をトレーニングの成果だと勘違いしてる水沢さんを見るのはおかしかったし、毎日薬を盛るのもスリルがあって面白かった。半年ぐらい薬を盛り続けたところで、上田君が水沢さんのドーピングをリークした。あたしはその報告を受けると、水沢さんがいない間に荷物をまとめて、前にプレゼントされたチームの限定グッズのリュックサックも、使わないとは思ったけど記念にもらって家を出た。そして、足がつかないように闇業者から買ってあった、水沢さんとの連絡用のケータイも処分した。

数日後、水沢さんは抜き打ちのドーピング検査を受けて、陽性反応が出た。

当然水沢さんは必死に否定した。彼の記者会見の様子は繰り返しテレビで流れたけど、いい顔してたなあ。それまであたしに見せてた、好調なスポーツ選手の充実した表情とは大違いの、どん底に突き落とされて、目が泳ぎまくって、マスコミに怯《おび》えきってる哀れな表情。彼は必死に無実を主張したけど、あたしが上田君の指示通りに捏造した、薬をネットで買った履歴とか、部屋の隅に置いといた錠剤の瓶とかが決め手になって、逃げ切れなくなっちゃった。

水沢さんは、あたしに嵌《は》められたって気付いたのかな。あたしと連絡を取ろうとしたのかな。でもあたしの番号にはもうつながらない。さぞ辛《つら》かったろうね。

結局、しばらくして水沢さんは、家で首を吊《つ》って自殺しちゃった。

もう少し粘るか、もしかしたら「付き合ってた女に嵌められたんです」って暴露したりするかと思ってたけど、あんなにあっさり自殺しちゃうなんてね。それなら一度直接会って、終わりの顔をじかに見たかったたな、とちょっと後悔したけど、上田君の方は順当に日本代表に選ばれてたし、あとは予定通りギャラをもらうだけっていう状況だった。

でもそこで、予想外のアクシデントが起きたの。

ギャラをもらう約束をしてた前日に、上田君が突然、「原因不明の下半身の病気」とかいう理由で緊急入院しちゃった。上田君はワールドカップにも出られなくなって、その後バッシングされたまま表舞台から消えちゃったんだけど、あれはいったい何だったんだろう。とにかく、あたしにとってもそれは痛手だった。約束のギャラがおじゃんになった上に『NEW COMER』に戻ろうとしたら、あたしが休んでた半年ぐらいの間に、警察に摘発されちゃってた。要するに、あたしの収入はいきなりゼロになっちゃったってこと。――といっても、そこそこ貯金はあったんだけど、また別の店を探して働くのも面倒だなって思ってた。

そんな、去年の春の終わり頃のことだった。

なんとなく表参道《おもてさんどう》をぶらぶらしてたら、今の事務所の人にスカウトされたの。

最初は、本当に暇つぶしのつもりだったの。他にやることもなかったし、今までやったことのない仕事だったから、とりあえずやってみたって感じ。

でも、「うちの事務所にはこんな所属タレントがいるんだ」って、マネージャーに宣材写真のずらっと並んだファイルを見せられて、あたしは思わずうっとりしちゃった。

――わあ、きれいな顔ばっかり！

なんで今まで気付かなかったんだろう。そうだよね、芸能界こそが、日本中のきれいな顔が集まってくる場所なんだよね。こんなにきれいな顔の人ばっかりだったら、誰を破滅させても素晴らしい終わりの顔が見られそう……あたしはそう思って、俄然《がぜん》やる気になった。

そこからは、事務所のスタッフも驚くほどの勢いだった。

初めて受けたＣＭのオーディションで、「君のように清らかなオーラがあふれ出ている子は見たことがない」なんて絶賛されて、いきなり合格。しかもそのＣＭが話題になって、ドラマや映画のオファーが続々きて、異例の早さで出世しちゃって、翌年にはこうして清純派女優としてドラマの主演だもんね。本当にあたしって、他人からは清純に見えちゃうんだね。中身はこんなにどす黒いのにね。年だって五歳もごまかしてるのに全然ばれないしね。

それにしても、女優って簡単な商売だわ。清純に見せかけて決められた台詞《せりふ》言うだけでお金もらえるんだもん。「新人離れした演技力」とか「数十年に一人の天才」なんて褒めてくれる人もいるけど、あたしから見れば、周りの子たちのレベルが低すぎ。まあ、女優になるような可愛い子ってのはたいてい、子供の頃から愛情たっぷりで育てられちゃって、嘘ついて周りの大人を欺いたりしなくてよかったんだろうね。そりゃ演技力なんて身に付かないよ。

だって、演技ってのは、要するに嘘をつくことなんだからね。

こんな演技、あたしは昔から台本無しでやってきたからね。お父さんがお母さんに殺されたのを黙ってた時も、援交してた時も、お母さんを殺した時も、ずっとあたしは演技してたもん。あたしにとっては、生きることそのものがずっと即興のお芝居だったの。だから、台本通りに演技するだけでお金もらえるなんて、こんな楽な仕事はない。これであとは好みの相手を破滅させて終わりの顔を見ることができれば、まるでパラダイスみたいな世界だね……。

なんて、ちょっと前までは思ってたんだけど、これが大誤算。

だって、ここまで売れちゃうと、全然自由がないんだもん！

あたしは浅はかだった。有名になりすぎるとこんなに生活に支障が出るってことを、ちゃんと考えてなかった。自由に外も歩けないなんて、マジやってらんない。あのクソ一般人どもは、みんなで取り囲んで体触ってきたりとか、勝手に写メを撮ったりとか、何が楽しくてあんなことやってんの？マジ意味分かんない。しかも、こんな世の中全体から監視されてるような状態じゃ、好みの相手がいたところで、破滅させて終わりの顔を見るなんてなかなかできそうにない。ましてや、その状況が下手したら一生続くなんて、我慢できるわけがない。

——というわけで、あたしはそろそろ、芸能界を引退するつもりなんだ。

もちろん、デビューから二年も経たずにもう引退なんて、世間的にも騒ぎになるだろうし、事務所の社員たちは全力で阻止してくると思うよ。でもしょうがないの。今辞めるしかないの。だって、同世代のただ可愛いだけの女優さんたちの演技力と、あたしの演技力を客観的に比較して考えると、あたしは今辞めないとますます売れちゃうに決まってるんだもん。

もう辞める準備もしてある。とりあえず、事務所にも内緒で、もう一部屋マンションを借りといた。今のマンションに住み続けてるふりをして、引退直前にさっと移動して、ほとぼりが冷めるまで変装して潜伏してれば、マスコミをまくことはできると思うんだ。

ただ、せっかくだから、芸能界にいた記念の思い出は残したいよね。

あたしの当初からの目標、最高にきれいな終わりの顔を見るっていう夢を叶《かな》えなきゃ、ここまで頑張ってきた意味がないもんね。だからあたしは、お母さんの終わりの顔の記録を塗り替えてくれそうな、最高のターゲットを吟味したの。

まず一人目は、大竹俊也。

彼は本当にハンサムで、あたしのもろタイプの顔。さすが、たいした演技力もないのに主役を張るだけのことはある。この人の終わりの顔が見たいって、ここまで痛切に思ったのは初めてかもしれない。まあ、あんなセックス画像を保存しちゃってるっていう、あまりにも大きい隙があるから、破滅させるのは朝飯前なんだけどね。

で、実は、もう一人ターゲットがいるんだ。

それは——井出夏希。

彼女とは去年、『ドクターコップ』っていう、あたしの連ドラデビュー作になったドラマで共演して知り合ったんだけど、あたしはなんだか、彼女にすごくシンパシーを感じるの。

あたしと夏希ちゃんは、顔立ちや髪形、背格好まで割と似てて、類似タレントなんて言われることもあるし、O型同士で占いの相性もいいみたい。でも、あたしが感じてるシンパシーはそんな次元のことじゃないの。彼女はあたしと同じで、仮面をかぶってる感じなの。一見明るい笑顔の裏に、とんでもない傷痕《きずあと》とか、えげつない本性を隠してるように思えるの。

あたしにしては珍しく、彼女の内面に本当に興味を抱いて、憧《あこが》れの先輩に懐く後輩を装って彼女に近付いた。するとすぐに打ち解けて「莉奈ちゃん」「夏希ちゃん」って呼び合う仲になった。今では二人きりで旅行にも行くし、今年の秋はハロウィーンパーティーでもしようか、なんて話してるし、お互いのマンションの部屋の合鍵《あいかぎ》も持ってる。

でも、その夏希ちゃんの部屋ってのがまた、すごいミステリアスなんだよね。

まず、ベッドの下にスタンガンが置いてあった。夏希ちゃんは「護身用に買ったの」なんて言ってたけど、後でネットで調べたら、それは護身用のレベルじゃなく、軍用レベルのすごい威力のやつだった。それと、彼女の部屋のパソコンの、ネット検索履歴をこっそり調べてみたら、「バンドマン　行方不明」とか「カメラマン　行方不明」とか「東京　川　人骨　発見」なんて、意味深な検索ワードを何度も入れてた。——もしかして、バンドマンやカメラマンを、スタンガンを使って殺して川に捨てたのかな、なんてちょっと想像しちゃった。

ただ、何より驚いたのは、リビングの隅に置かれてたピンクのスーツケース。

その中に、すごいたくさんの札束が入ってたの。

たぶん一億円ぐらい入ってたんじゃないかな。映画の麻薬取引のシーンでギャングが持ってくるスーツケースみたいな感じ。しかも一緒に、パスポートとか着替えも入ってた。夏希ちゃんがお風呂《ふろ》に入ってる間に、あたしが興味本位でスーツケースを開けちゃって、あまりの札束の量に呆然《ぼうぜん》としてるうちに夏希ちゃんが戻ってきちゃって、さすがに怒られるかと思ったけど、夏希ちゃんの方もスーツケースに気付かれたことに慌てた様子で、しばらく沈黙した後「それね、いざという時に警察から逃げるための資金なの」なんて冗談っぽく笑って言った。

あたしも「アハハ、ごめん勝手に開けちゃって」なんて笑ってごまかしたけど、正直、冗談とは思えなかった。彼女には、マジでしゃれにならない過去があるんだと思う。

とにかく、今あたしはいろんな意味で、井出夏希に猛烈に興味を抱いている。彼女がマンションの集合ポストを開ける番号を隣で見て暗記して、何度か郵便物を抜き取ってみたこともあった。過去について何かヒントが得られればと思ったんだけど、あいにく普通の郵便物ばっかりで、何も分からなかった。トッシーのポストにも探りを入れた時、アダルトショップの会員向けのDMがしょっちゅう出てきたのとは大違い。

夏希ちゃんの顔は大好きだし、その終わりの顔はぜひ見てみたいけど、すぐ終わらせちゃうのはもったいない。もっと彼女の心の闇に迫ってみたい気持ちが、どうしても湧いてきちゃう。でも一方で、やっぱりあのお金には惹《ひ》かれる。芸能界を引退したら、あんな金額をいっぺんに手に入れるチャンスなんて、そうそう巡ってこないもん。

つまりあたしには「彼女の終わりの顔が見たい」、「彼女のお金を奪いたい」、「彼女の謎だらけの素顔に迫りたい」——この三つの欲望があるんだけど、あんまりしつこく彼女の素顔を詮索《せんさく》してたら、そのせいで警戒されて、終わりの顔を見ることもお金を奪うことも、どっちもできなくなっちゃう可能性があるよね。

となるとやっぱり、彼女があたしを信用して油断してるうちに、さっさとあのピンクのスーツケースを頂いて、それと同時に彼女にも終わってもらうしかないだろうね。「三兎《と》を追う者は一兎をも得ず」って感じかな。三兎のうち、彼女の素顔に迫るのはほどほどにしておいて、二兎で我慢しとくのがいいと思うんだ。

——そう考えて、実はあたしは前々から、計画を立ててるんだ。

そもそも仲良くなって間もない頃から、こういう予感はしてたからね。あたしは夏希ちゃんに「プライベートであたしたちの仲がいいことは、表立って言わないようにしようね」って言ってあるの。「その方が二人で遊びに行きやすいから」なんて理由を説明しといたけど、もちろん本当は、夏希ちゃんが死んだ時にあたしが疑われないようにするため。

それに、あたしたちの仲がよかった証拠が残らないように注意もしてるの。あたしは夏希ちゃんともトッシーとも、連絡には闇業者から買った飛ばしのケータイを使ってて、しかもメールやＬＩＮＥは使わず、通話しかしてない。それにＧＰＳも切ってるし、お互いの家に行く時もケータイを持たないようにしようって言ってあるし、電話番号の登録名も「Ｒ」みたいにイニシャルの一文字だけにさせてる。――ここまで面倒なことをする理由として、「芸能人の個人情報や行動履歴はどこから流出するか分からないから」なんて説明してるけど、もちろん本当は、後々メールの記録やＧＰＳの履歴とかから足がつかないようにするため。

ただ、そこまで準備しても、普通に夏希ちゃんの部屋に行って、殺してスーツケースを奪うんじゃ、簡単に捕まっちゃうからね。まずは彼女を外に誘い出そうと思うの。

今考えてるのが、美人局《つつもたせ》時代に不動産業者からプレゼントされたきり持て余してる、山梨県の山の中の別荘を使う計画。あそこは東京から割と近いから、夏希ちゃんを気軽に誘えると思う。それに夏希ちゃん、ちょっと前に車を大きなＲＶタイプのやつに買い替えてたの。これも好都合。あの車でドライブに行こうって誘えば、まず思い付く行き先は山だもんね。

本番前に、あたし一人で何度か別荘に行って、入念に下見と準備をしておこう。もちろん本番では、じっくり終わりの顔を見て楽しみたいところだけど、その後は、本当の死因も正確な死亡時刻も分からないように工作して、死体を捨てる必要があるね。あんな山奥なら、どこに死体を捨ててもすぐ見つかるようなことはないだろうし。

あと、本番の前後にあたし一人で乗るための車も必要だね。これも美人局時代にプレゼントされたきりしばらく乗ってない、あの外車を使おうかな。別荘周辺のNシステムの場所も調べて、なるべく避けて運転するようにしよう。ただ、久しぶりの運転だし、日本の道には不向きな左ハンドルだから、くれぐれも事故ったりしないように気を付けないとね。

で、あたしは夏希ちゃんを殺す前に、彼女が持ってる服とかバッグとかを、ひと通り買い揃えておくの。夏希ちゃんは普段ファッションに気を遣わない方だから、これは割と簡単にできそう。そしてあたしは、彼女を殺した後、彼女が最後に着てたのとまったく同じ服装に着替えて、彼女のマンションの部屋に合鍵で入って、あのピンクのスーツケースを持ち出すの。夏希ちゃんは、玄関のドアスコープの内側にも何か防犯グッズを付けてるみたいだけど、あんなのはいつでも処分できるしね。

——死亡時刻が特定できなければ、この作戦でいけると思うんだ。

あたし、変装には自信があるし、夏希ちゃんと類似タレントって言われるほどだから、本気で似せればかなり似るはず。それに夏希ちゃんは、部屋から一歩でも外に出る時は、いつも帽子とマスクで顔を隠してる。この芸能人特有の習慣も好都合なんだ。

さらに、夏希ちゃんのマンションは、エレベーターには至近距離に防犯カメラが付いてるんだけど、非常階段にカメラは付いてないの。それに、廊下や玄関にもカメラは付いてるけど、どれも旧型なの。あのマンション、たしかに静かさと広さは超一級なんだけど、結構古いからセキュリティが甘いんだ。

要するに——死因や死亡時刻が分からないように夏希ちゃんを殺した後、あたしが帽子とマスクで顔を隠して、彼女そっくりに変装して、非常階段を使って彼女の部屋からスーツケースを持ち出せば、その正体があたしだなんて思われないはず。夏希ちゃん本人が、自分の部屋からスーツケースを持ち出して、それから山に行って、事故とか自殺で死んだって思われるんじゃないかな。彼女の部屋は二階だから、階段を使っても不自然じゃないだろうしね。

あと一応、夏希ちゃんの部屋を出る前に、あたしの指紋は、以前付いた分も含めて、できるだけ拭《ふ》いて消しといた方がいいね。もちろん、他殺の可能性がないって判断されれば、部屋を細かく調べられることもないだろうけど、あくまでも念のためにね。

まあ、もろもろ細かい計画は後でじっくり考えるとして、奪ったあのお金をどう使うか——まずはやっぱり、整形だろうね。芸能界を引退しても、この顔を変えなきゃ、あたしに完全な自由は戻ってこないんだから。奮発して全然違う顔にしようと思うんだ。

ただ、今のあたしって超美人だから、全然違う顔に変えるとなると、多少ブスにはならなきゃいけないだろうね。そうなると、今までみたいに、会う人みんなに純粋ないい子だって思わせる魔力も無くなっちゃうのかな。

まあ、それでもいいかなって思ってるんだけどね。

なんか、もう飽きちゃったんだよね、美人。

この顔で近付けば、どうせどんな男でも落ちちゃうってことは分かってるんだもん。ならいっそのこと、全然美人でもなんでもない地味〜な顔にして、それでも男を虜《とりこ》にして破滅させることができるか試してみたいんだ。これって、テレビゲームをクリアしてから、難易度を上げてもう一回チャレンジしてみるのに似てるかもね。まあ最悪、だめだったらもう一回美人に戻すこともできるわけだし。あのスーツケースのお金があれば、それぐらいの手術はできるでしょ。

あたしには、頼れるお医者さんのつてもあるしね。

美人局時代に知り合った、あの闇医者の先生。実は彼、美容整形界のブラックジャックって呼ばれてて、すごい名医なの。あたしも芸能界に入る前に何度かいじってもらったけど、最高の仕上がりだった。お金次第でどんな手術もしてくれて、犯罪者の顔も変えたことがあるらしいから、きっとお金さえちゃんと払えば協力してくれるよね。

ただ、あんまり顔を激変させると、免許とかパスポートの顔写真と違っちゃって不便だよね。その辺はどうすべきか迷ってるんだ。

いっそのこと、適当な一般人の女を見つくろって、その人そっくりに整形して入れ替わっちゃおうか、なんてことも考えたんだ。でもそれだと、その人のことも殺さなきゃいけなくなるよね。さすがにそこまでするのは大変かな……。

まあとにかく、これからやるべきことは、まずトッシーを終わらせて、その次に井出夏希を終わらせて、スーツケースのお金を頂くこと……。

あ、そうだ！　今、すごくいいこと思いついちゃった。

あの二人を、まとめて終わらせるってのはどうかな？

一度に二人の終わりの顔を見るだけでも初めての試みだけど、二人別々にするより一回にまとめた方が、証拠隠滅とかの工作も簡単だよね。しかもその二人が大竹俊也と井出夏希なんて、究極の贅沢《ぜいたく》じゃん！

それに、あの二人が付き合ってたことにすれば、心中に見せかけられるかもね。あの二人、今はそれほど親しくはないだろうけど、付き合って心中までしたことにするなら、ある程度は本当に仲良くなってもらいたいね。二人にたとえば、共通の趣味とかあったかな……。

やだ、すごいワクワクしてきちゃった！　もちろん、これから考えなきゃいけないことは山ほどあるし、失敗したら捕まっちゃうんだけど、成功すればこんな素敵なイベントはないよね。ふふふ、これから楽しみだなあ……）

【記者】 なるほど。最終回に向けて、これから楽しみですね。それでは最後に、読者のみなさんに向けて一言ずつお願いします。

大竹 あと2回、目が離せない展開になってます。ぜひご覧ください。

（よ〜し、終わった終わった。さて、今夜りなたんを抱くぞ〜）

土門 若夫婦の仲も、店の経営もどうなるのか、見届けてください。

（くそっ、大竹の奴、またいやらしい目で由梨子を見つめてやがる。お願いだ由梨子、目を覚ましてくれ！　お前は、京子がこの世に遺《のこ》してくれた、俺の天使なんだよ。そんな悪魔に近付いちゃだめなんだよ）

江本 最終回も、心温まる人間ドラマになってます。お楽しみに！

（やっぱり今夜は、トッシーに誘われても断っておこう。たった今思いついた、夏希ちゃんとトッシーが心中したことにするっていう、最高の計画をじっくり煮詰めたい気分だからね。それにしても、あたしの本性ってこんな悪魔なのに、どうしてみんなだまされちゃうんだろうね。ふふふ、おかしいなあ）

　というわけで、『花ムコは十代目』の第9回は9月10日、そして最終回は9月17日の放送です。お見逃しなく！

The Fifth Talk

❖

「週刊スクープジャーナル」

11月23日号掲載予定原稿

坂上雅志《さかがみまさし》の『そこが聞きたい！　ガチンコインタビュー』

＃227　スキャンダルの陰にこの女あり！
疑惑のフリーライター　谷川舞子《たにがわまいこ》

毎回、事前説明も打ち合わせもない「ガチンコ」で渦中の人物にインタビューを行うこのコーナー。今回の相手は、フリーライターの谷川舞子氏だ。

私はこのたび、恐ろしい法則を発見した。フリーライターの谷川舞子氏の取材を受けた有名人が、その記事の掲載後にことごとく大スキャンダルに見舞われ、命を落とした人さえいるのだ。ざっと挙げるだけでも驚くべき顔ぶれだ。サッカー元日本代表の水沢祐介と上田諒平、ロックバンドのＳＭＬ、元女優の江本莉奈……そしてきわめつきは、あの大竹俊也と井出夏希である。

果たして、これは単なる偶然なのだろうか。私はこの法則を発見した時、大きな疑問を抱いた。そして今回のインタビューの相手を、迷わず谷川氏に決めたのであった。

（と、ここまで原稿を書いておいて、いよいよインタビュー当日を迎えた。胸が高鳴る。なぜなら今日は、この連載が始まって以来の、いや、この雑誌創刊以来といっても過言ではない、大スクープをつかむかもしれない日だからな。

俺が担当する『そこが聞きたい！ガチンコインタビュー』では、毎週いろんな相手にインタビューをしている。といっても、事前にまともに取材内容を伝えることはほとんどない。それどころか、場合によっては嘘の取材内容を申し込んで、本番では相手が想定していない質問を容赦なく浴びせまくり、それを強引に記事にしてしまうことさえあるのだ。

たとえばおととしの春、俺は中部地方のとある市の市長にインタビューを申し込んだのだが、当時その市の道の駅が人気だったらしく、市長はてっきりその取材かと思ったようで、手厚く俺をもてなしてくれた。そこで俺はだしぬけに、市長の公金流用疑惑について突っ込んでやったのだ。それは、当時その市に住んでいた俺の知り合いが密《ひそ》かにたれ込んでくれた特ダネだったのだが、市長は滑稽《こっけい》なほど慌ててボロを出しまくって、ずいぶん面白い記事になった。それから、そのニュースは大手の新聞やテレビでも報じられ、市長は結局辞任に追い込まれ、のちに逮捕された。あれは俺のキャリアの中でも一番のスクープだったといえるだろう。

最近も俺は、九州《きゅうしゅう》で起きた山火事の取材で、火元の別荘を管理していたリゾート開発業者の社長をいち早くアポ無しで訪ね、防火設備の不備を糾弾し、社長のしどろもどろの九州弁の釈明をそのまま記事にしてやった。あれは他社も同時期につかんでいたから、特ダネとまではいかなかったが、我ながら臨場感たっぷりの記事になった。

ただ正直な話、毎週そんな社会派の記事を書けるわけでもない。取材が空振りに終わったり、取材相手に困って適当な三流芸能人やらAV女優なんかにインタビューして、ただ下世話なだけの記事を書いてしまうことも多い。というか、そういう回の方がずっと多い。でも俺は、この『週刊スクープジャーナル』の、いわば最後の砦《とりで》なのだ。

思えばこの雑誌は、創刊当初は本格的な報道志向が強かったのに、出版不況で売り上げが落ちていくうちに、編集方針が迷走の一途をたどってきた。お堅い経済の話題を取り上げていたコーナーで、いつの間にかギャンブルで稼げる方法を特集するようになったり、都市伝説がちょっとしたブームになった時には、すぐそれに便乗して、菅原道真《すがわらのみちざね》の祟《たた》りとか平将門《たいらのまさかど》の首塚伝説とか、うさん臭い話を何週にもわたって特集したこともあった。俺もかつてはそんな記事を嫌々書かされたことがあったけど、それでも売り上げは下降を続け、結局行き着いた先が、今のこの雑誌の一番の売りである、袋とじヌードと根も葉もない芸能ゴシップだ。

ただそんな中、この雑誌のかつての気概を唯一残しているのが、俺の連載だといっても過言ではないのだ。まあ今や編集長にも、不正や不祥事を暴く社会派のインタビューより、AV女優に好きな体位を聞くインタビューの方が喜ばれてしまうのだが、それでも俺は、いつかこのコーナーで世の中を震撼《しんかん》させるような特大スキャンダルを暴きたいと思っている。

そして、そうやって毎週インタビューを重ねているうちに、俺は特技を習得した。

俺は取材中、相手の嘘がほぼ百%見破れるのだ。

といっても、もちろん俺に超能力やらテレパシーやらが備わったわけではない。単に俺が、不意打ちともいえる方法で相手に質問を浴びせているので、目が泳いだり、頰が引きつったり、声が裏返ったりといった、嘘のサインともいえるちょっとした動揺を、至近距離で確認できてしまうだけだ。そして、相手が動揺した質問をさらに掘り下げて、考える間を与えないように一気にたたみかけてやるのがコツなのだ。

それこそ例の公金流用市長の時は、まず「お金を何に使ったんですか？　ギャンブルですか、ホステスですか」と仕掛けて、「そんなことに使うわけないだろ！」と相手が声を裏返したところで、「じゃあ弟さんの会社の損失の穴埋めですか？」とすかさず切り返してやった。すると相手は、実に分かりやすくうろたえた。そこから「おや、今言葉に詰まりましたね」と一気に核心を突く質問を連発してやったら、相手はもう汗だく。もちろんこっちは、あらかじめ市長と弟の会社の癒着の情報をつかんだ上で、最初はあえて外す質問をしたわけだ。

そして、今回の相手、フリーライターの谷川舞子だ。

ざっと調べたところ、彼女は主に芸能人のインタビューや対談など、軽い記事を担当することが多いようで、時には周りのスタッフとのやりとりまで掲載してしまう柔軟さが持ち味のようだ。——もっとも、そんなのは表向きの顔に過ぎないのだが。

はっきり言って、この女の疑惑は底なしだ。おととしの『月刊エンタメブーム』に、去年の『SPORTY』と『月刊ヒットメーカー』、そして今年の『テレビマニア』と、彼女が書いた記事の取材相手が、次々と不幸に陥ってるんだからな。――俺が、近年スキャンダルで消えた有名人についてまとめた記事を書こうと、彼らのスキャンダル発覚前のインタビュー記事をチェックしていたら、それらの記事の冒頭に、取材記者として谷川舞子の名前がやたらと出てくることに気付いたのだ。

果たして、あの数々の事件に、谷川舞子はどれだけ関わっているのだろう。

全部偶然だなんてありえない。はっきり言って俺は、谷川舞子がいくつかのスキャンダルを、裏で仕組んだんじゃないかとさえ思っている。

ただ、気になるのは動機だ。谷川舞子は、あの数々の騒動によって何を得たのか。『SPORTY』や『月刊ヒットメーカー』に関しては、問題の記事が載った号の発売中にスキャンダルが明らかになり、売り上げが爆発的に伸びたものの、ほどなく発売中止となっている。しかしその後の号で、インタビューの模様を再編集して特集を組んだところ、売り上げは絶好調だったようだ。しかもその際には、また谷川舞子に仕事が回っている。――つまり彼女は、結果的に取材対象者のスキャンダルによって新たな仕事を獲得したのだ。

おそらく谷川舞子は、『SPORTY』での取材後に、サッカー選手二人が相次いでスキャンダルを起こしたことに味をしめたのだ。その後の『月刊ヒットメーカー』や『テレビマニア』が出た後のスキャンダルは、きっと彼女が意図的に仕組んだのだ。それによって新たな仕事を獲得するだけでなく、これからもさらに何件ものスキャンダルを自ら作り上げ、ゆくゆくはそれらの取材記事を一冊の本にまとめて売り出そうとでも考えているのだ。要は、取材対象の有名人のスキャンダルを巧みに誘発して、一攫千金《いっかく》に結びつけようと考えているのだ。なんと卑劣なライターだ！

――なんて、ここまで考えておきながら、実は証拠は何もつかめてないんだけどね。本当は、もう少し谷川舞子の本性に関して目星をつけてから取材に臨みたかった。しかし彼女の取材対象者が立て続けに不幸に陥っているという法則に、最初に気付いたのは俺だ。今、大竹俊也と井出夏希のショッキングな事件が、空前の大騒動になっている以上、あまりぐずぐずしていると、彼らの過去の記事を調べた俺以外の記者がこの法則に気付いてしまう可能性もある。そいつに特ダネを持って行かれたら最悪だ。優先すべきは俺が特ダネを抜くことだ。――そう考えて、多少の準備不足は覚悟の上で、今回の取材を敢行することにした。

谷川舞子の正体を探るのは、結局はぶっつけ本番の大勝負になりそうだ。しかし、だからこそ俺の真価が試されるというものだ。彼女の正体にズバッと切り込むことができれば、むしろ俺の株は一気に上がるだろう。臨時ボーナスどころか、一気の昇進もありえるぞ。いや、いっそこの特ダネを手土産に会社を飛び出してやってもいいんだ。まだ三十代で、こんな弱小出版社に骨を埋《うず》めることもないんだからな。

とにかく、やるべきことはいつも通りだ。きわどい質問をバンバンぶつけまくって、谷川舞子が動揺したのが分かったら、その質問を一気に掘り下げてやることだ！

そんな覚悟と気合を胸に、俺は谷川舞子の自宅兼オフィスのマンションに到着し、部屋に通された。彼女はけだるい雰囲気の、痩《や》せぎすの地味な女だった。それと、谷川一人かと思ったら若い女の助手もいた。風邪気味なのか大きなマスクをしている。

俺は挨拶《あいさつ》もそこそこに、ＩＣレコーダーをデスクに置き、メモを手にインタビューの態勢を整えた。相手に心の準備をする間も与えたくない。助手が急いでお茶を二杯持ってくる。

さあ勝負だ、谷川舞子。必ずお前の正体を暴いてやるからな……）

坂上　どうも谷川さん、よろしくお願いします。早速ですが、この雑誌のこのコーナーをご存じでしたか？

谷川　一応、送っていただいた資料で拝見したんですが……。

坂上　それ以前には、ご覧になったことはありませんでしたか？

谷川　すみません、不勉強なもので。

坂上　いえいえ。この雑誌は、なかなか女性が手に取るようなもんじゃありませんからね（笑）。

（ふん、正直な女だ。しかし好都合だよ。事前に送ったのは、鋭い質問なんて皆無の、地下アイドルにインタビューしたやっつけ取材の回だったからな。もちろん、たいした

ことは聞かれないだろうと谷川に油断させるために、あえてあの号を送ったんだ)

谷川　ええ、まあ、そうみたいですね(笑)。

坂上　さて、この連載は、取材内容に関して事前にほとんど説明することなく、ガチンコでインタビューするという趣旨なんですが。

谷川　ああ、元々そういうルールなんですね。取材依頼を頂いてから、内容についてはほとんど何も聞いていなかったので、正直、私のようなしがないフリーライターに何を聞くことがあるんだろうって思ってたんですけど(苦笑)。

坂上　またまた、本当は心当たりがあるんじゃありませんか?

谷川　いえいえ、本当に分からないんです。私、何か悪いことしましたっけ(笑)。

坂上　まさにそのことを、これから詳しく聞いていきたいんですがね。

(この女、とぼけやがって。よし、いよいよ決闘の始まりだぞ)

谷川　と言いますと、どういうことでしょう?

坂上　率直にうかがいます。谷川さんが取材でインタビューした相手が、ここ最近次々と大きなスキャンダルに見舞われていますよね。あれはいったいなぜでしょうか。

谷川　ああ、そのことですか。……たしかに最近、立て続けにそういうことが起きてしまっているなとは思っていました。

坂上　ほう、ではあれは全部偶然だとおっしゃるわけですか?

(やっぱりこの女、シラを切るつもりだな)

谷川　ええ、それはもちろんそうですが……。

坂上　では、谷川さんがインタビューしたのちにスキャンダルに見舞われた有名人を、ざっとおさらいしてみましょうか――。

まず、Jリーグのペラザーナ船橋に所属していた、水沢祐介と上田諒平です。谷川さんが取材した2人の誌上対談は、去年の4月26日に発売された『SPORTYゴールデンウィーク特大号』に掲載されたわけですが、その直後の4月30日、まず水沢のドーピング疑惑が発覚。水沢は当初は疑惑を否定していましたが、自宅やクラブハウスから筋肉増強剤を使用した痕跡《こんせき》が次々と見つかり、逃げ切れないと悟ったのか、結局5月17日、自宅で首を吊《つ》って自殺しました。

一方、上田は5月15日に発表されたW杯《ワールドカップ》日本代表のメンバーに順当に選ばれました。ところが、2日後にチームメイトの水沢が自殺し、さらにその3日後の5月20日、突然「原因不明の下半身の病気」という理由で代表を離脱してしまいます。当初は、チームメイトの水沢の自殺によるショックで、心身に異常をきたしてしまったのではないかと心配されていましたが、病状を一切説明せず、記者会見も開かず、チームからも逃亡するような形で雲隠れしたことから、ファンやメディアの反感を買い、とうとう7月にはペラザーナ船橋を解雇されてしまいました。現在も選手復帰のめどは立っていないようです。――さて谷川さん。あなたはこの2人へのインタビューで、それぞれの異変に気付くようなことはありませんでしたか？

谷川　いえ、まさか2人ともがあんなことになるなんて、思ってもみませんでした。
坂上　少しの兆候も見られませんでしたか？　それこそ水沢の筋肉増強剤使用に関しては、一目見ただけで怪しいと分かるほどの効果が出ていたという説もありますが。
谷川　あの記事を担当しておいて、こんなことを言うと怒られるかもしれないですけど、実は私、あまりスポーツに詳しくないんです。『SPORTY』って、スポーツ雑誌でありながら、スポーツ通というほどでもない「にわかカープ女子」のような女性読者もターゲットに作られていて、あえて私のようなライターに、そういう女性目線の記事が任されていたんです。だから私には、初対面のスポーツ選手が筋肉増強剤を使っているかどうかを見破るのは難しいです。スポーツ選手は一般人よりは筋肉質なんだろうな、ぐらいの認識しかないですから。
坂上　なるほど。しかし、その『SPORTYゴールデンウィーク特大号』は異例の売り上げとなり、しばらくして発売中止になったものの、水沢と上田の対談を谷川さんが再編集した特集記事を、W杯後に掲載したところ、売り上げは絶好調だったようですね。さて、それによって得られた利益は、谷川さんには還元されなかったんですか？
谷川　どういうことでしょうか。
坂上　つまり、その特集の分の原稿料が、いつもより大きく上乗せされていたとか、そういうことはありませんでしたか？
谷川　あはは（笑）。そういうのがあったらよかったんですけどね。普通だったと思いますよ。そんな大きな額の入金があったら絶対覚えてますからね。

坂上　なるほど、それは残念でしたね（笑）。

（笑ってやがる。余裕だな、谷川舞子。

しかし、ここまでのところ嘘をついた様子もなかったし、やっぱりサッカー選手の件については、作為はなかった可能性が高いな。

問題はこの後だ。俺の読みだと谷川舞子は、サッカー選手の件で味をしめて、取材相手のスキャンダルに首を突っ込んでおこぼれをもらおうと考えるようになったんだ。そこで次に目を付けたのが、ＳＭＬ。――よし、いよいよ次の話題から、こいつのペースを乱してやるぞ……）

谷川　探せば、原稿料の明細があるかもしれませんけど、見ますか？

坂上　いえ、結構です。ただ、その後で記事を担当なさった『月刊ヒットメーカー』に関して、少々踏み込んだ質問をさせてもらいたいんですが。

谷川　はい、何でしょう？

坂上　谷川さんは、ロックバンドのＳＭＬと、そのマネージャーや専属カメラマンも交えた対談の取材をされました。しかしＳＭＬはその後、無期限の活動休止となってしまいましたね。

ボーカルのＳＨＩＯＲＩは、去年の秋に、コンサートツアー『ＳＭＬ　ＥＮＤ　ＴＯ

ＳＴＡＲＴ』の演出でゴンドラに乗り、そこから飛び降りるという方法で自殺を考えていました。そして、それを予告する内容の遺書を、まさに『メッセージ』というタイトルの新曲の歌詞の中に隠していました。歌詞の一部を最後から最初に向かって読むと、「みんなありがとうさよなら　みんなに愛され幸せだった　ゴメンもう声が出ないんだゴンドラから落ちてしぬね」というメッセージが浮かび上がってくる仕掛けは、世間をゾッとさせましたよね。

ところが、ツアー前にそのメッセージが複数のファンに見抜かれたことで大騒動になり、ツアーどころかＳＭＬの活動も中止され、彼女の計画は失敗に終わりました。

谷川　ええ、そうでしたね。あれは私も驚きました。

坂上　「驚きました」？　本当ですか。計算通りだったんじゃありませんか？

谷川　え、どういうことですか？

坂上　ネット上では、ＳＨＩＯＲＩが歌詞に隠したメッセージがツアーの前に見抜かれたのは、谷川さんが書いたあの記事がきっかけだったという説が有力なんですよ。

谷川　えっ、そうなんですか？

坂上　あの記事の最後に、『メッセージ』の歌詞が掲載されていましたね。しかし、バンドの対談の最後に新曲の歌詞が掲載されるというのは、音楽やアイドルの情報を多く扱う『月刊ヒットメーカー』の中でも異例のことだったそうじゃないですか。実際、『月刊ヒットメーカー』の編集部の方に取材したところ、谷川さんから事前にあんなアイディアは出ていなかったと言ってましたよ。あんな記事にしたのは谷川さんの独断で、「対談があまり盛り上がらなくて、ページが埋まらなかったから歌詞を載せることにした」と理由を語っていたそうですが。

（よし、谷川の顔に、少し動揺が見られるぞ。一気にたたみかけるチャンスだ！）

谷川　はい、たしかにそう説明しました。

坂上　でも本当は、谷川さんはあの歌詞に隠されたメッセージに、誰よりも早く気付いていたんじゃありませんか？　その上で、あえて掲載したんじゃありませんか？

谷川　どういうことですか？

坂上　あなたは取材中に、SHIORIの様子がおかしいことに気付いた。その後ふと新曲の歌詞を眺めているうちに、あの遺言メッセージを発見してしまった。そこでこう思ったのではありませんか？「現時点でこのメッセージに気付いているのは自分だけだろう。ただ、これを放っておいて、本当にSHIORIが自殺してしまえば、それがきっかけでこのメッセージに気付く人が何人も出てきてしまうかもしれない。それでは意味がない」と。――そこであなたは、縦書きの雑誌にあの歌詞を掲載してやろうと思い立ったんです。歌詞というのは一般的に、横書きされることが多いですが、それだとわざわざ下から上に読まなければいけないから、あのメッセージには気付きにくい。しかし縦書きなら、左から右に読むという、普通の横書き文章を読む方法で、あのメッセージに気付くことができますからね。

谷川　はあ……。ということは、私がSHIORIさんの自殺を阻止するために、わざとあの歌詞を掲載したということですか？

坂上　いえ……私は違うと思っています。

谷川　えっ？

坂上　あなたは、サッカー選手の一件で味をしめたのです。自分の記事にスキャンダルが絡めば、追加で仕事ももらえて、おいしい思いができると。そこで今度はさらなる話題性を求めて、自分の記事がきっかけでSMLのスキャンダルが暴かれるように、意図的に仕組んだのです。

谷川　面白いことをおっしゃいますね。

坂上　違いますか？　では、納得のいく理由を聞かせてください。なぜあなたは、あんなにも唐突に、SMLの対談記事の最後に、新曲の歌詞を掲載したのですか？

（さあどうする、谷川舞子！　完全に追い込んだぞ！）

谷川　う〜ん、これは言わないでおこうと思っていたんですが……実はあれ、SHIORIさんに頼まれたんです。

坂上　……えっ？

谷川　あの対談の取材が終わった後で、SHIORIさんに急に頼まれたんです。どうしてもあの歌詞を記事の最後に載せてほしいって。……今SHIORIさんは精神科に入院されてるそうですから、本人に確認をとるのは難しいかもしれませんけど、あの場にいたマネージャーさんは覚えてると思いますよ。確認をとってもらえれば分かります。

坂上 そうだったんですか……。

(おいおいおいっ、マジかよそれ⁉)

谷川 正直、あの対談は途中で雰囲気がピリピリしちゃう場面が何度かあって、あまり盛り上がらなくて、ページ数を埋めるのにも苦労しそうだったから、SHIORIさんの提案は渡りに船だったんです。……ただ、今思えば、あくまでも私の推測ですけど、SHIORIさんは自殺したいという思いと、誰かに助けてもらいたいという思いの間で、揺れ動いていたんじゃないですかね。それで、縦書きの歌詞が雑誌に掲載されれば、誰かに気付いてもらえるかもしれないと考えて、私に頼んだんじゃないかと思います。あ、もちろん私は、騒ぎになるまで、歌詞にあんなメッセージが隠されていたことには全然気付きませんでしたけどね。

坂上 ほう、なるほど……。

(くそっ、これは予想外の答えだった！

谷川に嘘をついている様子はない。おそらくでまかせを言っているわけではないだろう。もちろんこの後、念のため裏を取ろうとは思うが、あの歌詞はSHIORIが掲載を持ちかけたというのが真相なんだろう。谷川が動揺したように見えたのも、その真相を俺に対しては隠そうとしていたためだったようだ。

となると、俺が思い描いていた筋書きが、前提から大きく崩れてしまったことになる。

やばいどうしよう。正直、SMLの件が一番自信あったんだよなあ。う〜ん……とりあえず今日は、しっぽ巻いて逃げちゃった方がいいかもしれないぞ。いや、しかし、『テレビマニア』で対談した『花ムコは十代目』の出演者のスキャンダルに、さすがに触れないわけにはいかないよな。だって世間は今、大竹俊也と井出夏希の話題で持ちきりだもんな。来週発売の週刊誌は、うちも含めてほぼ全誌がトップであの事件を取り上げるだろうけど、もし谷川が何か知っているのなら、俺が今最も真相に近い場所にいることになるよな。この場で真相を暴くことは無理でも、谷川がどこで嘘をつくか、俺の読みがどこまで当たってるかは確かめておきたい。それで後日、また疑惑を追及してもいいだろうしな……）

谷川　まあ、この話の流れだと、もう一つお聞きになりたいことがあるんでしょうね。

坂上　ええ、そうですね。

（くそ、自分から言ってくるとは、余裕かましてきやがったな）

谷川　『テレビマニア』の、『花ムコは十代目』の対談のことですよね。

坂上　はい。――あれは大竹俊也、江本莉奈、土門徹の3人の対談でしたが、うち大竹俊也と江本莉奈の2人が、それぞれ前代未聞の、芸能界に激震が走るようなニュースを引き起こしました。どちらか片方だけでも十分衝撃的だったのに、それが相次いで2件ですからね。

まず先月、江本莉奈が芸能界を電撃引退しました。清楚《せいそ》な美貌《びぼう》と、新人とは思えない天才的な演技力で、デビューからわずか1年余りの間にブレイクし、これからの活躍もおおいに期待されていただけに、非常にショッキングなニュースでした。重病説や妊娠説なども流れましたが、結局理由ははっきりとは明かされず、真相は闇の中です。

そしてつい先日、芸能界にさらなる激震が走りました。大竹俊也と女優の井出夏希が、山梨県内の山奥で、心中とみられる自殺を遂げたのです。2人の遺体が発見されたのは11月7日、身元が正式に確認されたのはまさに今日の午前（取材日は11月11日）のことです。2人は共通の趣味であるサイクリングを楽しんだ後、心中したとも噂されてますね。……まあ、今週号のトップ記事も間違いなくこの話題でしょうから、最新情報はそちらに載っていると思いますが。

谷川　次から次へと信じられないニュースが報じられて、私もただ驚くばかりですよ。

坂上　本当にそう思ってますか？　谷川さんは、何か知っているのではありませんか？

（当てずっぽうでもいい。何か糸口をつかみたいんだ）

谷川　とんでもない。私の方こそ、一記者として教えてほしいぐらいですよ。

坂上　あくまでも想像ですが……私は、大竹俊也と井出夏希の心中事件の鍵《かぎ》は、引退した江本莉奈が握っているような気がするんですよ。

谷川　江本さんが。……それはまたどうしてですか？

坂上　おや、本当はお分かりなんじゃないですか？

（あっ、今一瞬、谷川の表情が変わったぞ。正直、当てずっぽうで言っただけなんだけど……まあいい、いちかばちか突っ込んでみよう！）

谷川　いや、私には何のことだか分かりませんけど。

坂上　大竹俊也と井出夏希は先月、２人で買い物しているところを「ハロウィーンデート」という見出しで写真週刊誌にスクープされ、交際の噂がありましたよね。一方、大竹俊也は江本莉奈とも交際していて、『花ムコは十代目』で共演していました。もしかすると、大竹俊也と江本莉奈も、3人は三角関係に陥っていて、今回の心中事件はそのもつれから生まれた悲劇なのではないでしょうか。

谷川　はあ、なるほど。想像力が豊かでいらっしゃいますね。

坂上　違いますかね。

（あれ？　さっき一瞬見せた表情はどこかに行ってしまったぞ。う〜ん、見当外れだったか）

谷川　まあ、想像なさるのは自由だと思います。ただいずれにしても、私が２人を殺したわけではないということだけは、間違いないですよ（笑）。

坂上　いえ、私もそこまで疑ってるわけじゃありませんけどね。……ただ、率直に言いまして、ここ最近あなたが取材した人が、これだけ揃ってスキャンダルに巻き込まれてるんですよ。これが単なる偶然とは、どうしても思えないんですよね。

（ええい、こうなったらもう、俺の思いを真正面からぶつけてやる！）

谷川　まあ、私もあなたの立場だったら信じられなかったかもしれません。でも、全部偶然なんだから仕方ないんです。まさかこんなことが何の作為もなく起こるはずがない、と思えるようなことでも、時には偶然によって起こることがあるんです。世の中には、たしか雷に7回打たれた人も、宝くじに3回大当たりした人もいるらしいですからね。

坂上　なるほど……。

（くそ、表情の変化も動揺もまったくない。本当に谷川は嘘をついていないのか。あれは全部ただの偶然だったというのか。大スクープだと思って飛びついたのによお）

谷川　それに、そういったスキャンダルに見舞われた人以外にも、私は数多くの人を取材していますからね。もちろんみなさん、私の取材を受けた後でも平和に暮らしています。そのことは忘れていただきたくないですね。私の取材を受けた人は、あとでみんな不幸になるなんて思われたら、商売あがったりですから（笑）。

坂上　ええ、そうですね。

（くそ、余裕の笑みだ。本当に全部偶然なのか。この女は、たまたま不幸を呼び寄せる体質なだけなのか）

谷川　まあ、一応坂上さんも、今日は帰り道に気をつけてくださいね。

坂上　怖いこと言わないでくださいよ（笑）。

（おいおいやめろよ、今、本当にちょっとゾクッとしたぞ）

谷川　それじゃどうも、お疲れ様でした。

坂上　ああ、はい、どうも失礼しました。

今回のガチンコインタビューは、残念ながら完全な不発に終わってしまった。

しかし、これからの谷川氏の記事で、またしてもこういった「偶然」が起きたとしたら……。今後も目が離せない。

＊　　＊　　＊

ああ、くそっ、やっぱり全ボツ食らっちゃったよ！

おとといやった谷川舞子のインタビューを、とりあえず原稿にまとめてはみたけど、今日編集長に「こんな無様なインタビュー載せられるわけないだろ馬鹿！」って怒鳴られて、今差し替え用の原稿を書いてるところだ。まだ記事にしてなかった、ナンバーワンキャバクラ嬢のインタビューを使うしかないだろう。

それにしても、あの谷川舞子という女は、今まで取材してきた相手とは勝手が違った。あえて俺が失礼な質問をしても、感情がまるで顔に出なかったんだ。

というか、そもそも感情というものが彼女にちゃんとあるのかどうかも分からなかった。時々、彼女の瞳《ひとみ》の奥に、まるで悪魔に魂を売り渡したような、底知れぬ闇が垣間見《かいま》えた気がしたんだ。それが彼女の退廃的な雰囲気と相まって、実に不気味な空気を醸し出していた――。

しかし、いくら不気味な女だからって、何の証拠もなく「谷川舞子は怪しい」と書き立てるわけにはいかなかった。訴えられたりしたら勝ち目はないしな。

最大の誤算は、SMLの『メッセージ』の歌詞を、谷川舞子がSHIORIの要請で載せていたことだ。あの後すぐ、SMLが所属していた事務所に電話で確認してみたら、やはりそういうやりとりが対談後のSHIORIと谷川舞子の間にあったことを、安西という元マネージャーが覚えていた。彼女が言っていたことが裏付けられたのだ。

俺は、谷川舞子があの隠されたメッセージに気付いた上で歌詞を掲載し、騒動を自ら作り上げたのだとばかり思っていた。それを言い当てた上で、彼女を動揺させて、大竹俊也と井出夏希の心中事件についても、少しでもボロを出してくれたらと思ってたんだ。しかし、その当初のもくろみは完全に外れ、むしろ俺の方が動揺してしまった。その結果が、あのボツ原稿だ。

ただ、谷川舞子の取材中に一度だけ、手がかりをつかみかけた時があったんだよな。大竹俊也と井出夏希の心中には江本莉奈が絡んでるんじゃないか、ということを俺が言った時、一瞬だけ谷川舞子の表情に変化があった気がしたんだ。でも、本当に一瞬だけだったからな。やっぱり気のせいだったのかな。

それとも一つ、今になって、妙に引っかかることに思い当たったんだ。あの取材の後、俺は恥ずかしくてそそくさと帰っちゃったんだけど……今考えたら、もうちょっとだけでも残って、あの助手に一言でも話しかければよかったんだ。だって、よく考えたらおかしいんだよ。特別売れているというわけでもないフリーライターの谷川舞子に、助手がついてるなんて。それにあの助手は、大きなマスクをしてたのに、くしゃみも咳《せき》もしてなかった。もしかすると、俺に顔を見られないように隠していたのかもしれないぞ。

まさか、真の黒幕は谷川舞子じゃなくて、あの助手だったんじゃないか……。なんて、そんなわけないか。やめたやめた。馬鹿馬鹿しい。

俺の最近の嗅覚《きゅうかく》は鈍りきってるからな。こんな当てずっぽうの勘だけでまた谷川舞子のもとに取材に行ったら、今度こそ問題になっちゃうよな。そんなことより今は、ナンバーワンキャバクラ嬢の原稿を仕上げなきゃいけないんだ。谷川舞子のことは忘れよう。

しかし、これもどうしたもんかなあ。なんで今まで記事にしてなかったかって、このキャバ嬢、十何ヶ月も連続でナンバーワンを守り続けてたのに、よりによって俺が取材に行った日にナンバーツーに落ちてたんだもん。おかげですっかり不機嫌になってて、インタビューも全然盛り上がらなかったんだ。あ～あ、マジでやってらんないよ……。

＊　　＊　　＊

私は、『ガチンコインタビュー』のページを読み終えると、週刊スクープジャーナル十一月二十三日号を、デスクの上に投げ置いた。

私の記事が載るとしたらこの号だと聞いていたが、坂上雅志のコーナーに載っていたのは、キャバクラ嬢のインタビュー記事だ。ひょっとして、あの記事はボツになったのだろうか……。

だとしたら、安心していいだろう。

大丈夫だ。何の心配もいらない。——私は心の中で自分に言い聞かせた。

私は元々、大手の週刊誌の調査報道の記者だった。当時、取材のイロハはきちんと学んだが、あの坂上という男は、そんな記者としての基本がまったくできていなかった。憶測だけで押し掛けて、突撃インタビューだなんて聞いてあきれる。自爆インタビューとでもいうべきだろう。

私の取材相手が次々と不幸に陥っているのは、全部ただの偶然だ。まさかこんなことが何者の作為もなく起こるはずがない、と思えるようなことでも、時には偶然によって起こることがある。——と、私は言った。

だがあの言葉は、少し訂正しなくてはならない。

この偶然は、起こるべくして起こったのだ。

もちろん、そんな話は公にはできないので、坂上の前では言わなかったが。

私の取材相手が次々とスキャンダルを起こしている、本当の理由。それは——。

彼らがみんな、頂点にはあと一歩届かないような、一流半か二流の人間ばかりだったからだ。

実は、私は病気を抱えている。

そのため、フリーライターとして第一線で仕事をこなすことは難しい。

昼間に通院しなければいけない日もあるため、無理して朝五時に起きて原稿を書くこともあるが、それでも最近の病状の悪化で、こなせる仕事量は以前より大きく減ってしまっている。

しかも、各界の売れっ子や大物に取材をするような大きな仕事は、先方から指定される時間が絶対だから、私のように通院で時間が取れない可能性のあるライターには最初から回ってこない。私に依頼が来るのは、その下の仕事だ。――すなわち、ヨーロッパのサッカーリーグで大活躍する選手ではなく、Jリーグのさして人気もないペラザーナ船橋のようなチームの選手の取材を依頼されるし、国民的人気のスーパーバンドではなく、SMLのようなぽっと出のバンドの取材を依頼される。さらに、話題の高視聴率ドラマではなく、『花ムコは十代目』のような話題にもならない低視聴率ドラマの取材を依頼されるというわけだ。

そして、そんな私の取材対象者たちはみな、どこか無理をしている場合が多い。一流半から二流のレベルというのは、精神衛生上、非常によくないのだ。

自分だってより上のレベルに行きたい。しかしどれほど努力したところで、頂点にいる人々との圧倒的な力の差は埋めがたい。かといって油断していると、すぐに下のレベルに落ちてしまうかもしれない。——この、無力感にさいなまれながらも、絶えず気の抜けない緊張状態を強いられる立場こそが、最も危険なのだ。

まあ、これは有名人に限ったことではないのかもしれない。今や一般企業も含め、どんな分野においても競争は激しくなるばかり。そんな中で、みんな競争でふるい落とされないように、少しでも上に行くために、過酷な消耗戦を続けなければならない。そうするうちに、健全な人間性を保つための大事な部分まで少しずつ削られてしまい、いつしか越えてはいけない一線を越えてしまって、心を病んだり、突発的に犯罪に手を染めたりして、破綻《はたん》してしまう人が出てくるのではないだろうか。

おそらく、ずば抜けた才能に恵まれた超一流の人間、もしくは上昇志向などない三流以下の人間だったら、もっと気楽に、肩肘《かたひじ》張らずに生きていけるのだ。実際、過去にスキャンダルを起こした有名人を思い返してみても、その分野の頂点に君臨し続けた超一流の人というのは、あまり多くなかったように感じる。それよりも、かつては一時的に頂点にいたものの下降線をたどっていた人や、頂点を狙いながらも最後まで届かなかったような人が多かった気がする。

要するに、そんな無理をしている人ばかりを取材していた私は、取材対象者がスキャンダルを起こす確率も必然的に高かったというわけだ。ここまで立て続けに起きたのはたしかに珍しいことだったと思うが、それは雷に七回打たれたり、宝くじに三回大当たりすることよりは、ずっと確率が高いことだったのではないだろうか。

私が対談を取材した相手が、次々と不幸に陥っている。――このことに、いつか誰かが気付くかもしれないとは思っていたが、とうとう記者が来てしまった。まあ今回は、マイナーゴシップ誌の記者がずいぶん雑な見立てでやって来て、恥をかいて帰っただけだったけど、また似たような記者が来るかもしれない。それなりに準備をしておかないといけない。

しかし、あんな当てずっぽうばかりの記者でも、一度だけ焦った時があった。下手な鉄砲数撃ちゃ当たるとはよく言ったものだ。

「あくまでも想像ですが……私は、大竹俊也と井出夏希の心中事件の鍵《かぎ》は、引退した江本莉奈が握っているような気がするんですよ」

――あの言葉を聞いた時、微《かす》かに動揺が顔に出てしまったかもしれない。

あの事件に江本莉奈が関係していることをつかんでいる人間は、日本中探しても、私と坂上、そして当事者である彼女自身だけなのではないか……と私が考えていた、まさにその時。

「谷川さん、どうぞ」

彼女が私に、急須《きゅうす》でお茶を淹《い》れてくれた。ありがとう、と私は微笑み、一口飲んだ。

それにしても、売れっ子というわけでもないフリーライターの私に助手がついていることを、坂上は不審に思わなかったのだろうか。やはり、彼の洞察力はたいしたことがなかった。

「助手」だなんて、あくまでも、世間を欺くための仮の役割を与えているにすぎない。私たちは、秘密の契約を結んでいるのだ。

その契約は、彼女の方から持ちかけてきた。

もちろん、最初は私だって驚いた。突然私に電話がかかってきただけでも驚きだったし、半分イタズラじゃないかと思って待ち合わせ場所に行ってみて、本人がいた時はさらに驚いた。

しかも彼女は、あの「大竹俊也・井出夏希心中事件」について、こう切り出したのだ。

「あの事件の真相を、私は全部知っているんです」

その告白を、詳しく聞けば聞くほど、私は興奮せずにはいられなかった。ライターだったら誰もがよだれを垂らして飛びつくような、とんでもない特ダネだった。しかも、そんな特ダネはこっちがお金を出してでも買いたいぐらいなのに、それに加えて、多額の現金まで私にくれると申し出てきたのだ。

もっとも、契約にはリスクもあった。まず、特ダネをすぐ世に出すことは許されなかった。

その上、彼女は、私と同じ顔に整形したいとまで言ってきたのだ。

詳しく事情を聞いたが、無茶な話だと思った。

――それでも私は、最終的には首を縦に振った。

かつて調査報道の記者だった時代の私は、いつか自分の記事で世界を変えたいとまで夢見ていた。しかし、激務に耐えかね大手の出版社を辞め、フリーになってみれば、生活するだけで精一杯。いつしか理想など忘れ果て、ただ食べていくために、毒にも薬にもならない記事ばかり書くようになっていた。その上、今では病気のせいで医療費がかさんで貯金も減り続け、ワーキングプアのような状態だ。そんな私にとってこの契約は、危険を伴うとはいえ、千載一遇のチャンスなのだ。——そう思っていた。

ただ、今になって、私には疑いの念が出てきている。

本当に、あの話を信用していいのだろうか。

私は当初、彼女が純粋な、真摯《しんし》な表情で語る内容を、本気で信じていた。しかし冷静になってみれば、あの話が真実かどうか、私には検証のしようがないのだ。あの大金の本当の出所も、私と同じ顔に整形したがる本当の動機も、分かったものではないのだ。あの話は全部嘘なのではないか、実は彼女こそが、あの事件を仕組んだ真犯人なのではないか。——私は最近、そんな思いにさえとらわれているのだ。

もちろん、そんな思いは決して悟られないようにしないといけない。私はそう肝に銘じつつ、お茶をまた一口飲んだ。

——すると、しばらくして、胸に鋭い痛みが走った。

いけない、これは持病の症状だ。

私はあの日、彼女から提供された特ダネに興奮して、つい病気のことを話してしまったのだ。あの時はまだ情報の真偽を疑ってはおらず、むしろ私のようなライターをわざわざ選んで電話してくれたことが嬉《うれ》しかったこともあって、つい「あなたばかりに秘密を話してもらって申し訳ないから、私も秘密を打ち明けます」なんて、今思うと恥ずかしいことを言ってしまった。

するとと彼女は、私の詳しい病状を聞いてから、例の契約を持ちかけてきたのだった。

そんなことを思い出しながら、私はお茶をもう一口、今度はゆっくりとすすった。

そこで気付いた。――明らかに、普通のお茶の葉の味とは違う、苦味があることに。

さらに、胸の痛みがどんどん強まってきた。思わずむせてしまう。

痛い痛い、苦しい、胸が苦しい……私は涙目でむせながら、胸を押さえた。視界がぼやける中、彼女が純粋な、まっすぐな目を私に向けたまま、首を傾げたのが見えた。

その首元で、ハート型のネックレスが揺れたのも、かろうじて見えた。

しかし、それからさらに視界がぼやけ、呼吸が止まり、私は膝《ひざ》から床に崩れ落ちた。

The Last Talk

❖

4月18日

「メディアミックス・スペシャル対談」

くりっくブロードキャスト　メディアミックス・スペシャル対談

作家・山中怜子×漫画家・日比木《ひびき》タツオ

（インタビュアー　谷川舞子）

谷川　さあ始まりました、メディアミックス・スペシャル対談。さて、この模様は、インターネットテレビの『くりっくブロードキャスト』で生中継されてるわけなんですが、えっと……。

山中　緊張しないで～、谷川さん。

谷川　あ、ありがとうございます（笑）。えっと、さて、司会は私、フリーライターでインタビュアーの、谷川舞子です。よろしくお願いします。

山中　よろしくお願いしま～す。（拍手）

谷川　ああ、どうも、盛り上げていただいてありがとうございます。ええ、さて、私も、雑誌の対談を仕切る仕事は何度も経験しているんですが、このように生番組で司会を務めるというのは初めての経験で、ちょっと緊張気味でして……。

山中　大丈夫、緊張なんてすることないですよ。こんなこぢんまりしたスタジオで、カメラも二台しかないんだから（笑）。

（やれやれ、インターネットテレビってどこもこんな感じなの？　ギャラがよかったからついオファー受けちゃったけど、いざ来てみたら、スタジオは古い雑居ビルの一室だ

し、機材もスタッフも少ないし、司会も素人だっていうから驚いちゃったわ）

谷川　アハハ、ありがとうございます（笑）。ええ、さて、今回対談するのはこのお二人。といっても、もう紹介する前に結構しゃべっちゃいましたけど……。

山中　あら、ごめんなさい（笑）。

谷川　いえいえ（笑）。まずは、ミステリー作家として数々のヒット作を生み出す一方、「美しすぎる女流作家」とも呼ばれテレビ出演もこなし、今年一月には、ご自身の小説が原作のテレビドラマ『殺意のレッスン』に特別出演して女優デビューまで果たした、山中怜子さんです。

山中　よろしくお願いします。

（本当に大丈夫なの、この番組。スタジオの隅に立ってるディレクターも、この前打ち合わせした時よりお腹出てるんじゃない？　しかもジャケットの裾《すそ》も糸がほつれちゃって、服装も体形もだらしないわ。同じテレビとはいえ、地上波の華やかなスタジオとは月とすっぽんね）

谷川　そしてもうお一方《ひとかた》。現在『東京デストピア』が大ヒット中で、最新の二十七巻も売れ行き絶好調。今大注目の漫画家、日比木タツオさんです。

日比木　どうも、はじめまして。よろしくお願いします。

（ふう、さすがにちょっと緊張するな。こういう仕事は初めてだからな。しかしずいぶんよくしゃべるよな、山中さん）

谷川　というわけで、本日はお二人とも、よろしくお願いします。
（ふふふ、滑り出しは順調。あたしは今、生番組の司会を任されて緊張してる、中年のフリーライター谷川舞子。その正体を疑われてなんかいないよね）
山中　少しは緊張がとけてきたみたいね（笑）。
（そういえば私、この司会者に見覚えがある気がする。本業はフリーライターらしいから、一度ぐらい取材を受けたことがあるのかな。でも取材なんて何百回も受けてて、ライターの顔なんていちいち覚えてないからね。……ところで彼女、ちょっと趣味悪いわ。もう中年なのに、若い子が着けるようなハート型のネックレスなんてしてるもの）
谷川　ありがとうございます（笑）。ちなみに日比木さんは、素顔でメディアに出るのは今回が初めてだそうですね。
日比木　まあ、別に頑《かたく》なにNG出してたわけでもないんですけど、この程度の顔をわざわざ表に出すこともないかと思って、なんとなく出てなかっただけです。
山中　いや、素敵な方ですよ。背も高いし、最初モデルさんかと思っちゃった（笑）。
（首から下はね。顔はモデルとは程遠い、本人の言う通りわざわざ表に出すこともないような出来栄えだわ。まあ、作品は本当に面白いんだけどね）
谷川　さて今日は、「メディアミックス・スペシャル対談」ということで、ドラマ化、映画化された作品が多いお二人をお呼びしたんですが、聞くところによると、山中さんは日比木さんの『東京デストピア』の大ファンだそうですね。

（そのことも全部調べて、今日の対談をセッティングしたんだよ、山中さん。まったく、よくもあたしの計画を邪魔してくれたよね）

山中　そう、大ファンなんです。だから今日はお会いできて本当にうれしいです。

（正直、本当は「大ファン」ってほどじゃなくて「中ファン」程度なんだけどね。半年ぐらい前に知人に勧められて読み始めたけど、まだ最新巻は読んでないぐらいだから）

日比木　ありがとうございます。僕も山中さんの作品は好きで、よく拝見してます。

（本当は「よく」ってほどは見てないんだ。映画とかドラマになったやつを何度か見ただけで、原作は一回も読んでないからね）

山中　それはうれしいです。

日比木　ドラマの『殺意のレッスン』で、山中さんが女優デビューした回も見ましたよ。

山中　やだ恥ずかしい。あれは見ないでほしかったわ（笑）。

日比木　いやいや、お上手でしたよ（笑）。

（あの芝居はひどかったな～。教育テレビの『中学生日記』を思い出したよ）

谷川　私も見ましたけど、本当にお上手でしたよね。

（あまりにも棒読みすぎて、画面から目を背けたくなるレベルだったよ）

山中　いやいや、やめてよお世辞ばっかり（笑）。

（あれ、ネット上では相当叩《たた》かれてたんだけど、やっぱり私、結構上手だったのかな）

谷川　そしてお二人とも、人間の暗部を描くリアルな表現力が、ファンの心をつかんで離しません。山中さんは『魔女の逃亡』や『迫る影』など多くの作品が映画化され、『殺意のレッスン』もドラマ化されました。一方、日比木さんの『東京デストピア』も、アニメ化に次いで実写映画化が決定しました。こちらも、社会の格差が拡大して治安が悪化し、犯罪が蔓延《まんえん》する近未来の東京が、徹底したリアリティで描かれてますね。

日比木　まあ最近、現実の世界でも、人間の暗部が浮き彫りになるような事件が増えてますからね。そういう風潮と相まって、僕らの作品が流行《はや》ってるのかもしれませんね。

山中　たしかに「事実は小説よりも奇なり」なんてよく言ったもので、作品の中でずいぶん残酷な事件を起こしたつもりでも、その作品の発表後に、似たような手口でもっと恐ろしい事件が起きたりしますからね。

日比木　だから、僕らの作品がヒットして映像化もされてるっていうのは、世の中的にはあんまりよくないことなのかもしれませんよね（笑）。それこそ今なんて、芸能人まで大変な事件に巻き込まれてるぐらいですから。……あの井出夏希さんと大竹俊也さんが亡くなった事件だって、未《いま》だに真相が分かってないんでしょ。

谷川　たしかに、あの事件は衝撃的でしたね。

（ふふふ、ちょうどいい。この話題につながったね。さて山中さん、あんたはどんな顔でこの話をするのかな？）

山中　本当ですよね。私もニュースやワイドショーを見ながら、驚きの連続でしたよ。

（やだ、この話題になっちゃった。気が進まないわ）

日比木　たぶんあの事件の真相も、フィクションの作り手が考える内容よりもずっと、闇が深くて恐ろしいものだと思いますよ。……あっ、そういえば、亡くなった井出夏希さんって、たしか山中さん原作の映画に出て、主演女優賞とかもらってましたよね？

山中　ええ、そうなんですよ。実は『魔女の逃亡』に出てもらったの。

（まったく、忌まわしい思い出だわ）

日比木　ということは、製作発表の時とかに、井出さんと会ったことあるんですか？

山中　ええ。撮影現場でも製作発表でも会ったし、実は一度、雑誌で対談までしてるの。

（そう――一生忘れはしない、あの日のことは）

日比木　それはうらやましい……なんて言い方は不謹慎ですけど、あの大事件の当事者と実際に話したというのは、貴重な経験ですよね。どうでしたか、対談した時の印象は。

山中　月並みな言い方だけど、対談した時は本当に明るくて可愛らしい子でしたよ。まさか、のちにあんな悲惨な最期を遂げることになるなんて、想像もできなかったです。

（私、嘘は言ってないわ。

たしかにあの対談中には、そんなことはみじんも考えてなかったんだから。

もっとも、対談のほんの二時間後には、井出夏希を殺すことまで考えてたんだけどね。

あの日のことは一生忘れない。あの日から、私の人生最大の復讐《ふくしゅう》計画が始まったんだからね。

三年前の八月三日。私は『月刊エンタメブーム』の井出夏希との誌上対談の取材を受けた後、遠野《とおの》探偵事務所に急いだ。生き別れになった一人息子の広也についての、調査報告を聞くためだった。広也が見つかったという報告をきっと聞けるはずだと、私は前向きな希望を持っていたが、遠野探偵の報告は、決していい内容ではなかった。

まず、広也は実家を飛び出した後、都内でインディーズバンドのボーカルとして活動していたらしい。しかしそのバンドは、もうずいぶん前に解散していて、その後の広也はバンド仲間ともほとんど連絡を取っておらず、消息不明とのことだった。

それを私に伝えた後で、遠野は、少し躊躇《ちゅうちょ》しながら切り出した。

「実は広也さんは、麻薬を常用していたようなんです」

遠野は、広也が数年にわたり、何種類もの麻薬を買っていたことを伝えた。

私はもちろん、大きなショックを受けた。我が子が麻薬を使っていたと聞いてショックを受けない親はいないだろう。しかも広也は、心臓が丈夫ではないのだ。普通の人よりさらに危険性が高いはずなのに、なぜそんなものに手を出してしまったのか……私はただ悲しかった。

が、その後、私は遠野から、さらに驚くべき情報を伝えられた。

「それと広也さんは、その時期、女優の井出夏希さんと同棲《どうせい》していたようなんです」

偶然にも、私がほんの一時間余り前まで対談していた井出夏希と、広也が同棲していたなんて、まったく予想外の展開だった。

遠野は一度、得意の潜入調査をして、広也との過去の関係について井出夏希に直接尋ねたらしい。本人には笑って否定されたらしいが、その時すでに、井出夏希と広也の交際歴がスタッフの間でも噂になっていたのだという。しかし、現在はもう付き合っていないようだ、と遠野は付け加えた。そして、井出夏希との同棲生活以降、広也の消息はぷっつり途絶えているとのことだった。

そこで私は、ピンときてしまった。

もしかすると、井出夏希が、恋人の広也に薬物を教えたのではないか……。

そうだ、きっとそうだ。自分の心臓がハンデを抱えていることを知っている広也が、自ら危険な薬物に手を出すわけがない。それに今、芸能界の薬物汚染は深刻だ。現に何人か逮捕者も出ているが、実際にはもっと多くの芸能人が薬物に手を出しているという噂も聞いたことがある。間違いない。悪いのは広也ではない。井出夏希の方だ……。

と、そこまで考えた時、さらに恐ろしい想像が頭に浮かんでしまった。

もしかして、心臓がよくない広也は、薬物の服用中に急死してしまったのではないか。

そして、その遺体を井出夏希が遺棄したのではないか。

だから、広也の消息は途絶えてしまったのではないか……。

考えれば考えるほど、その想像は現実味があるように思えた。過去にも、愛人と一緒に薬物を服用中にその愛人が死んでしまって、マネージャーも巻き込んで証拠隠滅を図った俳優がいたじゃないか。——一度浮かんでしまった恐ろしい想像に、私は一気に取り憑《つ》かれてしまった。

私は思案の末、遠野に追加調査は依頼しないことにした。その代わり一つだけ頼んだ。

「井出夏希の住所を教えてほしい」と。

もちろん違法なので、遠野は最初は渋ったが、私が料金をはずんでやったところ、「しょうがないですねえ」と苦笑いしながらあっさり教えてくれた。話の分かる探偵でよかった。まあ、独立して自分の事務所を立ち上げたばかりだったようなので、金に困ってもいたのだろう。

ここからは一人で調べようと、私は決めていた。

もちろん、プロの探偵の方が、私よりはるかに調査能力は上だろう。しかし、もうそれ以上探偵に頼るわけにはいかなかったのだ。

だって、もし私の悪い想像が的中していた場合は、この手で井出夏希を殺そうという決意が、すでに固まっていたから――。

井出夏希が住んでいたのは、閑静な住宅街に建つ、三階建てのマンションの二階だった。そのマンションは、一階には三部屋あるが、二、三階は一部屋ずつしかなく、低層ながらも一部屋あたりの専有面積が広い、昔ながらの高級マンションだった。井出夏希は若くして、その広い部屋を買っていたのだ。さすがは人気女優だと思った。

私にとって好都合だったのは、そのマンションは築年数が古く、セキュリティに多少の隙があったこと。そして、井出夏希の部屋の上の、三階の部屋が空いていたことだった。元々はそのマンションのオーナーが住んでいたが、高齢で老人ホームに移ったため、ちょうど空いたのだという。これはお得な物件ですよ、と不動産屋にも言われた。

私はすぐ、自宅とは別にその部屋を借りた。そしてリビング、バスルーム、寝室と、なるべく等間隔になるように、床下にコンクリートマイクを三つ設置し、録音機につなげた。

私は元々、『迫る影』というストーカーを題材にした小説を書いた際、取材のためにコンクリートマイクを一つ購入していた。それも以前実験してみたところ、隣や階下の音がぼんやりと聞こえる程度の性能はあったのだが、今回はその十倍近い値段の、最高性能の製品をネットで三つ購入した。それらは予想以上の効果を発揮した。井出夏希の生活音も電話の声もテレビの音も、ずいぶん鮮明に聞くことができたのだ。

井出夏希の部屋の音声は、二十四時間態勢で録音された。といってもその録音機には、音声起動機能が付いていた。井出夏希の部屋から音が発生した時のみ機械が動いて録音され、彼女が不在で無音の時には録音されないという、プロの探偵やプロの変態御用達の機能だ。そのため、私は週に一、二回その部屋を訪れ、電池を交換して音声をチェックするだけで十分だった。

もし本当に、井出夏希が広也を殺していたとしたら、電話口などで一言ぐらい、広也について言及することがあるのではないか。たとえば事務所の人間と話している時に、急性の薬物中毒で死んでしまった広也についての話題になるとか、そこまでいかなくとも、小さなヒントぐらいはつかめるのではないか——私はそう考えたのだった。

とりあえずは、井出夏希が広也の失踪《しっそう》の真相に最も近い人間だと思えるし、彼女から数メートルという絶好の距離にすんなりと潜入することができた。この作戦でしばらく様子を見て、成果が上がらなかったら別の手段を考えよう。……という程度の心構えだったのだが、まさか、あんなにすぐ成果が出るとは思わなかった。

私が井出夏希の階上の部屋を借り、盗聴を始めてほんの一ヶ月足らずのことだった。

ある日、井出夏希のもとを、一人の男が訪ねてきた。

クラモトと名乗ったその男は、オートロックのインターフォン越しに、井出夏希に話しかけた。その音声は一部しか拾えなかったが、クラモトがこう言ったのは分かった。

「夏希ちゃん……君が殺した……知ってる……冷凍庫……証拠写真……」

すると井出夏希は、しばしの沈黙の後「お入りください」と言い、すぐにバタバタと足音が聞こえた。どうやら彼女は、オートロックを開けた後、大急ぎで部屋の中を整えたようだった。

その音声は、私が聞いていた日の三日前に録音されたものだった。つまり三日前に、井出夏希の部屋にとんでもない来客があったということだ。「殺した」というのは、果たして本当に広也のことなのか——。私はふと気になって、録音された音声を一時停止し、現在の井出夏希の部屋の音を聞いてみた。しかし、何の物音もない。彼女は不在のようだった。

いったいこの後、クラモトは、そして井出夏希はどうなったのだろう――。私はドキドキしながら、録音された音声の続きを再生した。

玄関のチャイムが鳴り、井出夏希の足音が聞こえ、ドアを開閉する音がした。部屋に上がり込んだクラモトの声は、さっきよりもだいぶ鮮明に聞こえた。

「夏希ちゃん……この写真……他にも証拠はある……ミキサーもノコギリも……恋人の広也を殺して……バラバラにした……使ったんだろ？」

――私はそこで、いったん音声を止め、大きく深呼吸をした。

念のため、その部分を巻き戻して繰り返し聞いた。しかし何度聞いても、クラモトは「恋人の広也を殺して」と言っていた。前後の文脈から判断して、広也が井出夏希に殺され、ミキサーやノコギリを使ってバラバラにされたという内容に違いなかった。盗聴音声とはいえ、それらの内容は聞き間違えようがないほどの音質で録音されていた。

しかもその後、井出夏希はあっさりと「はい、そうです」と答えた。――女の高い声は、男の声より鮮明にマイクで拾えるようだった。

井出夏希は、広也を殺し、遺体をバラバラにして捨てたことを、いとも簡単に認めたのだった。

しかし私は、自分でも意外なほど驚かなかった。やはり覚悟はしていたのだ。

ただ、私はその後で一瞬、このクラモトという男は刑事だったんじゃないか、これで井出夏希を逮捕してくれたんじゃないか、とも思った。でもすぐに、それはありえないと気付いた。有名女優の井出夏希が三日前に逮捕されていたら、とっくに大ニュースになっているはずなのだから……。

案の定、録音音声のクラモトは、興奮した様子で井出夏希に切り出した。さらに声が大きくなった分、語尾が裏返る様子まではっきり聞き取れた。

「夏希ちゃん……ばらされたくなかったら……俺と、セ、セ……セックスしてくれ！」

「はあっ⁉」

それは井出夏希の声……ではなかった。音声を聞いていた私が発した叫びだった。

しかも当の井出夏希は「分かりました。寝室はあっちです」と、あっさりとクラモトの要求を受け入れてしまったのだった。

私は怒りに震えた。冗談じゃない！　クラモトとやら、何者なのかは知らないが、私の大事な広也が殺されたという許しがたい事実を、あろうことか井出夏希を抱くための取引材料に使おうとしているのだ。こんな馬鹿な話があってたまるか！

「あの、シャワーは……」

「そんなのいい……は、は、早く……服脱いで……」

私は、寝室に移動したらしい二人の声を聞きながら、ぶるぶると震え、奥歯を噛《か》みしめ、手の平から流血せんばかりに拳《こぶし》を握りしめていた。ふざけるな、こんなことに広也の死が利用されてたまるか。許せない、絶対許せない。死ね、死ね、死んでしまえ！

――と、念じていたら、本当にクラモトは死んだ。

どんな手を使ったのかは分からない。ただ井出夏希は、クラモトに体を許すと見せかけて一瞬の隙を突いたらしい。「ぐうっ」というクラモトの低い声が聞こえ、ドスンと床に倒れる音がして、その後はドタバタと格闘する音と、間欠的に「うっ」とか「ぐあっ」とかいう声が聞こえた。しかし、それから徐々に物音は収まっていき、やがてほぼ無音の状態が五分ほど続いた。

そしてついに、息が上がった様子ながら、勝ち誇ったような井出夏希の声が聞こえた。

「クソブタ野郎……この私……勝てると思ったかよ」

――その後の井出夏希の行動内容は、音声だけでも十分に分かった。

死体を引きずる音、あちこち動き回る足音、ノコギリで何かを切る音、モーター音、トイレの水を流す音、シャワーを流す音、たまに井出夏希が嘔吐《おうと》する音。……ついさっきクラモトが言い当てた、ノコギリやミキサーを使う方法で、クラモトの死体が解体処分される音だった。

それらの音は、延々と数時間続いた。私は、盗聴のためだけに借りた、ほとんど家具もないがらんとした部屋の床に座布団を敷いて座ったまま、じっと録音機の音声に耳を傾けていた。

その間、私の体はずっと震えていた。

しかし、今度の震えは、怒りによるものではなかった。

それは、武者震いだった。

井出夏希は、見事にクラモトを返り討ちにした。クラモトの方も、あんな邪《よこしま》な要求をしていた以上、井出夏希が広也を殺したという情報を外部に漏らしたりはしていないはずだ。クラモトは結果的に、井出夏希が広也を殺したことと、彼女が手ごわい相手だということを、身をもって私に伝えながら死んでくれたのだ。

つまり、私が井出夏希を殺すための舞台が調《ととの》ったということ。

相手にとって不足はない。やってやろうじゃないか――。

広也の死因は分からない。しかし、どんな方法で殺されたにせよ、私は広也が感じた何百倍もの苦痛を、井出夏希に与えてやろう。この世の地獄を味わい、苦しんで苦しみ抜く方法で井出夏希を殺す。それが私の使命なのだ。

――こうして、私の人生最大の殺人計画は幕を開けた。

以前から考えていた通り、井出夏希の殺害には、まだ小説に使っていないトリックを使うことにした。しかし、どれでもいいというわけではない。フィクションの中でしか成功し得ないような方法ではもちろんいけないし、かといって成功の可能性が高くても、射殺や爆殺のような、一瞬の苦痛だけで即死してしまうような方法ではいけない。

それに、私が自ら井出夏希に近付いて殺す方法も難しい。彼女は、さほど苦戦した様子もなく男性を殺せるような術《すべ》を会得しているのだ。役者というのはアクションシーンのために格闘技の稽古《けいこ》をしたりするようだから、そういう機会に習ったのかもしれない。私は慎重に検討した。私自身は井出夏希に近付かずに、最大限の苦痛を与える殺害方法はどれか。

熟慮の末、ベストのものを選び出した。

まあ、万全を期すために、実行までに約二年もの期間を要してしまったのだけど。

時間がかかった最大の要因は、理想の「消火器」を作り上げたことだった。

といっても、本物の消火器ではない。見た目は色も形も本物そっくりだが、中身は消火剤ではないし、素材は全て高密度ポリエチレンと呼ばれるプラスチックだ。

私は、離婚して広也の親権を取られてから、作家デビューするまで、防災用品のメーカーで働いていたため、消火器の構造はひと通り知っていた。とはいえ、自力で全て完成させるのは無理だったので、部品は外注した。かつての勤務先の社名を少し変えた、架空の防災用品メーカーの名刺を作り、設計図や完成図も描いて、プラスチック製品の工場に、新型消火器の試作品を作りたいと飛び込みの依頼をしたのだ。もちろん報酬はたっぷりはずんだ。その結果、レバーやボトルはもちろん、ホースも蛇腹状のポリエチレン製の「原型」を作ることができた。

その「原型」に、私が手作業で改良を加えていった。ピンを抜いてレバーを握ると、中身が勢いよく噴霧されるように。それもホースの先からだけでなく、レバーの側に隠れた穴のふたも開いて、そこからも持っている人間の方向へ中身がなくなるまで噴霧され続けるように。普段は中身が密封され、においが漏れないように。本体が燃えるとドロドロに溶けて、一般的なポリエチレン製の灯油タンクの燃えかすと区別がつかなくなるように……。仕事の合間に自宅で実験を繰り返して改良を重ね、ようやく完成したのが去年の夏のことだった。

それから、例の防災用品メーカーの社員を装って今度は印刷会社を訪ね、消火器のラベルを作った。本物の消火器の、使い方の説明図などが書かれたラベルに「いざという時に女性やお年寄りでも使いやすい、軽くて丈夫な難燃プラスチック製の消火器です」という、もっともらしい言葉を書き加え、我ながら実にリアルなデザインにできた。

あとは、そのラベルが巻かれた特製消火器の中に灯油を入れて、「火災予防のため各部屋に消火器設置のお願いをしています」という文章と、マンションの管理会社名を記した紙を貼り付け、井出夏希の部屋の前に置くだけだった。

もしこれを置く時に、部屋の前で井出夏希と鉢合わせでもしたら計画は台無しだ。しかし彼女には、芸能人特有の大きな隙があった。──生放送だ。

その日、井出夏希はドラマの番宣で昼の生番組に出演していた。この時ほど彼女が部屋にいないことが保証されている時間はなかった。久しぶりに彼女の階上の部屋でコンクリートマイクの電池を入れ、念のため他の人間がいないか確認してみたが、物音は何も聞こえず、無人のようだった。私は、井出夏希がテレビ画面の中で笑顔を振りまいている間に、悠々と彼女の部屋の前に偽消火器を置いて、自分の部屋に戻った。

井出夏希は夕方に帰ってきた。しばらくマイクの音声を聞いてみたが、井出夏希は不審がって管理会社に電話をかけることもなく、テレビを見て夕飯をチンして食べて風呂《ふろ》に入って寝て……と、一人暮らしの孤独な生活音が聞こえるだけだった。その後、井出夏希の寝息を確認してから深夜にこっそり二階に下りて覗《のぞ》いてみると、偽消火器はなくなっていた。やはり彼女は、偽消火器を疑うことなく部屋に運び入れたようだった。

その一週間後、私はマイクを全て回収し、井出夏希の階上の部屋を解約した。さすがに、井出夏希が死んだ時に、上の部屋が私の名義になっているのはよくないと思ったし、計画が成功すれば上の部屋まで全焼する可能性もあったからだ。

しかし、すぐに計画を実行に移すわけにはいかなかった。調べたところ、そのマンションの防犯カメラの映像の保存期間は二週間だった。私が井出夏希の部屋の前に偽消火器を置いた映像を残すわけにはいかなかったので、少なくともその期間は待つ必要があった。それに、井出夏希の消火器に対する記憶をある程度は薄れさせたかったので、念のため三ヶ月ほど間を空けた。

その間に私は、開けると発火する仕組みの封筒も作った。これに関しては、市販の燃料や火薬、インターネットで入手した化学実験用の粉末マグネシウムを入れ、ネットで紹介されていた通りに発火装置を作れば、偽消火器よりずっと簡単に完成した。また、封筒の表には井出夏希の所属事務所を送り主として印字し、中には百円ライターを一つ入れた。さらに、井出夏希の事務所の最寄りの郵便局から私の家に、空の封筒を送り、届いた封筒に貼られていた証紙を剝《は》がし、日付の部分を書き換えてカラーコピーしたものを発火封筒に貼り付けた。

そして、去年の十一月五日の夜。私はついに、最後の引き金を引いた。

私は厳重な変装の上、ネットで購入した郵便配達人の制服を着て、井出夏希のマンションのポストに発火封筒を投函《とうかん》した。集合ポストの手前の管理人と会釈を交わしても、まったく疑われた様子はなかった。この封筒が発火物だということは、井出夏希以外の誰にも知られないはずだった。

井出夏希殺害のシナリオは、こうだ。

井出夏希が、ポストに届いていた事務所からの封筒を部屋で開けると、突然炎上する。あのマンションは部屋ごとにスプリンクラーは設置されていない。当然彼女は慌てる。悪質なファンの嫌がらせだとでも思うだろう。まずは水をかけて消火しようとするかもしれないが、逆効果だ。封筒の中の粉末マグネシウムは、燃焼中に水がかかると化学反応を起こし、光を放ってより大きく燃え広がる。そのため彼女はますますパニックになるが、そこでふと思い出す。

「そういえば、管理会社から配られた消火器があったはずだ」と。

三ヶ月も前に配られた消火器と、発火封筒の送り主が、まさか同一人物だとは思うまい。

井出夏希は、あの偽消火器を持ってくる。ピンを抜き、ホースを炎に向け、レバーを握る。すると、ホースの先から灯油が勢いよく噴霧される。灯油というのは霧状になると爆発的に燃え上がるのだ。しかも、灯油はレバーを握る人の側にも大量に噴霧される仕組みになっているので、炎は瞬く間に井出夏希の体に引火して燃え上がる。

あらゆる死因の中でも、焼死は最も苦痛が大きいといわれているらしい。井出夏希は、自らの皮膚が、髪が、粘膜がじりじりと焼けていくのを感じながら、死に至るまで地獄のような苦痛に悶《もだ》え続け、生前の美貌《びぼう》が台無しの、黒焦げの屍《しかばね》になり果てるのだ。

しかも、その傍らに残るのは、一般的な灯油タンクの素材であるポリエチレンがドロドロに溶けた燃えかすと、封筒の中に入っていた百円ライターの燃えかす。封筒自体は燃えてしまって跡形もない。つまり、現場の状況は一見、自ら灯油をかぶって火をつけた焼身自殺と区別がつかないのだ。

当然、井出夏希の死後、「まさか自殺するようには思えなかった」と言う周りの人間も出てくるだろう。まして焼身自殺という手段も過激だ。しかし、周囲からは自殺するようには思われていなかった芸能人が、これまで何人自殺して周囲を驚かせてきただろうか。彼らは往々にして、一般人には想像できないようなストレスにさらされ、精神を蝕《むしば》まれているものなのだ。現場の状況が焼身自殺そのもので、他殺である明確な証拠が示せない以上、多少不自然な点があっても、最終的に井出夏希は自殺したと判断されるに違いない。——これが私の読みだった。

そして、去年の十一月七日。井出夏希は死体となって発見された。私は広也の仇《かたき》を討つことに成功したのだ。復讐《ふくしゅう》は見事に果たされたのだ！

——と、素直に喜べるはずだったのだが。

今現在、私の気は晴れていない。

まさか、こんなことになるとは予想していなかった。井出夏希の死の周辺に、あんなにも想定外のことが発生するなんて。真犯人のはずの私でさえ、状況をまるで理解できていないのだ。

私は今では、こんな思いさえ抱いている。

本当に、私が井出夏希を殺したのだろうか……）

日比木　まあでも、芸能人というのはやっぱり、僕らには想像もできないような心の闇を抱えてる人も多いんでしょうね。

谷川　私も、取材でいろんな芸能人の方にお会いしましたけど、画面の中と違って普段はすごくおとなしいというか、暗い人も多いですよね。そういう反動もあって、心の闇を抱える余地というのは、一般人よりは大きいのかもしれませんね。

日比木　ただ、よく考えてみれば、芸能界以外の人だって、心の中が外から見て分かるような人はどこにもいないんですよね。誰もがそういう心の闇を抱えているからこそ、僕らの作品が支持されているという側面もあるでしょう。実際、僕もそうですし、山中さんや谷川さんの心の中にも、人に見せられない部分とか、知られちゃいけないことはありますよね。

谷川　私は、どうですかね。まあ、まったくないということはないでしょうけど（笑）。

（本当は大ありだよ。今はまだ知られちゃいけないもんね。あたしが本物の谷川舞子じゃないなんてことは。本物はとっくに死んでて、あたしが顔を整形して入れ替わってるなんてことは。そして――あたしの完璧《かんぺき》な計画に、とんだ横やりを入れてきた山中怜子の命を、今日終わらせにきたなんてことは）

山中　私の心の中にも、人に知られるわけにはいかないことが山ほどあるわよ（笑）。

（そう、誰にも知られるわけにはいかない。私が今、恐怖に怯《おび》えていることを。井出夏希を殺したのは、実は私以外の人間なんじゃないか。そして、その真犯人は、どこかで私を狙ってるんじゃないか。――そんな恐れを抱いていることを、誰にも相談できるはずがない。その状況が、ますます私を追い詰めているのだ。

私は去年の十一月五日の夜、井出夏希のマンションのポストに発火封筒を入れてから、テレビで「東京都世田谷《せたがや》区の井出夏希さんのマンションの部屋で火災が発生し、井出さんとみられる焼死体が発見されました」というニュースが流れるのを心待ちにしていた。しかし、丸一日経ってもそんなニュースは流れず、不安になってきた七日の朝、ようやく流れてきた臨時ニュースは、予想もしていなかった内容だった。

「今日未明、山梨県大月《おおつき》市の林道脇で、黒焦げの車が見つかり、中から二人の焼死体が発見されました。なお、この車のナンバーから、所有者が女優の井出夏希さんであることが判明し、井出さんと現在連絡が取れないことから、警察では焼死体のうち一人は井出さんである可能性もあるとみて、慎重に捜査を進めています……」

当然、私はニュースを見て驚いた。まず、井出夏希が一人で罠《わな》に掛かることしか想定しておらず、他人が巻き込まれる可能性を考慮しなかったのは、我ながら浅はかだった。ただそれにしても、場所があまりにも意外だった。まさか山梨県とは――。

それからテレビの情報番組はその話題で持ちきり。私も普段見ないワイドショーを各局見て、新情報をチェックし続けた。第一発見者は地元の若いカップルで、どうやら深夜に山道をドライブしながらいちゃつく場所を探していた最中に、黒焦げの車と死体を見つけてしまったらしく、七日の午前二時頃に警察に通報したこと。山奥だったため、警察が到着したのは午前二時半過ぎだったこと。全焼した井出夏希の車には、サイクリング用の自転車が二台積まれていたこと。車内には灯油が大量にまかれていて、ライターや灯油タンクのような物の燃えかすが発見されたこと。遺体は二体とも激しく焼けていて、死亡時刻は正確には分からないこと。ただ、遺体に他の外傷や、拘束されたような痕《あと》がないことから、自殺の可能性が考えられること――。

また、遺体の身元に関して、さらに世間を騒がせる大ニュースが流れた。

車に積まれていた二台の自転車の車体番号を調べたところ、一台の所有者は井出夏希だったが、もう一台の所有者は俳優の大竹俊也だったのだ。大竹俊也とは連絡がつかず、事務所のマネージャーが彼のマンションに入ってみたが、部屋は無人だったという。

井出夏希と大竹俊也は、十月に交際報道があったらしい。そして二人は、サイクリングを共通の趣味にしていたという。その日以降のワイドショーでは、井出夏希と大竹俊也は周囲に交際を反対されたことを悲観して心中したんじゃないかとか、最後の思い出に二人の好きなサイクリングを楽しんだんじゃないかとか、無責任な憶測もたっぷり交えて報道されていた。

そして、遺体発見から四日後の十一月十一日。警察のＤＮＡ鑑定などにより、遺体の身元が井出夏希と大竹俊也だということが、正式に確認された。

――そこまではよかったのだ。

想定外のことがいくつも起きたが、その頃はまだ、私が仕掛けた罠によって二人が死んだのだと信じていた。井出夏希がなぜ、あの罠を車に持ち込んだのかは分からないが、ライターや灯油タンクの燃えかすが現場から見つかり、自殺だと思われている状況は、私の計画通りだった。

しかし、遺体発見から一週間後の十一月十四日。警察から驚くべき事実が発表された。

七日の遺体発見が、午前二時頃。ところが、それより後の午前三時頃に、井出夏希のマンションの部屋に、一人の女が出入りしていたというのだ。

ほどなくして、その女の映像も公開された。それは世間に衝撃を与えた。

女は、最後に部屋を出た時の井出夏希と、そっくりの格好だったのだ。井出夏希が最後に自分の部屋を出たのは、十一月六日の朝だった。その時のマンションの防犯カメラの映像と、七日の未明にやってきた女の映像の比較は、もう何十回もテレビで見た。どちらも上はグレーのパーカー、下は濃い青のジーンズと黒のスニーカーで、黒いバッグを左手に持っていた。そして黒いキャップを目深にかぶり、大きなマスクをして、顔を隠していた。

しかし当然、井出夏希の死後に現れたその女が、本人のわけがない。それに、その女は顔を隠してはいたが、映像を拡大してよく見ると、井出夏希より耳が大きいことが分かった。――女は、井出夏希と同じ服装を用意した上で、本人になりすまして部屋に侵入したつもりだったようだ。

しかも、女は合鍵《あいかぎ》を持っていたらしく、オートロックも井出夏希の部屋の玄関も、難なく開けていた。また、非常階段で二階に上って井出夏希の部屋に入ると、中からピンク色のスーツケースを持ち出し、バッグとスーツケースという大荷物を抱えたまま、また階段を下りたのである。――すぐ横にはエレベーターもあったのに。

その行動の理由は明らかだった。あのマンションのエレベーターには、乗った人を至近距離から撮影する防犯カメラが設置されている。しかし、非常階段にカメラは設置されていないのだ。女はあらかじめカメラの位置を調べた上で、アップで写らないように注意して行動したに違いなかった。わざわざ井出夏希と同じ服装を用意していたこと。カメラの位置を把握していたこと。いずれの点からも、その女には明らかな計画性がうかがえた。

さらに、部屋の中には指紋が拭《ふ》き取られた跡もあった。女は、井出夏希のデータを調べ尽くし、合鍵まで持っていることから察して、生前の井出夏希を信用させて親密な仲を築き、部屋に入ったこともあったのだろう。その時の痕跡《こんせき》を消そうとしたようだが、全部は拭ききれなかったようで、残った指紋からは井出夏希とは別人の、女のＤＮＡが検出された。

また、女の足取りもほとんど解明されていない。山梨県で井出夏希と大竹俊也を殺してから乗った車も、Ｎシステムの解析が進められているようだが特定には至っていない。さらに、女は井出夏希のマンションに現れる前後は徒歩で移動していたのだが、街灯が明るく防犯カメラが多い道路は徹底的に避け、住宅街の暗い裏道ばかり選んで歩いていたのだ。そのため、ニュースで時々流れる、屋外の防犯カメラが女の姿をとらえた映像は、どれもほぼ暗闇の不鮮明なものばかり。それでも警察は懸命に解析を進めたようだが、足取りは途中からつかめなくなっているという。途中にアジトでもあったのか、それとも防犯カメラの死角に車を用意してあったのか、あるいは協力者がいたのか――。女が井出夏希のマンションに向かう際に途中まで乗っていたと思われる、不審な黒い左ハンドルの外国車が捜査線上に浮上したという報道もあったが、ナンバーなどの有力な手がかりは得られなかったらしく、その後の捜査は進展しなかったようだ。

なお、井出夏希と大竹俊也の携帯電話は、どちらも燃えてしまっていたが、通話記録やバックアップデータを復元したところ、二人とも「R」と登録した携帯電話番号と頻繁に通話していたらしい。ただ、その電話は闇業者や裏サイトなどで売買される、いわゆる「飛ばし携帯」で、事件を前に処分されたようだという。――この「R」が例の女である疑いは濃厚だが、携帯電話からも足取りは解明できていないようだ。

その女は、今では重要参考人となっている。各局のニュース番組でも、彼女は「謎の女R」などと呼ばれ、完全に犯人として扱われている。さらには、「謎の女R」が井出夏希を殺してまで盗み出したスーツケースの中身は何だったのか、黒いカネか、それとも麻薬か……なんて、被害者の井出夏希をも貶《おとし》めるような書き込みがネット上には溢《あふ》れている。――まあ、それに関しては、私としてはいっこうに構わないんだけど。

また、事件から二ヶ月ほど経った頃に、大竹俊也の性行為の様子を写した画像がネット上に流出するという、思いもよらぬ展開があった。しかも、その相手の女性の中には芸能人も多数いることが明らかになり、そのうちの何人かが大竹俊也に脅迫されていたことを明かしたため、生前の大竹俊也の思わぬ非道ぶりが明らかになった。その後、各芸能事務所や有名芸能人が一丸となってその画像の削除を働きかけ、世論を動かしたことで、画像のほとんどはネット上から削除されたが、最初にネットに拡散させた犯人は未《いま》だに分かっていないらしい。

このように、事件は社会を震撼《しんかん》させ、時には場外乱闘のような出来事まで起こしている。もう発生から五ヶ月以上経つのに、解決の糸口が見えないことから、未だにニュースやワイドショーで特集が組まれ、様々な憶測が飛び交っているのだ。

私は当初、自分が井出夏希と大竹俊也を殺した犯人だと思っていた。

しかし今では、その自信もなくなってきている。

確かなことは、私が井出夏希を殺す計画を立てていたのと同時期に、「謎の女R」も井出夏希と大竹俊也を殺す計画を立てていたということだろう。では、二人を殺したのは私なのか、それとも「謎の女R」なのか。でも彼女だとしたら、私が井出夏希の部屋に送り込んだ、偽消火器と発火封筒はどこに行ったのか。あれが手つかずのまま井出夏希の部屋にあれば、さすがにもう警察が気付いて、ニュースになっているはずだ。でもそうなっていないということは、やっぱり二人はあの罠《わな》に掛かって死んだのか。

いや――もしかすると、「謎の女R」は、あの罠を利用したのではないか。

私が作った偽消火器は、井出夏希が死ぬ三ヶ月も前から部屋に置かれていたのだ。「謎の女R」は、例のスーツケースを目当てに井出夏希の部屋に出入りするうちに、その存在に気付いたのではないか。そして、以前から立てていた井出夏希と大竹俊也の殺害計画に、それを利用したのではないか。しかし、たとえば威力が強すぎたとか、「謎の女R」にとって予期せぬ事態が起きたせいで、結果的に彼女の完全犯罪の計画が崩れてしまったのではないか。

――さらに想像してしまう。

もし「謎の女R」が、その罠を仕掛けたのが私、山中怜子だということまで突き止めていたらどうしよう。彼女からは私の正体が分かっているけど、私には彼女の正体がまったく分からないという状況だったらどうしよう。最悪の場合、彼女は私の存在をも消そうと企《たくら》んでいて、今この瞬間にも、私の命を奪うための準備をどこかで着々と進めているのかもしれない……。

――なんて、何を馬鹿なことを考えているんだ私は。

そんなわけがない。仮に「謎の女R」があの罠に気付いていたとしても、そこから私にまでたどり着けるはずがない。さすがに心配しすぎだ。落ち着け私。ほら、ちょっと気もそぞろになっちゃったけど、改めて対談に集中しよう。そうすればきっと少しは気が紛れるわ……）

日比木 やっぱり、人間生きていれば誰もが、そういう心の闇を抱えているわけですよね。でもそれは全然異常ではないし、読者のそういう部分をすくい取ってあげるのも、漫画家の仕事の一つだと思ってますね。

谷川 『東京デストピア』でも、登場人物の心の闇が、物語の展開に大きく関わってきますよね。主要キャラクターでさえ、仲間を裏切ったり、欲をかいた策略が失敗したりしますからね。

（あたしの策略も失敗だったよ。死体と車があんなに早く見つかっちゃったせいで、アリバイ工作が破綻《はたん》して、今じゃあたしは「謎の女R」なんて呼ばれちゃってるもんね）

日比木　あの漫画は、近未来の荒廃した東京の話ですけど、今の平和な東京でも、大竹俊也みたいな心が荒《すさ》んだ奴が実在していたわけですからね。まあ、死んだ人を悪く言うのもなんですけど。

山中　たしかに、あれは驚きましたよね。あのイケメン俳優が、女性の敵ともいうべき卑劣な行動を繰り返してたんだから。

（正直、あの画像流出騒動のおかげで、大竹俊也を巻き添えにしちゃった罪悪感はすっかり薄れたから、そこはちょっとだけ救われた部分でもあったんだけどね）

日比木　井出さんは、スーツケースに何が入ってたかはさておき、気の毒な感じがしますけど、大竹に関しては、世の中的にも殺されてざまあみろみたいな感じですもんね。

谷川　日比木さん、一応生放送なんで気を付けてください（笑）。

（とかいって、本当は生放送なんてしてないんだけどね）

日比木　ああ失礼（笑）。ただ、フォローするわけじゃないですけど、逆に大竹俊也ほど、心の中を覗《のぞ》いてみたかった人物はいないですよ。できれば一回取材してみたかったです。「なんであんなひどいことをしたんだ。お前の心の闇を全部見せてくれ」って。

山中　それなら私は、「謎の女R」にあの事件のことを取材してみたいわ（笑）。

（なんて、本当は取材なんかじゃなくて、ただ問い詰めたいわ。「あなたは何者なの？これからどうするつもりなの？」って）

谷川　「謎の女R」ですか。作品のためなら凶悪犯に会いに行くのも怖くないですか？（ふふふ、「謎の女R」は今目の前にいるんだよ。もうすぐ望み通り、あの事件のことを聞かせてあげるからね。冥土《めいど》の土産に）

山中　そうね。いい作品が書けるんだったら、全然怖くなんてないわ。（なんて嘘。本当は怖くて仕方ないわ。「謎の女R」は今どこにいるの？　まさか私の命を狙ったりしてないでしょうね？――やだ、またどんどん不安になってきちゃった）

谷川　なるほど、さすがですね。（山中さん。あんたが仕掛けた罠のせいで、あたしが立てた計画は台無しになっちゃったんだ。せっかく、二人の最高の顔が見られると思ってたのに……。この恨み、晴らさせてもらうよ）

日比木　やっぱり、僕らの職業病みたいなところがありますよね。作品のためなら、殺人犯に取材するのなんて怖くないし、最悪死んでもいい（笑）。

山中　分かる分かる（笑）。（全然分かんないわ。何言ってんの日比木さん。冗談じゃない、死ぬなんて絶対嫌）

谷川　なるほど。お二人ともさすがですね。いい作品を作るためなら死んでもいいだなんて、なかなか言えないですよ（笑）。

（それじゃ山中さん。お言葉通り、死んでもらいましょうか。

そして死に際に、あたしの正体を教えてあげるの。

あんたはその時、どんな顔をするんだろう。ふふふ、楽しみだなあ。


本物の谷川舞子は、もうこの世にはいない。あたしが彼女と契約を結んだ時点で、こうなることは決まってたの。あたしは、せっかく可愛かった顔をわざわざこんな地味な顔に整形して、肌も十歳以上老けさせて、彼女の人生を乗っ取ったんだ。

山中さん。あんたは、今目の前にいる女が、まさかそんな大それたことをしてるとは、気付いてないだろうね。

でも、あんたの方も、あたしに負けず劣らず、大それた計画を立てたよね。開けたら炎が出る封筒と、灯油入りの偽の消火器をわざわざ作って、しかもその罠に引っかかった後は焼身自殺だと思われるような仕掛けにしておくなんて、さすがミステリー作家は違うね。

あんたのせいで、あたしが念入りに立ててた計画は、全部ぶち壊しになっちゃったんだよ。予期せぬタイミングであの罠が発動しちゃって、二人の顔もろくに見られず、あたしの楽しみはすっかり奪われちゃったんだから。

最高の思い出になるはずだったのに。

マジで絶対許せない。

山中怜子、あんた処刑決定。

とはいっても、あんたの方も慌てたんだろうけどね。そもそもあんたの計画では、「井出夏希が家で一人で焼身自殺した」っていう状況を作りたかったんだろうし、「謎の女R」の出現なんて計算外だったんだろうからね。それでも、とりあえず完全犯罪は成功したわけで、警察から追われてはいないんだから、たいしたもんだよ。

むしろ、警察やマスコミに追われてるのはあたしの方だもんね。

それにしても、マスコミが騒ぎ立ててる内容はまるで見当違いだよ。まあ、あたしが井出夏希を殺したっていうのは一応正解なんだけど、「謎の女R」は海外に高飛びしたんじゃないかとか、顔を整形して逃げ回ってるんじゃないかとか、ワイドショーで好き放題言ってる内容は全部大外れ。全然違うっての。

そりゃ、あたしはたしかに、顔を整形してるよ。

でもそれは、逃げるためじゃないもん。

戦うためだもん。

あたしの、唯一の大親友だった、江本莉奈ちゃんの仇《かたき》を取るためだもん。

そのためにあたしは、自分自身——井出夏希を死んだことにして、谷川舞子の顔に整形したんだからね。

山中怜子。あたしはあんたを絶対許さない。あんたのことは、何度殺しても足りないぐらいだよ。

あたしと莉奈ちゃんは、おととしの秋『ドクターコップ』っていう科学捜査を描いたドラマで共演して、すぐ仲良くなった。莉奈ちゃんはあたしに憧《あこが》れてくれてて、最初は「井出さん」って呼んでちょっと緊張してるみたいだったけど、あたしが上下関係とか考えなくていいよって言ってからは、「夏希ちゃん」って呼んでくれるようになった。

それからどんどん親しくなって、お互いの部屋の合鍵《あいかぎ》も持って、二人で温泉旅行にも行くほどの仲になった。そのうち山奥の秘湯まで巡るようになったから、関東《かんとう》近郊だったら気軽に車で行けるようにと思って、あたしはわざわざ大きなRV車に買い替えたほどだった。

あたしはそれまで、共演者と仲良くなることは多くなかったんだけど、莉奈ちゃんとは不思議と一気に仲良くなれた。O型同士で占いの相性もよかったし、お互い早くに親を亡くしてるっていうシンパシーもあったのかな。――莉奈ちゃんは、お母さんの形見のハート型のネックレスを着けてて、あたしが「それ可愛いね」って褒めたら、同じデザインのネックレスをプレゼントしてくれたこともあった。本当に莉奈ちゃんは、優しくて純粋な子だった。

一方で莉奈ちゃんは、ちょっと純粋すぎるというか、無邪気すぎるところもあって、たとえばあたしの部屋に来た時に、私物を勝手に探っちゃうこともあった。スーツケースの札束とかスタンガンとか、まああたしがちゃんと隠しておかなかったのも悪いんだけど、ああいうのを見つけられた時はごまかすのに苦労した。でも逆に言うと、あんな物騒なものを見つけても莉奈ちゃんはあたしに対する態度を変えなかったから、やっぱり優しかったんだね。

それに、莉奈ちゃんはしっかりした部分もあった。まず、変装したり尾行をまくのが、昔スパイでもやってたのかと思うぐらいすごく上手で、写真誌に撮られたこともほとんどなかった。それに莉奈ちゃんは「芸能人は行動履歴や個人情報が漏らされるかもしれないから、お互いの家にケータイは持って行かないようにしよう」とか言って、普段からケータイのGPS機能をオフにしてたし、メールもLINEも一切やらなかったし、電話番号を登録する名前も、莉奈ちゃんは「R」、あたしは夏希の「N」って、お互いイニシャルだけにしてた。さらに、「あたしたちがプライベートで仲良しなことは表に出さないようにしよう」とも言ってた。その方が一緒に旅行にも行きやすいからって。——あたしは正直、そこまで警戒しなくていいような気もしてたけど、一応莉奈ちゃんに付き合って言う通りにしてた。とにかく、莉奈ちゃんの芸能人としてのプライバシー保護の意識は、ものすごく徹底してた。

莉奈ちゃんからは色々と相談もされた。演技についても聞かれて、あたしも先輩面して答えてたけど、本当は莉奈ちゃんの方がずっと才能があったと思う。だって莉奈ちゃん、ほとんどレッスンなんて受けずにデビューしたのに、すごい上手だったもん。

だから去年の秋、莉奈ちゃんから女優を引退したいって聞いた時は驚いた。もったいないと思って、最初あたしは反対した。でも莉奈ちゃんは、芸能界で貯めたお金で第二の人生を歩もうと真剣に考えてたみたいだったから、最後はあたしも莉奈ちゃんを応援することにした。

しかも莉奈ちゃんは、さすが計画性があって、引退直前に事務所にさえ内緒で引っ越してた。でもあたしには合鍵を渡してくれてたから、あたしがしっかり変装して、写真誌の尾行に気を付けさえすれば、莉奈ちゃんの引退後も家に遊びに行くことができた。

で、莉奈ちゃんは時間に余裕ができたから、立て続けにイベントを開いてくれたんだ。まず十月半ばの、ちょっと早めのハロウィーンパーティー。その前から莉奈ちゃんとやろうとは話してたんだけど、あたしがその時期忙しかったから、結局莉奈ちゃんが一人で計画してくれた。それで、莉奈ちゃんが密《ひそ》かに付き合ってた大竹俊也君のスケジュールも合ったから、大竹君の部屋でパーティーを開くことになった。莉奈ちゃんは、本格的なゾンビの仮装までして盛り上げてくれた。――まあその時に、あたしと大竹君が二人で買い出しに出たところを写真誌に撮られて「ハロウィーンデート」とかいう記事が出ちゃって、後で事務所の偉い人にも小言を言われたんだけど、本当はあたしと大竹君は、それほど親しいわけではなかった。

でも、あたしは二人の交際を応援してたし、本気で二人の幸せを願ってた。

だから、二人が心から旅行を満喫してる、最高の顔が見たいと思って、その次の旅行の計画を張り切って練ったんだ。

あの旅行は、莉奈ちゃんが知り合いから別荘を貸してもらえることになったから、一泊二日で遊びに行く予定になってた。メンバーはまた、莉奈ちゃんと大竹君とあたしの三人。となると、二人のそれぞれ赤と黄色の、おしゃれなイタリア製のスポーツカーより、あたしの武骨なRV車の方が山道には適してたから、おのずとあたしが運転手を務めることになった。それと、大竹君は旅行の直前までスケジュールが詰まってたけど、あたしはその時期はオフが多かったから、今度は莉奈ちゃんと一緒にあたしも旅行の計画を立てた。

まず、別荘にバーベキューセットがあるって莉奈ちゃんが言ってたから、バーベキューをすることはすぐ決まって、別荘の近くのサイクリングロードは紅葉がきれいらしいから、それも見に行くことになった。あたしも大竹君も以前から自転車好きで、自分のクロスバイクを持ってたんだけど、莉奈ちゃんは唯一持ってたママチャリを駅前で撤去されちゃって以来、自転車を持ってないって言ったから、あたしが買ったきりほとんど乗ってなかったクロスバイクを一台プレゼントすることにした。楽しみがいっぱいの、我ながら完璧《かんぺき》な旅行計画だった。

それから、あたしの車で三台の自転車を運べるように、トウバーマウントのサイクルキャリアっていう、車の背面の、バックドアの外側に、自転車を並べて積める器具まで取り付けた。これから先も、三人で旅先でサイクリングする機会があったらいいなって思ってたからね。

その時はまさか、大竹君があんな男だとは、気付いてなかったんだけどね。

ただ、あたしなんかに、大竹君を責める資格なんてないんだよね。彼はいわゆる異常性欲者だったみたいだけど、莉奈ちゃんの命まで奪おうとしてたわけじゃない。

でも、あたしは結果的に、莉奈ちゃんの命を奪っちゃったんだから——。


まず、あの火災が起きたタイミングが悪かった。

ハロウィーンパーティーのすぐ後、今度は別荘旅行だねってワクワクしながら計画を立ててた矢先。たしか九州のどこかで別荘が全焼して、持ち主のおじいさんが焼死した上に、別荘を管理してたリゾート業者の防火設備の不備も重なって、大きな山火事にまで発展しちゃったっていうニュースがあった。あたしが莉奈ちゃんの部屋で別荘旅行の予定を話し合ってた時にも、たまたまつけてたテレビの夕方のニュース番組で、そのリゾート業者の社長が九州弁であたふたしながら記者会見する様子が流れてた。

しかもよりによってその後、「危険な別荘火災」という特集まで組まれていた。山奥の別荘は、消防署や周りの家から離れてる場合が多いから、火災の発見が遅れて初期消火に失敗しちゃうと、大規模な山火事に発展する危険性が高い——なんて、別荘旅行を控えたあたしたちの不安を煽《あお》るような内容だった。

莉奈ちゃんも、そのニュースを見ながら、「焼死怖いなあ」と小さい声でつぶやいていた。まあ、本当に小さい声だったからはっきりとは聞き取れなくて、ちょっと「焼死もいいなあ」みたいにも聞こえたんだけど、まさかそんな縁起でもないことを言うはずがないから、たぶん莉奈ちゃんもニュースを見て怖くなってたんだと思う。

――そこであたしは、ふと思い出して提案しちゃったんだ。

「あ、そういえば、あたしんちに消火器あるんだ。たしか管理会社から配られたやつで、軽いプラスチック製で女性にも使いやすいとか書かれてたけど、あれ持ってこっか」

莉奈ちゃんは、ちょっと視線を宙に漂わせて考えてから「うん、いいね」と答えた。でもその後「まあどうせ、使うことはないんだし」とつぶやくように言った。――あの時は、まさか本当に使うことになるなんて莉奈ちゃんは思ってなかったんだろう。

あたしは忘れないようにと、まだ旅行まで半月以上あったのに、あの日帰宅してすぐ、台所に置いてあった消火器を車の後ろに積んでおいた。でも、あんな用心なんてしなきゃよかったんだ。今となっては悔やんでも悔やみきれない。


さらに、別荘行きの当日の、十一月六日。

あたしは、いつも通り帽子とマスクをして、荷物を入れた大きなバッグを持って部屋を出た。そして一階に下りてポストを見て、事務所からの封筒を見つけた。――あの時、あれを無視してても、やっぱり莉奈ちゃんは死なずに済んだんだ。

でも、二日間家を空ける予定だったし、実はあたしは何度か、ポストから郵便物を抜き取られる悪質なイタズラをされたことがあったから、事務所からの封筒を二日間ポストに入れっぱなしにしておくのは抵抗があった。だから一応持って行って、別荘に着いてから見ようと思っちゃったんだ。——そう考えると、郵便物を抜き取った奴のことも本当だったら殺してやりたい。奴のせいであたしが封筒を持って行ったために、莉奈ちゃんが死んじゃったんだから。

あたしは結局、その封筒をバッグに詰め込んで、マンションのガレージに向かった。車の後ろにバッグを積んで、トウバーマウントのサイクルキャリアにあたしと莉奈ちゃんの分の自転車を載せて、ケータイの電源を切ってから車を出した。以前、運転中にメールをチラ見したのをおまわりさんに見つかって減点されちゃったことがあったから、それ以来あたしは運転中は電源を切るようにしてた。——ちなみに、普段はケータイについて色々気にする莉奈ちゃんも、「今回はケータイ持って行った方がなにかと都合がいいよね」と言っていた。

そして、莉奈ちゃんと大竹君を、待ち合わせ場所の静かな公園でピックアップした。バーベキューの道具とか材料とか、もろもろの荷物は後部座席の後ろに積んで、大竹君の自転車はサイクルキャリアに載せて、二人は後部座席に仲良く並んで座って、いよいよ別荘へ出発した。

道中も、三人でドラマのNGの話とか、先輩俳優の噂話とかで盛り上がった。それと、莉奈ちゃんは前の日にケータイをトイレに落として壊しちゃったらしくて、その話を聞いた大竹君は「りなたんドジだなあ」なんて笑ってた。——そういえば最近、莉奈ちゃんのケータイが闇業者から買ったやつだとか、計画的に処分したとか言われてるけど、あんなの全部デマ。ただトイレに落としただけなのにあんな嘘を流すなんて、本当マスコミって信用できないね。

あたしたちの車は、順調に山梨県に入った。平日の下り線だったから高速道路も混んでなかった。あいにくの曇り空で、富士山《ふじさん》や周りの山並みはほとんど見えなかったけど、高速を下りたら田んぼと畑と果樹園っていうのどかな風景が広がっていて、それだけでも十分風情を味わえた。そんな田舎道を抜けて、車はいよいよ本格的な山道に入った。

山道を登るにつれて、この世界にあたしたちしかいなくなっちゃったんじゃないかって思うくらい、車とも人ともすれ違わなくなった。そのうち霧が濃くなってきたから、あたしはフォグランプをつけて、山道の路肩から落ちないように慎重に運転した。

「この霧じゃ、バーベキューは明日にした方がいいかな」

大竹君が言ったけど、そこまでがっかりムードにはならなかった。むしろ、深い霧に包まれた山奥っていうすごい非日常の景色と、莉奈ちゃんがあらかじめ別荘の住所を入れてくれてたカーナビで、車の現在位置を示す赤い矢印以外に表示が何もなくなったのを見て、「あたしたち異次元に迷い込んじゃったみたいだね」なんてはしゃいでた。

「この林道を抜けて、山を一つ越えれば着くはずだよ」

莉奈ちゃんが言った。彼女は目的地の別荘に、何度か行ったことがあるらしかった。

「それにしてもすごいところだな。もし事故ったら大変だよ」

大竹君が、ケータイを片手に外を見て笑った。カーナビだけじゃ心もとなかったから、大竹君はケータイの地図で道を確認して、ナビの補助をしてくれてた。

「たぶん、事故っても誰にも気付かれないよ。この辺、家なんて一軒もないから……」

莉奈ちゃんが、いつもより低い声で、思わせぶりに言った。

「ちょっとちょっと、変なプレッシャーかけないでよ!」

あたしが運転しながらつっこんで、三人で笑った。

そこまでは、本当に楽しい休日だった。でも、その先のことは、思い出すのも辛《つら》い。

「やばい、電池切れた」

ずっと地図を見てくれてた大竹君の、ケータイの電池が切れちゃった。あたしと大竹君はケータイの機種が同じで、あたしのケータイはバッグの外ポケットの中に入ってたから、その電源を入れて使ってもよかったんだけど、ロックナンバーを大竹君に教えるのは少し抵抗があった。だからあたしは、大竹君に向かってバックミラー越しに言った。

「あたしのバッグの中に、バッテリー入ってるよ。家で満タンに充電してきたやつ」

「マジで? じゃ、充電しながら地図見るわ」

大竹君が言うと、莉奈ちゃんが後部座席の後ろに手を伸ばして、あたしの荷物が詰まった黒いバッグを取ってくれた。

と、そのファスナーを開けた莉奈ちゃんが、ふと声を上げた。

「あれ、夏希ちゃんの事務所からの封筒が入ってるね」

「ああ、そういえば出がけに入れたんだっけ」

あたしはその時まで、その封筒の存在すら忘れていたほどだった。

「バッテリーはその下に入ってるはずだよ」

あたしが運転しながら言うと、莉奈ちゃんは封筒をいったん外に出し、バッテリーを探し出して大竹君に渡した。でもその後、莉奈ちゃんが封筒をうまくバッグに入れられない様子が、バックミラーに映って見えた。大竹君もそれを手伝おうとしていた。

その封筒はA4ぐらいの大きさで、結構厚みもあった。それに、あたしが出がけにとっさに、ただでさえ荷物がいっぱいのバッグに強引に詰め込んだから、あたし以外の人が一回取り出してから改めて入れるのは難しそうだった。だからあたしは莉奈ちゃんに言った。

「ああ、いいよそれ、無理して入れなくて。ポストに入れたまま二日も家空けると、抜き取りでもされたら嫌だと思って持ってきただけだから」

「あ、そういえば俺も、ポストから郵便物抜かれたことあったわ～」

大竹君がうなずいた。すると莉奈ちゃんは驚いたように声を上げた。

「え～、そんなことする人いるんだ。マジ引くね～」

——そこであたしは、どうせたいしたものは入ってないだろう、大きさから察して、前に取材を受けた雑誌か何かだろうと思って、つい冗談交じりに、余計なことを言っちやったんだ。

「あ、なんだったら、今その封筒開けて、中に何入ってるか見てくんない？　重要な書類とかじゃなかったら、明日のバーベキューの火おこしに使っちゃってもいいや」

「あ、そう？　分かった」

莉奈ちゃんもまた、軽い気持ちで受け入れてしまったようだった。

開ける直前、莉奈ちゃんは封筒の下の方を触って「USBかな、ライターかな、そんなのが入ってる」とつぶやいた。でも、たいして気に留める様子もなく、封筒を開けてしまった。

その直後。

バックミラーがまぶしく光って、莉奈ちゃんと大竹君の「熱い！」「わっ、何だ!?」という叫び声が聞こえたから、前を向いて運転してたあたしにも異常はすぐに分かった。

後部座席の前の床に、炎が広がっていた。

「うそっ！」

もちろんあたしも、何が起きたのか全然把握できてなかったけど、なんとかスピードを緩めて、舗装されてない脇道に入ってから車を停めた。

「熱い熱い」

「何だよこれ、嫌がらせかな……」

莉奈ちゃんと大竹君は、混乱しながらも、足を引っ込めて後部座席の上にしゃがんだ。

そうすればなんとか炎から逃れられる状況だった。でも、あいにくあたしの車は、後部座席の左側にしかスライドドアがなくて右側は窓も開かないタイプで、炎は床の中央から左側のドアにまで広がって、勢いよくごおごおと燃えちゃってた。だから後部座席はドアも窓も開けられない状態で、床の炎のせいで運転席まで移動するのも無理で、かといって後部座席の後ろは荷物で一杯。——二人は完全に、後部座席の上に追い詰められてしまった。

「うそ……ごめん、あたしのせいで……」

あたしもすっかり混乱しながら、燃える床を運転席から振り返って言った。

「いや……夏希ちゃんが謝ることじゃないよ」

莉奈ちゃんは、炎とあたしの顔を見比べながら、あたしをかばってくれた。

「そうだよ。きっと頭がいかれたファンの嫌がらせだよ」

大竹君もそう言いながら、飲みかけのペットボトルのお茶を炎にかけた。ところが、炎はまぶしく光って、さらに大きく広がってしまった。

「くそっ、なんでだ、全然消えねえ！」

大竹君はペットボトルを投げ捨て、パニックになった。莉奈ちゃんも「もう、こんな大事な時に……」とつぶやいていた。炎は二人のすぐ足元まで迫っていた。

その時あたしは、思い出してしまった。

そして、二人を死に導く、最後の一言を口にしてしまった。

「あっ、そうだ！　後ろに消火器積んであるんだ！」

その時は、ちょうど消火器を持ってきててよかった、これで助かった、とすら思っていた。

「本当だ、あったあった！」

大竹君が、素早く後部座席の後ろに手を伸ばして、消火器を持ち上げた。それから、ボトルのラベルを読みながらピンを抜いて、ホースの先を炎に向けた。

「よし、これで大丈夫だよ、りなたん」

大竹君が力強く言った隣で、莉奈ちゃんは少し不安げに「うん……」とうなずいた。

そして、大竹君が消火器のレバーを握った。

次の瞬間――。

爆発音とともに、大竹君も、莉奈ちゃんも、後部座席のシートも、全てが巨大な炎に包まれた。

「ぎゃあああああああっ」

莉奈ちゃんの、普段の可愛い声からは想像もできない、凄《すさ》まじい叫び声が聞こえた。大竹君は声を出す暇もなかったみたい。――あたしは、二人の最期の顔も、ろくに見られなかった。

あたしはたまたま、運転席のシートの背もたれが盾になってくれたけど、炎の波は瞬く間に広がってきた。とっさに目を閉じたけど、頭や顔にものすごい熱を感じた。それと、鼻に強烈な石油臭さが広がった。

あたしはほとんど無意識のうちに、運転席のドアのロックを外して開け、滑り落ちるように道路に下りて、そのまま十歩ぐらい走った。とりあえず、火傷《やけど》は負ったけど命は助かったことは分かって、一瞬ほっとしたけど、すぐに二人を助けなきゃいけないと思って振り返った。

でも、車の中にはもう、炎しか見えなかった。

半開きになった運転席のドアから、炎と煙がすごい勢いで噴き出してた。慌てて車に駆け寄って、後部座席のドアを開けようとしたけど、元々そういうドアロックの設定になってたのか、それとも熱で壊れちゃったのか、ドアは開かなかった。いや、仮に開いたとしても、そこから二人を助け出すのは無理そうだった。だって運転席も、猛烈な炎で近付くことすらできなかったから。

「莉奈ちゃん！　大竹君！」

あたしは絶叫したけど、ごおごおと炎が燃えさかる音ばかりで、何の応答もなかった。霧で背景が真っ白な中、目の前には燃えさかるあたしの車。周囲には人の気配もなく、炎の音以外何も聞こえず、まるで夢みたいだった。でも、ベタに頬をつねってみたけどちゃんと痛かったし、それ以前に、火傷を負った顔が尋常じゃなくひりひり痛んでいた。

「誰か助けて〜！　誰か〜！」

あたしは、何度も叫んだ。力の限り叫んだ。でも、その声が山びこになって、むなしく響くのを聞きながら、あたしは悟った。

仮に今から誰かが来てくれたところで、もう中の二人が助かるはずもないってことを。

そもそも、こんな山奥の道を通る人なんて、めったにいないってことを。

それにこんな霧じゃ、遠くから煙や炎を見つけてくれる人もいないってことを──。

あたしは助けを呼ぶのをあきらめて、とぼとぼ歩いて車から離れた。そして、何が起きたのか、ようやく頭の中で整理し始めた。

──まず、あの事務所の封筒から炎が出たんだ。

といっても、本当に事務所から届いたはずはない。悪意を持って偽造されたものだろう。しかも、その気になれば封筒に爆発物を入れることもできたように思えるのに、封筒を送った犯人はそうはしなかった。そのあと大竹君が消火器を使った時に、炎が爆発的に燃え広がったんだ。つまり、犯人があの封筒を送ってきた目的は、消火器を使わせることだったんだ。──あたしは、徐々に犯人が仕掛けた罠《わな》を理解し始めた。

あの消火器には、たぶん灯油か何かが入ってたんだ。車から逃げ出す前に、あたしは一瞬、石油臭さを感じた。あれは、火を消そうとして消火器を使った人間が燃え上がるという、恐ろしい罠だったんだ。犯人は、まずあたしの部屋に消火器の罠を置かせた。その何ヶ月か後に、今度は開けると発火する封筒を送った。あたしがその封筒を部屋で開けると、いきなり炎が出て、慌てて消火器を使ったあたしが炎に包まれて焼死する仕組みだったんだ。

そして、その消火器がどうしてあたしの部屋に置かれてたのかというと、あれはたしか、管理会社からマンションの各部屋の前に配られて……あっ！

あたしは、そこですぐに気付いた。

——犯人は、山中怜子だったんだ。

だってあたしは、その数ヶ月前のある日、ちょうどお昼の生放送に出てた時に、彼女がうちの玄関前に消火器を置いたところを、この目ではっきりと確認してたんだもん。

実はあたしは当時、玄関のドアの内側に「ドアスコープカメラ」っていう防犯グッズを取り付けていた。その名の通り、ドアスコープの内側に取り付けて、玄関の前に来た人をセンサーでとらえて録画するカメラ。センサーが反応した時だけ動くから電池交換もあまり必要なくて、録画した映像は内蔵メモリーに保存されて、玄関の外から見てもカメラがあることは分からないっていうのが売りだった。元々は、郵便物の抜き取りをされて、同じマンション内に変な奴がいるみたいだと思って取り付けたんだけど、それまで不審者をとらえたことはなかった。

ただその日は、玄関前に「火災予防のためになんたらかんたら」という管理会社からの手紙が貼られた、最新型のプラスチック製という消火器が置かれてたから、念のため映像を確認してみた。するとそこに映ってたのが、一度対談したこともある、作家の山中怜子だった。

でも、せっかくそこまで見てたのに、あたしは何も疑わず、すんなり信じちゃった。「へえ、奇遇だな。あの山中さんが、うちのマンションの新しいオーナーになったんだ」って――。

というのも、あたしはさらにその数ヶ月前に、仕事からマンションに帰ってきた時、中年女性がエレベーターに乗った後ろ姿と、そのエレベーターが三階で止まったのを見たことがあった。その時は山中怜子だとは気付かなかったけど、最上階の三階には一部屋しかなくて、そこにはオーナーが住んでるということ、そしてオーナーはかなり高齢のおじいさんで、そろそろ老人ホームに入るかもしれないということは、以前不動産屋さんから聞いていた。だからまずその時、その中年女性がオーナーを引き継いだ人なのかなって思った。

それに、芸能界でもマンション投資をしてる人は多くて、俳優の誰々さんが実はマンションを持ってる、みたいな話も何度か聞いたことがあった。――そんな状況で、山中怜子が、管理会社からの手紙が貼られた消火器を置いていったもんだから、まさかそれが罠だなんて全然疑わずに、「前に見た三階に住む中年女性＝マンションの新しいオーナー＝山中怜子」っていう式が、あたしの頭の中に成立しちゃったんだ。

しかも、消火器と、封筒と、それらが火を放つ直前のことを、改めて一つ一つ思い返してみると、いかにあの罠が巧妙だったのかが、だんだん分かってきた。

まず、あの消火器。ラベルにはプラスチック製だと書いてあった。実際に結構軽かったし、たぶんあの説明は本当だったんだろう。それが今、こんな炎に包まれてる……。ってことは、きっとこの後ドロドロに溶けて、元々消火器の形をしてたことは分からなくなるんだ。

次に思い出したのは、封筒を開ける直前に、莉奈ちゃんが発した言葉だった。

「USBかな、ライターかな、そんなのが入ってる」

USBメモリーを入れても、火が出た時点で中のデータはだめになっちゃうはず。ただライターは、燃えたらプラスチックの部分は溶けて使い物にならないだろうけど、石とか金属の部品は残る。……そこまで考えて、山中怜子の目的が分かった。

灯油を浴びて焼死したあたし。死体の脇に残るのは、溶けたプラスチックとライターの部品。——その状況ってつまり、あたしがプラスチックのタンクに入った灯油をかぶってライターで火をつけて、焼身自殺したのと見分けがつかないんだよね。山中怜子の狙いはきっとそれだったんだ。そして、その罠を仕掛けるために、わざわざあたしの上の部屋を借りてたんだ。

さすがミステリー作家だと思った。こんな手の込んだ仕掛けを考えて、しかも実現させるなんて。——でも、なんであたしが山中怜子に殺されなきゃいけないのか、見当もつかなかった。むしろ、映画『魔女の逃亡』は、主演のあたしが賞を何個も獲《と》るほどの演技でヒットさせて、そのおかげで原作本も売れたはずだから、感謝はされても恨まれる筋合いはない。あ、そういえば、一度対談した時に遅刻しちゃったっけ。でもまさか、あんなことで人を殺すわけないし……。

あたしは燃える車を前に、しばらく考えていたけど、結局分からなかった。

でも、あたしがやるべきことが、間違いなく一つだけあった。

二人の仇《かたき》を取ることだ。


ただ、警察に訴えたところで、山中怜子を逮捕してもらうのは無理そうだった。

まず、山中怜子があたしの部屋の前に消火器を置いたところを録画してた、ドアスコープカメラ。実はあれ、たしか九月下旬の、莉奈ちゃんが最後にうちに来た日に「これ動いてないけど、故障してない？」って莉奈ちゃんに指摘されて、たしかにいつの間にか壊れて電源すら入らなくなってたから、「どうせ役に立ってなかったし、もう捨てちゃおう」って、即ゴミに出しちゃってた。――修理すれば山中怜子の映像を復元できたかもしれないのに、後悔先に立たずだ。

それに、あたしの部屋の前にも防犯カメラは付いてるけど、その映像には保存期間があると聞いたことがある。きっと山中怜子は、その保存期間も調べて、期間が過ぎてから封筒を送ってきたんだろうし、当然その封筒も燃えちゃってる。あと、山中怜子があたしの上の部屋に住んでいたことも、状況証拠にはなるかもしれないけど、彼女が殺人をした直接の証拠にはならない。

ああ、やっぱり山中怜子に法の裁きを受けさせるのは無理だ。となると、あたしが仇を討つしかない。でも、あんなトリックを考えつくような相手に勝てるかな……。

あたしは少し弱気になったけど、すぐに思い直した。

この状況は、山中怜子にとっても計算外のはずだ。

山中怜子は、あたしが部屋で一人で罠にかかって死ぬことを想定してたはず。山奥の車の中で、巻き添えを出して、しかも当のあたしが生き残るなんて、まったく想定してなかったはずだ。

あたしが生きてると分かったら、山中怜子はまたあたしを殺すための次の手を考えてくるだろう。でも、あたしが死んでると思わせることができたら、とりあえず油断させることはできるんじゃないか。そして、油断した山中怜子が相手なら、あたしからも攻撃できるんじゃないか……。

あたしは、ない知恵を絞って一生懸命考えた。これから何をすべきか……。

そのうちに、突拍子もないアイディアが浮かんできた。

ただ、突拍子もないとはいえ、それを実現できる条件が、あたしと莉奈ちゃんには偶然揃っていた。そのアイディアを、頭の中で何度も確認する。何度も何度も練り直す。

できる……というより、やるしかないと決心した。

あたしは車の後ろに駆け寄って、バックドア越しでもすごい熱が伝わってくる中、バックドアの外側に取り付けたサイクルキャリアに積んだ三台の自転車のうち、自分のクロスバイクを外した。そして、パーカーのポケットにマスクと一緒に入れてた帽子をかぶり、クロスバイクをこぎ出した。——車で来た時、高速道路沿いに線路が走ってるのも見えたけど、電車を使ったら他の乗客に顔を見られるリスクが高い。そしたらあたしのアイディアは失敗しちゃう。だから、なんとか自転車で東京に帰るしかなかった。
背後で大きな爆発音が響いた。いったん止まって振り向くと、霧の中で大きな火柱が上がっていた。燃料タンクに引火したみたいだった。でも周りの木々と炎の間には十分距離があって、山火事になることはなさそうだった。それを確認してから、すぐにまたあたしは走り出した。
ここから、井出夏希を殺すための旅が始まった……）

日比木　本当に「謎の女R」というだけあって、あの女は何もかも謎だらけですもんね。井出さんの部屋から持ち出したスーツケースの中身も謎だし、井出さんと大竹俊也を殺した後の足取りも、ほとんど分かってないらしいじゃないですか。

山中　ずいぶん詳しいのね（笑）。
（本当は私の方がずっと詳しいけどね。私、今あのニュースを日本一真剣に見てるわ）

日比木　やっぱり、未《いま》だにあれだけニュースで特集されてると、つい見ちゃいますよ。久々にあの話題が流れると、また新情報が出たのかなって気になっちゃいますからね。

谷川　たしかに、私もあのニュースは非常に気になりますね。
（そりゃ気になるよ。あたしが逃げた足取りがもしかしたらばれるんじゃないか、そしたらあたしが生きてることもばれるんじゃないかって、ずっと不安だったからね。

でも、今のところはまだ、ばれてないみたい。

どうやら「謎の女R」は、計画殺人犯だと思われてるみたいだからね。井出夏希と大竹俊也を山奥で自殺に見せかけて殺して、逃走用の車も用意してたと思われてるみたい。まさか行き当たりばったりで、自転車で東京まで逃げたとは思われてないんだね。


あたしは自転車で一気に山を下りた。霧が濃かったから事故りそうで怖かったけど、ふもとまでは車とも人とも一切すれ違わなかった。幹線道路に出ても、最近のブームのせいかロードバイクやクロスバイクに乗ってる人が女性も含めて何人かいたから、これならあたしが目立っちゃうことはないだろうと思った。

でも、そこからが大変だった。国道の上の青い標識に「東京　90㎞」と書いてあったから、それを頼りにひたすら走ったけど、起伏が激しい上にところどころ狭くなってる道を自転車で走るのは苦労の連続だった。しかも、道路の上のNシステムのカメラを見つけるたびに、いちいち迂回《うかい》して脇道を通ってたから、ようやく東京都に入った時にはもう日が沈んでた。

あたしはそれまでも自転車に乗る方ではあったけど、運動不足解消のために家からテレビ局やスタジオまで、片道せいぜい十キロ程度を乗るだけだったから、こんな長い距離を走ったのは初めてだった。でも、たぶんアドレナリンとかが出てたんだと思う。百キロ近い距離を漕《こ》いで、もちろん疲れは感じたけど、ヘトヘトになって動けなくなるようなことはなかった。

それに、頭の中はやけに研ぎ澄まされていた。あたしは、都心に向かうにつれて明かりが増えていく夜道で、黙々とペダルを漕ぎながら、今後の計画について考え続けた。

――まず、あたし自身を死んだことにする。

これは絶対に成功させなければならない。ただ、成功してもその後が大変だった。死んだことになってるんだから、あたしは顔を別人に変えなくちゃいけない。

もっとも、これに関してはあてがあった。十九歳の頃、拒食症で痩《や》せすぎた後遺症を隠す手術をしてくれた先生。実は彼は、美容整形界のブラックジャックと呼ばれてて、お金を積めば極秘でどんな手術でもしてくれることで有名だった。犯罪者の顔まで変えたっていう噂もあった。――もちろん、噂がどこまで本当かは分からないけど、そこに賭《か》けるしかなかった。

ただ、そんな大がかりな手術は一回で済むわけがない。しかもあの医院は小さくて、入院の設備はなかったから、顔が完全に変わるまでどこかに潜伏しなきゃいけない。だけど、ホテルに泊まろうにも、あたしの正体がばれたら大騒ぎになっちゃう。莉奈ちゃんのマンションに潜伏しようか、とも考えたけど、あのマンションはコンシェルジュがいるし、セキュリティもあたしのマンションよりずっとしっかりしている。他人が、それも死んだはずの人間が部屋に住み着いていたら、いずれはばれるだろう。

知り合いに匿《かくま》ってもらうのも無理だ。あたしの知り合いなんてみんな業界関係者だし、莉奈ちゃん以上に心を許せる友達もいない。あたしを死んだことにして匿い続けてくれる人なんて、さすがにいないよな……と思ったんだけど、そこでふとひらめいた。業界関係者とはいっても、逆の考えの人もいるんじゃないか。大スクープと引き替えなら、あたしを匿ってくれるかもしれない人。たとえば、週刊誌のライターとか……。

小さな手がかりを思いついた。

さらに、目的地に着いてからの移動についても考えた。細心の注意を払わなければ、きっと計画は見破られて、失敗してしまう。――これには、あたしの女優としてのキャリアを生かすしかないと思った。皮肉にも、山中怜子原作の『魔女の逃亡』に、ヒントがあるように思えた。そして、先月のハロウィーンパーティーにも……。

そうやって頭の中で計画をひたすら練り続け、黙々と自転車を漕ぎ続けた。途中で一回、住宅街の小さなコンビニに入って、おにぎりとお茶と、ゴミ袋とジップロック、それに介護用のゴム手袋を買った。財布はジーンズの後ろのポケットに入れてあった。他に客は誰もいなかったし、顔を合わせたレジの店員は、片言の東南アジア系の外国人で、帽子を深くかぶって顔を伏せたあたしに気付いた様子はなかった。あたしは、近くの誰もいない公園で、おにぎりとお茶を口にして休憩した後、レジ袋を自転車のハンドルから下げて、またひたすら走った。

そして夜も更けた頃、ようやく第一の目的地、莉奈ちゃんのマンションに着いた。

莉奈ちゃんのマンションの合鍵《あいかぎ》は、オートロックも含めて、あたしんちの鍵と同じキーホルダーに付けて、ジーンズのポケットに入ってた。あたしはコンビニの袋を片手に、帽子とマスクで顔を隠して、足早にエントランスに入った。夜だったせいかコンシェルジュのおばさんは一人だけで、しかも何かの業者っぽい作業着のおじさんと話し込んでて、あたしの方をろくに見ず片手間に「お帰りなさいませ」と言っただけだった。あたしは念のため、住人と顔を合わせないようにエレベーターは使わず、四階の莉奈ちゃんの部屋に階段で上がった。

そして部屋に入ったあたしは、ゴム手袋をはめて、慎重に、でも素早く部屋を物色していった。

コップ、歯ブラシ、ヘアブラシ、洗濯前の肌着やタオル、履き物、化粧品、枕カバー、シーツ等々……小さい物はジップロックに、大きい物はゴミ袋に入れて回収した。あと、部屋中のゴミ箱から、莉奈ちゃんの嚙《か》んだガム、使用済みのティッシュ、割り箸《ばし》、綿棒、それに生理用ナプキンまで回収した。

――と、その作業の途中で、鏡に映った自分の顔を見て、あたしは驚いた。

まず、爆風を浴びたせいで、髪が失敗パーマみたいになってた。それはなんとか帽子で隠せたけど、顔の火傷《やけど》もひどくて、特に耳なんて大きく火ぶくれしてた。この顔をぱっと見て井出夏希だと思う人は、なかなかいないだろうという状態だった。これだったら電車に乗れたかも、とちょっとだけ後悔したけど、それよりも、この先注意しなきゃいけない点があると思った。

一方でラッキーだったのは、莉奈ちゃんの部屋に、この先の計画に使えそうな物がいくつかあったことだった。

まず、あたしが朝持って行ったのとまったく同じ、大きな黒いバッグがあった。

それ以外にも、あたしがその日着てたパーカーやジーンズもあったし、なぜかあたしの普段着とまったく同じ服が、ずらりとクローゼットに揃っていた。そういえば莉奈ちゃんは最近、あたしの私服のブランドとかをやたら聞いてきてたな……と思い返して、はっと気付いた。

莉奈ちゃんは、女優を辞めた後も、ずっとあたしに憧《あこが》れてくれてたんだ。

だから今でも、あたしと同じ服をこんなにたくさん揃えてたんだ——。

それに気付いたら泣けてきちゃったけど、感傷に浸ってる場合じゃなかった。まずは、その黒いバッグをありがたく使わせてもらうことにした。

そしてもう一つ、大きな紺色のリュックサックがあった。「ペラザーナ船橋ファンクラブ・プレミアム会員限定グッズ」ってタグが付いてて、莉奈ちゃんがそんなコアなJリーグのファンだったことも知らなかったんだけど、これも使わせてもらうことにした。

さらに、あたしが自転車に乗りながら考えてたアイテムも、捨てずにとってあった。ハロウィーンパーティーで莉奈ちゃんが使ってた、ゾンビの仮装セット——ボサボサのカツラと、ボロボロの服と、暗い色のドーラン、そして手鏡とメイク落としシートだ。

よし、いい調子。――必要なアイテムが一気に揃った。

まずあたしは、ゴム手袋と、さっき集めてゴミ袋やジップロックに入れた莉奈ちゃんの私物を、ペラザーナ船橋のリュックにできるだけ小さくまとめて押し込んだ。次に、ゾンビの仮装セットと、黒いバッグも小さく丸めてから、後で取り出しやすいようにリュックに入れた。カツラはどうしようか迷ったけど、コンシェルジュのおばさんにあたしのことを認識されたらまずい。入る時はたまたま目にふれずに通過できたけど、出る時にばれないようにしないといけない……と思って、帽子はパーカーのポケットに入れて、カツラをかぶることにした。

大きなリュックを背負って、カツラをかぶってマスクをして、階段で一階に戻って、また顔を伏せて早足でコンシェルジュの前を通過した。もうさっきの業者さんはいなかったけど、「行ってらっしゃいませ」という声が背後で聞こえた。「こんな髪ボサボサの住人いたっけな」とは思われたかもしれないけど、井出夏希だとは認識されなかったはずだった。

後になって思った。――あたしは莉奈ちゃんの言う通り、莉奈ちゃんとの仲を表に出してなかったし、莉奈ちゃんの部屋にケータイを持って行かないようにしてた。そうしてなかったら、あたしの交友関係やケータイのGPSの履歴をたどられて、莉奈ちゃんのマンションまで警察に調べられてたかもしれない。思わぬ形で、あたしは莉奈ちゃんに助けられたんだ。

次の目的地は、あたしのマンションだった。

莉奈ちゃんちからは直線でも三キロ以上離れてたけど、最短経路を通るわけにはいかなかった。皮肉なことに、山中怜子原作の映画『魔女の逃亡』で、殺人を犯して逃げる主人公のあたしの足取りが、防犯カメラの映像からばれるシーンがあったから、それを参考にした。あたしはまず、リュックを背負って自転車に乗り、人通りのない暗い道を選びながら、あたしのマンションとは見当違いの方向にある駅に向かった。

そして、自転車の放置禁止区域に入ったところで、鍵を掛けずに自転車を乗り捨てた。その駅前は、以前莉奈ちゃんがママチャリを撤去された場所で、毎朝自転車撤去がされてると莉奈ちゃんから聞いていた。しかもあたしの自転車はネット通販で買って、面倒臭くて防犯登録もしないままにしてたから、たぶん夜が明けたら、その他大勢の自転車と一緒に撤去されて、持ち主も調べられないまま廃棄処分されるはず。あるいは誰かに盗まれるかもしれない。どちらにしろ、これに乗ってあたしが山梨から東京まで来たことは分からなくなるはずだった。

それからあたしは、周囲に防犯カメラがないのを確認してから、近くの公衆トイレに入った。個室に入り、マスクをパーカーのポケットにしまって、リュックからゾンビの衣装を出して服の上から着て、手鏡を見ながら顔にドーランを塗った。その後、リュックを背負って個室から出て、手洗い場の鏡の前に立った。

大きなリュックに、ボサボサの髪に、ボロボロの服に、くすんだ色の顔。身長一六二センチの細身で、胸も目立つほど大きくはないあたしの姿は、性別も年齢もよく分からず、ホームレスそのものだった。——深夜の都内をあてもなく歩き回っても、公園で寝泊まりしても不自然じゃない。防犯カメラに写ったところで、個人の特定は難しい。これ以上のカムフラージュはないはずだった。

あたしはその格好でトイレを出ると、少し背中を丸めて、真剣にホームレスを演じながら歩いた。大きく大きく迂回《うかい》して、あたしのマンションに、莉奈ちゃんのマンションとは逆方向から回り込むような道順を通った。その間、本物のホームレスとも二回すれ違ったけど、あたしの変装は遜色《そんしょく》ないみたいだった。

そして、あたしんちまであと一キロぐらいの誰もいない公園で、周りの家も含めて防犯カメラがないのをよく確認した後、またトイレに入った。公園の時計は午前一時前を指していた。

幸い個室の中は、さっきよりきれいな洋式トイレだった。便器のふたを閉めて、その上にリュックを置いて、さっきより大がかりな作業を始めた。リュックから黒いバッグを取り出し、そこにリュックの中身を移し替えて、リュック自体も小さく丸めてバッグに入れて、カツラと衣装も脱いで入れた。それからメイク落としシートでドーランを落として、帽子とマスクを着けた。

その便器に座ったまま、あたしは時間をつぶした。もし警察に足取りを調べられても、この先の防犯カメラに写るあたしと、さっきこの辺まで歩いてきたホームレスが、同一人物だと見破られないようにするためだった。公園の前の細い道を、人や徐行した車が通る音は何度も聞こえたけど、トイレに入ってくる人はいなかった。

ただ、あたしは疲れてたから、そのままうたた寝しちゃった。はっと起きて、トイレを出て公園の時計を見たらもう二時半を過ぎてた。あたしは急いでバッグを持って出発しようとした。でもそこで、公園の前の細い道を、左ハンドルの黒い外車が右から徐行してきたから、手前の運転席から見られないようにいったん隠れて、それから公園を出た。――少し前の報道では、この黒い外車が「謎の女R」が使った車だと思われてるみたいだった。この車が通った後で突然あたしの姿が防犯カメラに写るようになったから、そう思われたんだろう。もちろん実際は、あたしとは一切関係ない車だ。

その後あたしは、住宅街の裏道を、防犯カメラと街灯の光をできるだけ避けながら歩いて、ついに自分のマンションに着いた。管理人さんはいない時間だったけど、火傷した顔がマンションの防犯カメラに写ったらいけないから、帽子とマスクのまま顔を伏せて、階段で二階まで上った。そして玄関のドアノブを、カメラに写らないようにパーカーの袖口《そでぐち》で拭《ぬぐ》いながら開けて、自分の部屋に入った。

まず確認したかったのが、ピンクのスーツケースだ。

その二年ちょっと前に、クラモトというカメラマンがあたしの部屋に来て、ヒロヤを殺した過去をネタに体を要求してきたことがあった。まあ奴のことは計画通り、抱かれるふりをして隙を突いて、強力なスタンガンを当ててから首を絞めて殺して、ヒロヤと違って何の思い入れもなかったから、今度はちゃんと頭まで切り刻んで処分できたんだけど、その後でスーツケースを用意してた。――大の大人が失踪《しっそう》しても、警察は真剣には調べないって知ってはいたけど、やっぱり二人も殺すと、もしかしたらばれるんじゃないかって怖くなったのが理由だった。

スーツケースには、現金とパスポートと着替えが入れてあった。現金は少しずつ補充してるうちに一億円近くになってた。いざという時はこのお金で、ブラックジャック先生に顔を変えてもらって逃げようと考えてた。その中身を確認した後、あたしは作業を始めた。

まずゴム手袋をしてから、莉奈ちゃんの部屋から持ち出した私物を、あたしの部屋の各所に置いていった。コップ、歯ブラシ、ヘアブラシ、洗濯前の肌着やタオル、履き物、化粧品、枕カバー、シーツ等々……それに対応するあたしの私物は、全部バッグに詰め込んだ。

それと部屋中のゴミ箱の中身も、莉奈ちゃんのゴミ箱から採ってきた物と入れ替えて、あたしの細胞が残ってそうな物はできる限り回収して、細胞が残ってそうな場所はできる限り掃除した。そして仕上げに、部屋中の指紋を徹底的に拭《ふ》いて消していった。

――これが、莉奈ちゃんの焼死体を、あたしだと思わせるための作戦だった。

あたしと莉奈ちゃんが出会ったのが、『ドクターコップ』っていう科学捜査を描いたドラマだったことも、今では運命だったように思える。

そのドラマで主演したあたしは、遺体の身元がどうやって鑑定されるのかをひと通り学んでいた。第何話だったか、焼死体の鑑定がテーマの回もあった。焼死体は、見た目で誰だか判別することは困難だから歯型鑑定が重要だと、ドラマの中で言われていた。

でも、莉奈ちゃんは生前、歯医者に行ったことがないと言っていた。亡くなったお母さんが、歯磨きをきちんとしつけてくれたらしい。一方あたしも、子役時代に「芸能人は歯が命」と厳しく叩《たた》き込まれたこともあって、虫歯は一本もなかった。つまりあたしも莉奈ちゃんも、歯の治療痕はないし、歯型とかのデータも残ってない。

となると、残るはDNA鑑定だった。体表の細胞が燃え尽きた焼死体でも、体の内部からはDNAが採取できるらしい。しかも、人の部屋からDNAのサンプルを採取するシーンも、あたしは実際に演じた。コップ、歯ブラシ、ヘアブラシ、洗濯前の肌着やタオル……それにゴミ箱の中身というのは、そのシーンであたしが集めたものだった。

また、今の技術なら指紋からもDNAが採れるということ、さらに指紋の付いた時期も大まかに分かるということも、ドラマの中に出てきた。となると、指紋を拭き取る必要があった。あたしの部屋には莉奈ちゃんの指紋もいくらか残ってるだろうけど、やっぱりあたしの指紋の方がずっと多いはずだし、しばらく莉奈ちゃんはうちに遊びに来てなかったから、それがばれるとDNAの偽装が見破られると思った。あたしにはドラマの知識しかなかったけど、たぶんあれも科学捜査のプロの監修が入ってたはずだし、あてにできるのはその知識しかなかった。

――あたしは、改めてシミュレーションしてみた。

あたしの焼けた車は、ただでさえ人通りのない山道から、さらに未舗装の脇道に入ったところに停まっている。発見されるのは、たぶん何日も後だろう。車の中の二体の焼死体は、それからどうやって身元が確認されるか。

まず、車があたしのものだということはナンバーからすぐに分かる。でもあたしは行方不明。大竹君も、別荘から帰った次の日から仕事だと言ってたから、明日には行方不明だと分かる。

一方、莉奈ちゃんは、女優を引退して表舞台から完全に姿を消している。今のところは無職で、当面は誰かと会うような予定もないみたいだった。その上、莉奈ちゃんとあたしの仲がいいことや、莉奈ちゃんと大竹君が付き合っていたことは、表には出てない。つまり、莉奈ちゃんが事件に絡んでいるなんて、誰も考えないはず。

そんな状況で、二体の焼死体の鑑定が行われる。

たぶん二体とも、性別も分からないほど焼けてしまってるはずだ。正確な死亡時刻も分からないだろう。ただ、大竹君が歯医者に通ったことがあれば、歯型やDNAが鑑定されて、一体の身元は行方不明の大竹君だとすぐ分かる。

残る一体は歯の治療痕がないけど、体内のDNAが、行方不明で車の所有者でもあるあたしの部屋から採取されるDNAと一致する。——あたしはメイクもスタイリストも専属ではなかったし、マネージャーにも私物は渡してなかったし、撮影で使った衣装や小道具も、ハリウッドとかでは保管しておくらしいけど、日本では宣伝期間が終われば処分しちゃうか洗って使い回しちゃうから、あたしのDNAを確実に採取するなら職場じゃなくて部屋から採ることになるはず。

それでも、あたしの近親者が生きていれば、DNAの照合もされたかもしれないけど、あたしの近親者はみんな死んじゃってる。しかも、焼死体の背格好はあたしとほぼ一緒で、血液型も同じO型で、首にはハート型のネックレスが掛かってる。あたしが最近ハート型のネックレスを着けてたことは、きっとマネージャーやスタッフが証言してくれる。でもあたしは、莉奈ちゃんとの仲を表に出さないようにしてたから、ネックレスが莉奈ちゃんからのプレゼントだとは誰にも言ってなかった。

……うん、ここまで条件が揃えば、きっとあたしが死んだことになるはず。しかも現場の状況は焼身自殺にしか見えなくて、あたしと大竹君には交際説が流れてるから、ひょっとすると心中が疑われるんじゃないかな。正確な死亡時刻は分からないだろうから、あたしは今からマンションを出て、大竹君と合流してから死んだことになるんだ。

まあ、部屋中が徹底的に掃除されてて、指紋も拭き取られてるのが怪しまれるかもしれないけど、あたしは雑誌のインタビューや対談でよく、多少のイメージアップを狙って「休日の気分転換に部屋の掃除をしています」的なことを言ってたから、ずいぶんきれい好きだったんだってことでなんとか収まるよね。——あたしは、頭の中でちょっと都合のいいシミュレーションを終えると、自分を安心させるように何度もうなずいた。

ただ、休んでる暇はなかった。部屋を出るのに時間がかかりすぎると、作戦がばれる可能性がある。あたしは最後に、リビングの本棚の上で埃《ほこり》をかぶってたクリアケースをバッグに入れた。そこには、雑誌の取材とかでもらった大量の名刺が入っていた。

そして、ゴム手袋を外してバッグに入れて、帽子とマスクで顔を隠してから荷物を持って、パーカーの袖《そで》でノブを握って玄関のドアを開けて、部屋を出た。スーツケースとバッグの大荷物を抱えてなんとか階段を下りて、足早にマンションを出ると、また街灯や防犯カメラを避けて、真っ暗な裏通りを選んで歩いた。

あとは、山梨県に行って大竹君と心中したと思わせる行動をしないといけない。まずは大竹君のマンションに向かおうか、それともすぐ山梨県に向かうべきか……なんて考えを巡らせながら、もう足も脳みそもくたくたで、とりあえず大竹君の家の方向へと延々歩いていた時。

遅くまで飲んだ帰りか、大学生風の騒がしい男女数人が、道の向こうで大声で「ねえ見て、井出夏希が……」「うそ、マジ？」と会話をしてるのが、断片的に聞こえてきた。

うそ、ばれちゃった？——あたしは焦って、とっさに彼らの方を見た。

でも、彼らは全然こっちを見ずに、スマホを見ながら、「井出夏希死んじゃったってこと?」「超ショック〜。ファンだったのに」と会話をしていた。

そこで分かった。——もうあの車と焼死体が見つかって、ナンバーから所有者があたしだってことまで分かって、しかもそのことがネットニュースで報じられてることが。

ただ、あたしはその時は正直、それがどれほど大変な事態なのか、完全には把握できてなかった。今考えればむしろそれでよかった。「井出夏希の死体」が見つかった後で自分のマンションの部屋に出入りしたせいで、あたし自身が「謎の女R」になっちゃうなんて、分かってたらパニックになってただろうから。

とにかく、その時はっきり自覚したのは、もう絶対誰にも見つかっちゃダメってことだった。たぶん、大竹君と心中したように見せかけようと動くのも、途中で見つかったらアウトだから逆効果だと思った。あたしはまず、近くにあった公園に狙いをつけて、付近に人目と防犯カメラがないのをよく確認した後、スーツケースを誰にも見つからないように、公園の茂みの陰に隠した。

それから、またトイレの個室に入ってホームレスの格好になって、外のベンチに座った。真っ暗だった空がほんの少しずつ明るくなる中、スーツケースを見張りつつ、公園沿いの道に人や車が徐々に増えて、本物のホームレスも何人か通ったのを見届けて、一時間以上経ったところで、公園に入った時とは反対側の出口から歩き出した。

それから三十分ぐらい、ホームレスを演じながら歩いているうちに、誰もいない、木が生い茂った川沿いの公園にたどり着いた。そこにも防犯カメラは見当たらなかった。

ただ、その公園の脇に、ぽつんと一つ電話ボックスがあった。

あたしはその中に入って、部屋から持ってきたクリアケースを取り出した。

百枚以上の名刺の中から、ふさわしいものを選んだ。秘密を一人で守ってほしいから、男出版社の社員よりはフリーライターがいい。弱みを見せて匿《かくま》ってもらうわけだから、男よりは女の人がいい……と、女性フリーライターの名刺を何枚かピックアップした。

本当に誰かが匿ってくれるとは限らない。最悪、通報されるかもしれない。かといってこのまま一人で逃げるのも限界がある。となると、やっぱり人を頼るしかない――。

あたしは躊躇《ちゅうちょ》しながらも、ピックアップした名刺に書かれた番号に電話をかけていった。

でも、どれにかけてもつながらなかった。というかよく考えたら、こんな早朝に、しかも公衆電話からの着信に出る人はなかなかいない。あたしも逆の立場だったら絶対に出ないもん。

そんな中、唯一つながった早起きのライターが、谷川舞子さんだった。

――それがすごく運命的だったことに、その時はまだ気付いてなかった。

あたしが電話口で「井出夏希です」と名乗ると、谷川さんは驚き、慌てていた。

「どうして？　だって井出さん、今あなた、ニュースで……」

詳しく話を聞くと、やっぱりどのテレビ局でもネットニュースでも、全焼したあたしの車が山梨県内で見つかって、中から二人の焼死体が見つかったこと、そしてあたしと連絡が取れないことが、速報で流れてるらしかった。

あたしは、なるべく早く、誰にも見つからない場所で会いたいということ、それとあたしから連絡がきたことは誰にも言わないでほしいということを伝えた。さらに現在地の公園の名前を伝えると、谷川さんが場所を調べて車で来てくれることになって、あたしはトイレの個室に隠れて待つことになった。——それにしても、前日まで人気女優だったあたしが、公園のトイレを徹夜でハシゴすることになるとは思わなかった。

あたしはトイレの個室でまた、衣装とカツラを脱いでメイクを落として、元の格好に戻った。そして谷川さんを待つ間、どれぐらい打ち明けようか思い悩んだ。

発見された二人の焼死体の身元は、莉奈ちゃんと大竹君だということ。でも、莉奈ちゃんの遺体はきっとあたしのものだと判断されるだろうということ。あたしが二人を殺したわけではないということ。——ここまでは話すとして、山中怜子の罠《わな》によって二人が死んだことは言うべきか、言ったところで信じてもらえるだろうか……。

結局考えがまとまらないまま、「あの、井出さん？」と、トイレの個室の外から声をかけられた。谷川さんが来たようだった。あたしはそっと個室から出た。

「わっ、どうしたんですかその顔？」

まず顔を見て驚いた谷川さんに、あたしは返した。

「火傷《やけど》です。車が燃えたもので。……あ、あと、ドーランも残ってるかも」

「……えぇっ？」

谷川さんはかなり混乱してるみたいだったけど、声で判断して、どうにかあたしが井出夏希本人だと分かってくれたようだった。

一方あたしは、元々彼女の顔をはっきりとは覚えていなかったけど、こんなに痩《や》せてやつれた感じのライターさんいたっけな、と少し思っていた。


公園に面した木立の下の、人通りのまったくない暗い路地に、谷川さんの軽自動車が停めてあった。谷川さんはその車にあたしと荷物を乗せて、自分のマンションの部屋に連れ帰ってくれた。その途中、あたしは谷川さんにお願いして、さっきスーツケースを隠した公園に寄ってもらって、人目がないのを見計らってスーツケースを回収した。

その後、谷川さんのマンションで車を降り、部屋に入るまで誰ともすれ違わなかった。

あたしは部屋で谷川さんにお茶を淹《い》れてもらって、一息ついてから、「あの事件の真相を、私は全部知っているんです」と前置きして、話し始めた。谷川さんは、あたしの話す内容にとても驚いていた。——まあ、そりゃそうだよね。死んだはずのあたしが生きてる上に、本当に死んだのは江本莉奈と大竹俊也だなんて聞かされたら。

で、そこから先、山中怜子が犯人だってことを話すべきか考えて、ちょっと間が空いた時。

谷川さんが、自分のお茶を一口飲んでから突然、激しくむせてしまった。

「大丈夫ですか？」

最初は、あたしの話が刺激的すぎてむせたのかと思った。でもちょっと様子がおかしい。谷川さんはむせ続けたまま、辛《つら》そうに胸を押さえて、テーブルに手をついてうなだれてしまった。

と、その後、あたしは思わず絶句してしまった。

うなだれた谷川さんの頭が、パカッと外れたのだ。

谷川さんは、カツラだった。その下はうっすら毛がある程度で、ほぼスキンヘッドだった。

「あ、急いで着けたから、ちゃんと留めてなかった……」

谷川さんは照れたように笑った後、ただ絶句するばかりのあたしに向かって言った。

「あなたばかりに秘密を話してもらって申し訳ないから、私も秘密を打ち明けます」

そう前置きをして話し始めた谷川さん。その内容に、今度はあたしが驚いた。

——実は彼女は、食道癌《がん》だった。それも、かなり進行していた。

お茶を飲む時でさえ、飲み込み方に気を付けないと、胸に強い痛みが走ることがあって、今むせたのも、まさにそのせいだと言った。痩せてやつれているのも、髪が抜けているのも、抗ガン剤治療の副作用だった。さらに、副作用で味覚に異常が出ることもあって、時々何を口に入れても苦く感じることがあるらしかった。ライターの仕事もここ二ヶ月ほど満足にできない状態になっていて、たぶんこのまま本格的には復帰できないだろうとのことだった。

「私、両親はもう他界してて、きょうだいも恋人もいなくて、もうすぐこのまま孤独に死んでいくんです。それに、ライターになった当初は、世の中を変えるような記事を書きたいなんて思ってたのに、結局そんな記事は一つも書けなかったし……こんな人生だったのかと思うと、本当にやるせなくて……」

谷川さんは、身の上話をしながら次第に涙ぐんでしまった。

あたしは正直、その話を聞きながら最初は困惑してた。突然始まった超ヘビーな話に、あたしの話の腰を折られちゃって、どうしようかな、リアクションに困るんだけどなあ、なんて思ってたんだけど、ふと思いついた。

――谷川さんの状況って、あたしが利用するにはもってこいなんじゃないの？

あたしはじっと考え込んだ。そんなあたしの様子を見て、谷川さんも戸惑ったようで、「あの、井出さん？」と怪訝《けげん》な顔で様子をうかがってきた。でもあたしは、何度も自分の考えを確認した末に決意した。――こんなチャンスを逃したら、もう次はないと。

「谷川さん。あなたと入れ替わらせてもらえませんか？」

あたしは、思い切ってそう提案した……）

日比木　井出さんのマンション周辺の防犯カメラで「謎の女R」を撮った映像が、時々テレビに出てますけど、どれも暗闇の中を人影が動いてるのが、かろうじて分かる程度ですもんね。警察もあんな映像を頑張って解析したらしいですけど、「謎の女R」の行きも帰りも途中までしか足取りを追えなくて、もうお手上げらしいですよ。……この前のニュースでも評論家が推理してましたよ。『謎の女R』は闇組織の人間に違いない。あのスーツケースには裏社会から狙われるようなものが入っていて、それを奪うために井出夏希は消されたんだ。『謎の女R』の犯行は全面的に組織に手助けされてるから、足取りが解明できないのも当然だ」なんて。

山中　なるほど……そういう可能性もあるのね。

（そんな組織が絡んでたら、私はますます逃げ場がない。考えただけでぞっとするわ）

谷川　結局、真実は何一つ明らかになってないから、憶測のし放題ですよね。

（まったく的外れだよね。組織に手助けされてる、だなんて。

あたしを助けてくれたのは、たった一人の余命わずかな女性だったんだから。

賭《か》けだった。こんな話を信用してもらえるかどうか。そして、こんな契約を受け入れてもらえるかどうか。でもあたしは、正直に洗いざらい話した。莉奈ちゃんと大竹君を殺したのは、山中怜子だということ。そしてあたしは、顔を変えて彼女に復讐《ふくしゅう》することを決意したこと。そのためにマンションから整形代と、当面の生活資金と、復讐のための資金を持ってきたということを、スーツケースの中身を見せて説明した。当然谷川さんはびっくりしていた。

その後、あたしはいよいよ、契約の提案に移った。

まず、今後あたしは谷川さんに匿《かくま》ってもらう。そして、谷川さんそっくりの顔に整形する。その間に谷川さんのライターの仕事をなんとか引き継ぎ、谷川さんの死後、完全に入れ替わる。

その代わり、整形と復讐に使う以外の費用は、全部谷川さんの余生のために残す。さらに、復讐がうまくいって、あたしが捕まることもなければ、そのうち谷川さんの著書として、あたしの半生を描いたノンフィクションを出すこともできる。もちろんあたしの死の真相は絶対に書けないけど、それ以外は当然、百％真実を書けるんだから、非業の死を遂げた女優のノンフィクションとしてヒット間違いなしなんじゃないか……。

なんて、いろいろ提案して谷川さんを説得しながら、やっぱりあたし相当無茶なこと考えてるよな、とは思っていた。でも、もう後戻りはできなかった。もちろん、計画が失敗したら、谷川さんには迷惑をかけないようにするとも約束した。

谷川さんはずいぶん迷っていたけど、最後はちょっと自嘲《じちょう》気味に笑って、こう言った。

「分かりました、その契約に乗りましょう。……私も、このまま味気ない人生で終わるより、最後に思い切ったことをやってみたいしね」

こうして、あたしの復讐計画はスタートした。

あたしはその日から、谷川さんのマンションの部屋で匿ってもらった。そして、ライターの仕事内容と、谷川さんの声や仕草の真似《まね》を、女優として培ったスキルを総動員して徹底的に習得した。これから一生この役を演じていくための、究極の役作りだった。

病気のせいで谷川さんの仕事が減ってたのは、正直あたしにとっては都合がよかった。やっぱり入れ替わるための準備ができるまでは、なるべく人には会いたくなかった。

それでも、危ない場面はあったけど。

特に、週刊誌の記者が取材に来た時は焦った。彼は、スキャンダルを起こした有名人を何度も取材してきた谷川さんが、実はスキャンダルの黒幕なんじゃないか、なんて無茶苦茶な説を唱えてきた。でも記者の言い分はさておき、あたしはまだ整形手術をする前で、大きなマスクで顔を隠しただけだったから、正体がばれるんじゃないかと思って冷や冷やした。

結局、そんな三流記者にばれることはなかったし、その記事もボツになったみたいだけど、谷川さんも相当心配していたようだった。後日、谷川さんはその週刊誌に自分の記事が載ってないことを確認した後、ほっとしすぎたせいか、あたしが淹れたお茶の飲み込み方に失敗して、胸を押さえてうずくまって派手にむせちゃったことがあった。

一方、整形手術の方。

あの記者が取材に来た二日後、火傷《やけど》もいくらか治ったところで、あたしは帽子とマスクでしっかり顔を隠して、スーツケースを持って、ブラックジャック先生の美容整形医院に行った。先生は、漫画のブラックジャックと同じようにクールな、というか表情の乏しい五十代ぐらいのおじさんだったんだけど、あたしが現れたのを見てさすがに驚いようだった。

「君は……井出夏希か！」

あたしは、スーツケースを開いて札束を見せて、さらに持参した谷川さんの写真も見せて、頭を下げながら言った。

「何も聞かずに、あたしをこの顔に変えてください！」

先生の腕が確かなことは間違いなかったけど、犯罪者の顔も変えたことがあるっていうのは噂で聞いただけだった。もしここで通報でもされたら、一巻の終わりだった。

でも先生は、無表情でしゃがみ込んで、スーツケースの札束を数え始めた。そのまま淡々と数え終えると、あたしの顔と見比べながら言った。

「君の手術は私にとってもリスクがあるし、何より君は、私の会心作の一つだったから、変えるのは惜しい。しかも、その割にはちょっと額が少ないんだが……」

「お願いします！　お金はそれしかないんです！」

あたしは目を潤ませて懇願した。すると先生は、数秒あたしを見つめてから言った。

「まあ、これ以上出せと言っても、ないもんはしょうがないか」

そして、微笑んで「分かった、やりましょう」と言ってくれた。

「ありがとうございます！」

あたしは心底ほっとして、涙を流しながら何度も頭を下げた。――本当はそのお金は、谷川さんの治療費と今後の生活費、そして復讐にかかる費用として、スーツケースに元々入ってた金額から一千万ちょっと引いてあったんだけど、全財産だって信じてもらえたみたい。あたしの演技力の勝利だった。

その後、六回の手術の末、ほぼ完璧《かんぺき》に谷川さんと同じ顔にしてもらえた。あたしと谷川さんの年の差は十歳以上あったけど、ブラックジャック先生は、肌もちょうどよく老けた感じを作ってくれた。やがて、あたしは顔だけじゃなく、谷川さんの仕草も声もほぼ完璧にコピーして、仕事内容もどうにか真似だけはできるようになった。

たぶん谷川さんも、最初はあたしをあんまり信用してなかったと思うけど、あたしが顔を変えたあたりで、本気だと分かってくれたんだろうね。それから病気をおして動き回ってくれた。

あたしはもう一人じゃなかった。谷川さんと、さらにもう一人頼れる協力者も得て、一気に山中怜子の情報を調べ上げた。谷川さんはさすが元調査報道の記者だけあって、山中怜子の住所はもちろん、彼女が出入りしてた探偵事務所まで突き止めてくれた。どうやら山中怜子はその探偵に、あたしの住所とかを調べさせてたみたいだった。

でも、そこまで頑張ってくれたところで、とうとう谷川さんに限界がきてしまった。今から二ヶ月ほど前、谷川さんは家で倒れて、かかりつけの病院に救急搬送された。同じ顔をしたあたしは、谷川さんの唯一の肉親である双子の妹っていう設定でお見舞いに行ったんだけど、そんなあたしに向かって谷川さんは「もう無理みたい」なんて言ってきた。あたしは「そんなことないですよ」って返してたけど、本当にみるみる容態は悪化して、入院からわずか十日で谷川さんは逝ってしまった。医療費の援助は多少できたけど、結果的にあたしが谷川さんの寿命を縮めてしまったのかもしれない。ただ、谷川さんが、病床でこう言ってくれたのが救いだった。

「人生最後に、こんな面白い仕事ができてよかった。この後、うまくやりなさいよ」

あたしはその言葉を胸に、谷川さんの死亡に関する手続きをひと通り済ませると、谷川さんが調べてくれた「遠野探偵事務所」に乗り込んだ。

そこで初めて知った。――山中怜子がヒロヤの母親だったことを。

元はといえば、あたしがヒロヤを殺したことからすべてが始まってしまったらしい。でも、山中怜子に対して悪いことをしたとは少しも思わなかった。だってあれは正当防衛だもん。悪いのはヒロヤだもん。むしろ、あんなヒモ男を産んでおきながらあたしのことを逆恨みするなんて、こんな傍《はた》迷惑な馬鹿親はいないと思った。

ただ、あたしを殺す計画自体は、山中怜子が単独でやったことだけど、遠野の情報提供がその引き金になっていたことも間違いなかった。

そこで、あたしは遠野と取引をしたんだ。

あなたの調査が殺人事件のきっかけを作ってしまった事実をばらさない代わりに、あたしの依頼を受けなさい、と……)

日比木　それにしても、「謎の女R」には、一度会って話を聞いてみたいもんですよ。

あの事件の真相だけで、全五巻ぐらいの作品が描けるような気がします。

山中　まあ、五巻描ききる前に、闇の組織に消されちゃうかもしれないけどね（笑）。

（まったく、笑いごとじゃないんだけどね）

日比木　でも、僕らみたいな仕事は、「作品のためなら死んでもいい」みたいな、ちょっと異常な部分がないと務まらないですよね。僕なんか本当に、子供の頃からおかしな奴でしたから。

山中　あら、そうだったんですか？　今はちゃんとまともなのに。

日比木　それはこういう公式の場だからです（笑）。子供の頃なんて僕、「あの子と遊んじゃダメ」って友達のお母さんから言われるタイプの子でしたから。

山中　それはよっぽど異常だったのね（笑）。具体的にどんなことをしてたんですか？

日比木　家の近所に大きいスーパーがあったんですけど、そこで買い物を終えて帰る近所の奥さんを、家まで尾行したり……。

山中　それはもう変態じゃないの（笑）。

日比木　小学生だから許されてましたね（笑）。でも面白いんですよ。最後まで尾《つ》けてみると、一見お金持ちそうな奥さんが貧相な家に住んでたり、その逆もあったり。

谷川　日比木さんの人間観察力は、そういう遊びで培われていたのかもしれませんね。

日比木　そう言うと聞こえはいいですけど、やっぱり今考えれば、ただの変態ですけどね（笑）。

（三つ子の魂百まで、とはよく言ったものだ。おれは子供の頃から尾行が大好きだった。それが高じて、とうとう探偵になってしまったわけだ。

ちょっと前まで、多少稼ぎが少なかったとはいえ、おれは順調にやっていた。特に、変装を駆使しての潜入調査に定評があって、三年前には独立して自分の事務所まで開くことができた。

でもまさか、おれの調査が元で殺人事件が起きてしまうとはな。山中怜子が、あの段階で井出夏希殺しを本気で考えてたなんて思わなかった。結果的に井出夏希は死ななかったが、大竹俊也と江本莉奈が死ぬきっかけは、おれが作ってしまったわけだ。以前、ストーカー男の殺人を探偵が手助けしてしまう事件が起きてから、探偵の違法行為への風当たりは強くなっている。この件が警察にばれたら、おれは間違いなく廃業、のちに逮捕されるだろう。

しかもそれを、殺されかけた井出夏希本人から知らされた時は驚いた。ある日突然、見知らぬ中年女が事務所に来て、「私は井出夏希だ」なんて言ってきたから、最初は完全にイカれた奴かと思ったけど、詳しく話を聞かされて青ざめた。それで、おれの殺人への関与をばらされたくなかったら協力しろと、井出夏希に脅されたんだ。

まあそういう経緯で、おれは今こうして、得意の変装をしているのだ。

山中怜子が最近ハマっていると公言している『東京デストピア』。その作者の日比木タツオは、調べたところ顔写真を一切公表していない。つまり、おれが変装して日比木タツオだと名乗ってしまえば、ファンである山中怜子にも見破る術《すべ》はないというわけだ。もちろんおれは、過去に山中怜子と顔を合わせているから、完璧な変装をする必要があったし、『東京デストピア』もしっかり読み込んでおかなければいけなかった。でも、今のところボロは出してないはずだ。このままいけばどうにか役目を果たせるだろう。

——といっても、本当に大変なのはこの後だ。

井出夏希がこの場で山中怜子を殺し、その死体をおれたちで処分するというのが、井出夏希から依頼された内容なのだ。

この対談は、まったくの嘘っぱちだ。『くりっくブロードキャスト』なんてネット放送局は実在しない。このスタジオも、おんぼろビルの空室をおれが自腹で借りて、壁や床や天井を急ごしらえで改装したのだ。カメラも二台回ってはいるが、スタッフ役はみんなおれが雇ったチンピラたちだ。おれのような日陰の商売は、きれいごとばかりではないから、こういう連中とも前から付き合いはあったが、さすがにこんな仕事を頼むのは初めてだった。

自分が殺人のきっかけを作ってしまったのが原因で、別の殺人に関わる羽目になったというのは不本意だが——探偵にとって、依頼人の言うことは絶対だから仕方ない。

しかし井出夏希も、谷川舞子とかいう死んだフリーライターに整形して化けた上に、こんな偽番組を作って山中怜子を殺すことを提案してくるとは、完全にクレイジーだ。たしかに、防犯カメラもないビルの一室に山中怜子を誘い出して殺すというのは、完全犯罪を遂行するにはいい方法だと思う。でもそれなら、ナイフで刺すなり首を絞めるなりして普通に殺した方がずっと簡単なのに、井出夏希はそれでは気が済まないらしい。「山中を最大限苦しむ方法で殺して、その顔を見てやりたい」とか言っていたが、どうやらだいぶ異常な心理状態になってしまっているようだ。「リベンジャーズ・ハイ」とでもいったところか。

ただ、そういう経緯で受けた依頼だけど……正直おれは今、最高に楽しいんだ。やっぱりおれは、人の裏をかいたり、人を欺くのが根っから好きなんだろう。元々、尾行好きから探偵になった口だし、ドッキリ番組も大好きだしな。考えてみれば、普段の浮気調査なんかより、この命懸けのドッキリの仕掛け人になる方がずっとスリリングだ。これだけワクワク、ゾクゾクできるのは、探偵になりたての頃以来だろう。

もちろんおれには、すすんで人を殺したいなどという趣味はない。でも、殺せと依頼されて、断るわけにもいかない状況に追い込まれた以上、一生に一度の貴重な経験だと思って、いっそ思い切り楽しんでしまおうと腹を決めたわけだ。

そして、このドッキリはいよいよ佳境を迎える。もうすぐあの切り札が出てくる時だ。さて、うまくいくかな。今のところ順調にきてるけど、まだ油断はできないな……）

谷川　山中さんは、幼少期に変わった趣味などはありましたか？
山中　いや、日比木さんほどのインパクトがある趣味はなかったですよ（笑）。
谷川　子供の頃から小説を書いてたとか、あるいは殺人トリックを考えてたとか……。
山中　そんな危ない子じゃなかったわ（笑）。普通の本好きの子だったと思いますよ。
谷川　でも、今は変わった趣味があるとうかがってるんですが。
日比木　え、そうなんですか？
（お、井出夏希がここで話題を振った。さてと、いよいよ正念場だな）
谷川　実は山中さんは「世界一まずいゲテモノ」を集めるのが趣味だそうですね。
山中　やだ、誰に聞いたの（笑）。
谷川　ええ、編集者さんとか、関係者の方に取材をしまして（笑）。……で、実は今日、山中さんもまだ入手していないであろうゲテモノを用意してあるんです。
山中　えっ、やだ、これそういう番組なの？
（ちょっとちょっと、さっきまで真面目にトークしてたのに、急にこんなバラエティみたいな企画やるの？　たしかに、事前に見せられた台本に「サプライズ企画もあり」なんて書かれてたけど、それにしてもちょっと唐突すぎるでしょ。やっぱりネット放送ってまだ試行錯誤みたいね）
谷川　今ＡＤさんが持ってきてくれましたが、このペットボトルが、フィリピンで売られている「世界一まずいスポーツドリンク」なんです。山中さん、ご存知でしたか？

山中　いや、スポーツドリンクっていうのは初めてね。

（なんだか嫌な胸騒ぎがするわ。これを運んできたADも、やけに人相悪かったし）

谷川　今回、こちら三人分用意したんで、ぜひみんなで飲んでみませんか。

日比木　えっ、僕もですか？

（と、驚いたリアクションをするのも打ち合わせ通りだ。さあ、あとは任せたぞ）

谷川　ご心配なく、私も飲みますんで（笑）。

（さあ飲め、山中怜子――。

　まさか想像もしてないだろうね。そのペットボトルに、猛毒の農薬が入ってるなんて。

　山中怜子を殺す方法を、あたしは色々考えた。もっとシンプルに夜道で待ち伏せて刺し殺すとか、車ではねるとか……でもそれだと、満足できない点があった。

　まず、失敗の可能性がある。あたしも過去に二人殺した経験はあるけど、二人とも自分の部屋で誰にも見られずに殺せるっていう好条件のもとだった。目撃される危険性があって不確定要素も多い方法では、同じように殺人を成功させる自信はなかった。

　それに、山中怜子を最大限苦しませてやらなきゃ、あたしの気が済まなかった。仮に成功する確率が高くても、苦しまずに即死するような方法じゃ納得できなかった。

　だって山中怜子は、あんなにも心がきれいで、何の落ち度もなかった莉奈ちゃんを、よりによってあんなむごい方法で殺したんだもん。焼死って、あらゆる死に方の中でも一番苦しいってネットにも書いてあった。じゃあ山中怜子のことも、同じくらい苦しませて殺すしかないと思った。

でも、山中怜子を焼死させるのはハードルが高かった。彼女が考えた偽の消火器みたいな罠《わな》なんて一つも思いつかないし、家に放火するぐらいならできるかもしれないけど、本人が助かった上に、よそに燃え移って巻き添えが出ちゃう可能性だって十分ある。

——となると、もう毒殺しかなかったんだ。

ネットで調べたら、焼死と服毒死が、苦しい死に方のツートップみたいだった。だから、あたしたちが偽物の消火器に引っかかったような感じで、山中怜子が自発的に毒を飲んじゃうような、しかもそれを完全犯罪にできるような手段はないかなって考えた。で、たどり着いたのが、この方法だった。

山中怜子は最近、「美熟女作家」なんて持ち上げられるのがよっぽどうれしいのか、単に金が欲しいのか、ますますタレント気取りになってテレビに出ている。まあ、ドラマの演技はひどかったから、もうオファーはないだろうけど、バラエティ番組には今もちょこちょこ呼ばれてる。たぶん彼女が、芸能人に比べてギャラが安い文化人の割に、比較的扱いやすいからだろう。

山中怜子は、本性は極悪の殺人鬼だけど、外面はよくて、バラエティ番組でもちゃんと空気を読んで振る舞えるタイプだ。一度クイズ番組の罰ゲームで、激辛料理を食べてたこともあった。しかも彼女は、『魔女の逃亡』の公開前のあたしとの対談で、世界一まずいゲテモノを集めるのが趣味だと語っていた。──それを思い出した時、あたしはひらめいたんだ。

偽のテレビ番組に山中怜子を呼んで、ゲテモノっていう設定で猛毒を用意して、それを口にせざるをえない雰囲気を作れば、彼女は毒を飲んじゃうんじゃないかって──。

もちろん、本物のテレビ局は使えるわけがないから、インターネットテレビっていう設定にした。苦肉の策だったけど、むしろ結果オーライだったと思う。これなら、雑居ビルの一室を使って、スタジオの作りが多少甘くても言い訳ができる。何より、ビルの一室に山中怜子を誘い込んで殺せば、少なくとも殺す瞬間は部外者に目撃されない。

偽番組の準備ができたら、あとは山中怜子を、好きな漫画家と対談するだけで高いギャラがもらえるっていう、おいしい仕事の話でおびき出すだけだった。

調べたら、山中怜子は事務所には所属してなくて、マネージャーも付けようかと検討はしてるけど、今はまだいないということだった。ということは、出版社とかを通さず山中怜子に直接連絡を取っておびき出せば、行方不明になっても誰にも事情が分からないはずだった。

──そして、作戦通りまんまとやって来た山中怜子をゲストに、偽番組は順調に進み、ついに今、彼女は猛毒のスポーツドリンクを飲もうとしている。よし、もう少しだ。

げえげえ吐きながら、床をのたうち回ってもがき苦しむ山中怜子に向かって、あたしはすべての種明かしをしてやるんだ。死に際の彼女の、哀れな、無様な顔をずっと思い描きながら、あたしは今日まで頑張ってきたんだから。

そしてその様子を、カメラに収めてやる。このシチュエーションなら、山中怜子の死に様を堂々と撮影できるからね。これはぜひ撮っておきたいんだ。

ふふふ、愚かな山中怜子。あんたはここに来た時点で、もう袋の鼠だったんだよ。さあ、早くそのスポーツドリンクを飲みなさい……）

山中　うわあ、においもきついですねえ。
（嫌な予感がする。というか、嫌な予感しかしないわ。だって私、昔ちょうどこんな方法で、高志と優子を殺したんだもん。でもまさか、私がここで殺されるわけないよね。思い切ってぐいっと飲んじゃえばいいんだよね。生放送なんだから、変な間を空けちゃいけないよね。――でも、なんだか猛烈な抵抗を感じるわ）
日比木　本当ですねえ、これはすごい（笑）。
（いよいよクライマックスだ。おれも緊張してきたぞ）
谷川　じゃ、三人でせ～ので飲みましょうか。
（何ぐずぐずしてんのよ。早く飲みなさいよ）
山中　えっ、ああ、うん……。
（やだ、飲みたくない。でも、飲まなきゃ絶対みんなに変だと思われちゃうわ。ああ、でも、どうしても飲めない。やだ、怖い、どうしようどうしよう。

——な〜んてね。

そろそろいいかな。

先生、いかがでしたか、私のお芝居。

私この前、自分の小説が原作のドラマ『殺意のレッスン』に特別出演したんだけどね。その時の演技が、自分で思ってたよりずっと評判悪かったの。自分ではそこそこ上手にできたと思ってたんだけど、うぬぼれだったみたい。

まあ当然、私は女優としては素人なんだから、人の意見を謙虚に聞かなきゃいけない。私には演技の才能なんてないんだ、もう二度とドラマなんかに出ないって心に誓ったの。でもそんな時に、またお芝居をしなきゃいけない状況に追い込まれちゃったの。仕方がないから、その道のプロに学ぶことにしたってわけ。

井出夏希先生、あなた以前、『魔女の逃亡』の公開前の私との対談で、演技についてこう語ってましたよね。

「むしろ演技をしようという意識は捨てて、心の底から完全に役になりきって、その役の人物が考えているはずのこと、感じているはずのことを、そっくりそのまま考えて感じていれば、おのずといい演技ができるようになるんです」

——最初に聞いた時は、何いっちょまえに演技語ってんの、それより遅刻しないっていう最低限の常識を身につけなさいよ、なんて思っちゃってた。でもその後、こんな状況に追い込まれて……そこで頼りにしたのが、あの言葉だったの。

だから今日、あなたの演技論を実践してみたの。

この状況で、私が演じる役の人物が考えているはずのこと、感じているはずのことを、そっくりそのまま考えて感じてみたの。ちなみに、私が演じる役っていうのは……「フリーライターの谷川舞子に成り変わった井出夏希が今日の前にいて、自分を殺そうとしていることには全然気付いてない、ただ『謎の女R』に怯《おび》えるばかりの山中怜子」という、ちょっと背景が複雑なんだけど、私自身の役だったの。

いかがでしたか、先生。私の演技、見破れましたか？

――どうやら見破れてないみたいね。

まあ、あなた自身も一世一代のお芝居をしてる最中だったから、まさか私も同じように芝居をしてるなんて、気付く余裕はなかったんでしょうね。でも、やっぱりあなたの演技論も的を射ていたんだと思うわ。今日こうして演じてみて、すごく自然に演技ができてる実感があるし、演技の奥深さを少しは分かった気がするもの。

さすがね、井出夏希。私が命を懸けて殺す相手としてふさわしいわ。

私も危ないところだったからね。最近まで本当に、あなたは死んだと思っていたし、「謎の女R」の影に怯えてたんだから。あなたが私の罠をかいくぐって生きていること、あなただと思われている死体は実は江本莉奈だということ、そしてあなたが私の命を狙っていること……彼に全てを教えてもらったの。

それにしても、あなたが私を殺すために考えたアイディアが、私が十三年前、高志と優子を殺した方法ともろにかぶってると知った時は、我ながら情けなくなっちゃったけどね。ミステリー作家なのに、素人でも思いつく方法を使ってたってことだもんね。

そこで私は、彼に多額の報酬を提示して依頼したの。

「井出夏希を、私の当初の計画通り、ちゃんと殺してちょうだい」って。

だって、私の殺人計画が失敗のまま終わるなんて、許せなかったんだもの……）

谷川　さあ、どうぞ山中先生。ぐいっと一杯。

（どうした？　空気読んで飲みなさいよ。もう放送事故レベルの長い間が空いてるよ）

山中　う～ん……。

（ふふふ、井出夏希め。そろそろ間が持たなくなってきたでしょう。もうすぐあなたは次の行動に出る。そして、その行動がきっかけになって最期を迎えるの）

谷川　じゃあ、先に私が一杯飲みましょうかね。

（まったく、仕方ない。こうするしかないわ）

山中　すみませんね。

（終わりよ、井出夏希）

谷川　うっ……ごめんなさい、こぼしちゃった。

（うわっ、ちょっと、何このにおい？）

日比木 おっと、大丈夫ですか？

（井出夏希。一つ教えてやる。探偵にとって、依頼人の言うことは絶対だ。

でも、金も払わずに探偵を脅迫してくる奴は、依頼人とは呼ばないんだよ。

おれにとって、今現在の本当の依頼人は、山中怜子なんだよ。

やっぱりおれは、人の裏をかいたり、人を欺くのが根っから好きなんだろう。元々、尾行好きから探偵になった口だし、ドッキリ番組も大好きだしな。

この偽対談に、山中怜子はだまされてるふりをしてるだけ。つまりこれは逆ドッキリというやつだ。真のターゲットは、井出夏希だ。

しかし井出夏希も、ブラフ丸出しの下手な脅し文句を並べたものだ。殺人への関与をばらされたくなかったら協力しろ、なんてな。——おれが山中怜子の殺人のきっかけを作ってしまったことをばらすということは、あの二人が焼死した事件の真相を明らかにするということだ。となると結局、井出夏希が生き残っていることだってばらさなければいけなくなる。自分を死んだことにして、山中怜子への復讐《ふくしゅう》を考えている井出夏希が、そんなことをするわけがないのだ。

ただ、捨て身の人間というのはやはり怖い。脅しを無下に断って、やけになって暴走されたらもっとたちが悪い。かといって言いなりになれば、弱みを握ったつもりの相手に今後もタダ働きをさせられかねない。だからおれは、脅しに従ったふりをして、最後に裏切ることにしたのだ。まあその結果、逆に山中怜子から、井出夏希の殺害を依頼されてしまったんだけど。

自分が殺人のきっかけを作ってしまったのが原因で、別の殺人に関わる羽目になったというのは不本意だが――探偵にとって、依頼人の言うことは絶対だから仕方ない。とはいえ山中怜子は、この逆ドッキリの必要経費以外に、ちゃんと多額の報酬も支払ってくれた。おれを脅して、金も払わず従わせようとした誰かさんとは大違いだ。もちろんおれには、すすんで人を殺したいなどという趣味はない。でも、殺せと依頼されて、断るわけにもいかない状況に追い込まれた以上、一生に一度の貴重な経験だと思って、いっそ思い切り楽しんでしまおうと腹を決めたわけだ。

「井出夏希を、私の当初の計画通り、ちゃんと殺してちょうだい」

――山中さん。あなたのその依頼、まもなく叶《かな》えてさしあげますよ。

山中怜子は、なかなかペットボトルに口をつけようとしなかった。全て打ち合わせ通りだ。しかも、最後まで不安げな、とても井出夏希の計画を事前に知っていたようには見えない表情を作っていた。ドラマに出た時とは比べものにならない、いい芝居だった。

それを見かねた井出夏希が、先に自分からペットボトルに口をつけた。中身は普通のスポーツドリンクだけど、一応山中怜子をだますために、嫌なにおいの香料が入れてある――と、おれは井出夏希に説明しておいた。実際、強烈な香料も混ぜておいたから、彼女は不審に思わなかったらしい。

だが井出夏希は、口をつけたらさすがに驚いて、中身を大量に服にこぼしてしまった。

そりゃそうだ。いくら何でも、ガソリンなんて飲めるはずがない。

大変だったんだぞ。壁も床も天井も、急ごしらえで防火材を張って改装するのは。

山中怜子が椅子から立ち上がり、安全な距離を保とうと後ろに下がった。同時におれも立ち上がり、自分のペットボトルの中身を井出夏希に振りかけた。――もちろん、こっちもガソリンだ。

そして、安全のためにおれも距離をとってから、ポケットから素早くジッポライターを取り出して火をつけ、唖然《あぜん》としたまま動けない井出夏希に向かって、アンダースローで放り投げた。

と、その時だった。突然、視界の右端から、黒い影が現れた……)

＊　＊　＊

死んだはずの夏希ちゃんが、全然違う顔になって俺の前に現れた時は驚いたよ。

あの顔で「土門さん。実は私、井出夏希なんです」なんて言ってきたもんだから、最初はおかしなファンだと思っちまった。でも、話を聞いてみて本物だって分かったんだ。

だって、声はたしかに夏希ちゃんだったし、あの打ち上げの話をしてきたんだからな。

『君の横顔』っていう漫画が原作の映画の打ち上げで、酔った勢いで、江本莉奈は俺の娘だって口走っちまった時。みんな信じてねえだろうと思ってたが、あの映画の主演女優だった夏希ちゃんだけは、俺の話が本当だったことに、のちに気付いたらしい。

といっても、あの打ち上げの時は、夏希ちゃんと由梨子はまだ面識がなくて、その後ドラマで共演したのがきっかけで仲良くなったらしい。そこで夏希ちゃんは、由梨子本人から、母親の名前が京子だってことや、京子の心臓が弱かったこと、そして由梨子の着けてるハート型のネックレスが京子の形見だっていう話を聞いたんだそうだ。俺はまったく覚えちゃいねえが、それらの話は全部、俺が酔って口走った内容と共通してた。だから夏希ちゃんは、俺の話が本当だったことを確信したらしい。

でも夏希ちゃんは、自分の判断でそのことを由梨子に言うわけにはいかねえと思って、黙っててくれてたらしい。――ただ、それだけ仲が良かった割には、由梨子は夏希ちゃんに本名を教えてなかったみたいだけどな。まあ由梨子は早く売れすぎて、芸能界の慣習も知らなかったんだろう。

とにかく、別人の顔に整形した夏希ちゃんがわざわざ俺のもとにやってきて、そんな話をしただけでも十分驚いたんだ。

でも、その話の続きを聞いた時、俺の人生は終わった。

由梨子が、夏希ちゃんの身代わりになって死んだって聞かされたんだからな。

いったい何があったのか、どういう経緯で由梨子が死んだのか、包み隠さず教えてくれと言ったら、夏希ちゃんは全てを話してくれた。もちろんその内容も驚くべきものだったが、俺は全部聞き終わってから、すぐに申し出た。

俺も仇討《かたきう》ちに参加させてくれ、と。

そりゃそうだろ。山中怜子を殺さないことには俺だって死ぬわけにはいかねえ。山中怜子は、あんなに純粋で天使のような由梨子を殺した、悪魔なんだからな。

それから俺は、夏希ちゃんと、夏希ちゃんと入れ替わることになっていた谷川舞子という余命わずかなフリーライターの、協力者として行動を共にするようになった。といっても、俺は悪役俳優として面が割れちまってるから、足を使った調査を手伝おうにもしっかり変装しなけりゃならなかったし、途中で舞台の地方公演も入っちまって、あんまり力になれなかったけどな。

それでも、偽のテレビ番組に山中怜子をおびき出す作戦が決まってからは、俺はつてを頼って、彼女にマネージャーがいねえことを突き止めたり、中古のカメラを入手したり、偽の台本作りを主導したり、ディレクターに変装して彼女と打ち合わせをしたりと、少しは貢献できたよ。

それに、山中怜子の分のスポーツドリンクに入れた猛毒の農薬は、俺が実家の農具小屋から拝借してきたんだ。この手の農薬は、今の時代新たに買うことは難しいが、田舎の昔ながらの農家の小屋にはまだわんさか眠ってるだろうよ。まあ、それを取りに行くために実家に帰り、年老いた母親や弟の家族に歓待された時は胸が痛んだけどな。

ただ、今日の本番には、俺は不参加の予定だったんだ。山中怜子を完全犯罪で殺す予定とはいえ、もし計画が狂った時に現役の俳優の俺が現場にいたらまずいって、夏希ちゃんが気を遣ってくれたんだ。そのために夏希ちゃんは、山中怜子の死に様を後で俺に見せようと、わざわざカメラを回して録画してくれることになってた。

でも結局俺は、夏希ちゃんが引き留めたのも聞かずに、今日ここに来たんだ。スタッフ役の連中はみんな、遠野って探偵が雇ったチンピラらしいが、日雇いでかき集めただけで互いにあまり面識はないらしく、変装した俺が紛れ込んでも気付かれなかったよ。

俺が今日来た理由は二つある。一つはやっぱり、由梨子の仇を取る瞬間を、しっかり現場で見届けたいと思ったことだ。

そして、もう一つ。――実は、ちょっと胸騒ぎがしたんだ。

遠野探偵。あいつはこっちに寝返ったように振る舞ってるが、何かよからぬことを企《たくら》んでるように思えてならねえんだ。まあ、根拠らしい根拠もなくて、ただの勘なんだが、我ながら俺の勘は侮れねえからな。あの大竹俊也の正体も、俺は見抜いてたわけだし。

そこで俺は、もし探偵が裏切ったり、何か不測の事態があった時のために、ずっとスタジオの隅の、探偵の目に付かない位置に控えてたんだ。秘密兵器も用意してな。

まず、飛び出しナイフがズボンのポケットに入ってる。これでいざという時は山中怜子を刺し殺してやるんだ。……でも、探偵が裏切るとなったら、周りのチンピラたちも結託してるんだろうから、ナイフ一本じゃ歯が立たねえっていう可能性もある。

そうなると、もっと強力な武器が欲しい。本物の拳銃《けんじゅう》なんて当然持ってなかった。でも俺は、今までドラマや映画やVシネマで何百発とぶっ放してきたけど、本物の拳銃なんて当然持ってなかった。だから、俺が入手できる中で最強の武器といえば、こいつしかなかったんだ。

俺は、どん底の下積み時代、バイト先で出世しちまって、いろんな資格も取らされ、倉庫の鍵《かぎ》の管理も任されてた。その倉庫は、万が一の時も大丈夫なように、郊外の広い原っぱの真ん中にあって——三十年近く経った今でも、同じ場所にあった。

そして、今でも、防犯カメラも防犯ベルも無く、鍵も替えてなかった。

俺はあの頃、鍵の管理を任されてたのをいいことに、こっそり合鍵を作ってたんだ。元の鍵は仕事の時以外は事務所に返さなきゃいけなかったが、合鍵があればいつでも倉庫に入れるからな。同棲《どうせい》してた京子が出て行った後、オーディションでクソ演出家にぼろっかすに言われて、演出家とド派手に心中して有名になってやろうなんて本気で考えて、俺はそんな行動をとったんだ。もっとも、京子からの手紙が来たおかげで、俺は悪い考えを思いとどまったが、一度作った合鍵はなんとなく捨てることもないまま、ずっと手元にあった。——まさか今になって、その合鍵を使うとは思わなかったよ。

おとといの深夜、倉庫まで車を飛ばして合鍵で侵入して、かつて考えてたように、例の物をくすねた。それを腹に巻き付けて、上からジャケットを羽織ったら、ずいぶんな中年太りみたいになっちまった。ただ、見た目は不格好でも威力は十分だ。もしかするとこのビルが崩壊するほどのレベルかもな。巨大な岩盤を吹き飛ばしてトンネルを掘るのに使われるんだからな。

もちろん、ジャケットには静電気を防ぐ加工が施してある。——まさか今になって、「火薬類取扱保安責任者」の資格を取った時の知識を使うとも思わなかったよ。

ジャケットの裾《すそ》の、右の腰辺りから外に出した導火線に、右ポケットから出したライターで素早く火をつけられるようにリハーサルはしておいた。いざという時は山中怜子に抱きついて、夏希ちゃんにはどうにか逃げてもらって、残りは全員道連れさ。

ただ、わざわざこんな物まで用意して、命を賭《か》ける覚悟までしてたのに、いざ本番が始まってみたら偽の収録は順調に進んでいった。探偵が怪しく見えたのも思い過ごしだったかなと、俺はちょっと拍子抜けすらしてたんだ。

そしていよいよ、山中怜子が自ら毒を飲む瞬間を迎えた、その時だった——。

夏希ちゃんが、ペットボトルの中身を派手にこぼした。同時に山中怜子が椅子から立ち上がり、後ずさりした。さらには探偵も立ち上がり、ペットボトルの中身を夏希ちゃんにぶちまけ……明らかに、シナリオとは違う状況になっていた。

気付いたら、俺は夏希ちゃんを守ろうと、駆け出していた。

夏希ちゃんは、透明な液体を浴びたまま動けず、ただ呆然《ぼうぜん》と探偵を見ていた。

探偵は、ポケットから銀色の物体を取り出すと、夏希ちゃんに下投げで放った。

俺は、それが何なのか認識できないまま、反射的に右手でキャッチを試みた。

しかし、届かなかった。——それはそのまま、夏希ちゃんに向かって飛んで行った。

その直後。俺は右後ろから強烈な熱風を浴び、わけも分からず床に倒れ込んでいた。


夏希ちゃんの、断末魔の悲鳴が聞こえた。

同時に山中怜子の、気がふれたような笑い声が聞こえた。

ただ、俺の火傷《やけど》した右耳の一番近くから聞こえてたのは、しゅううう、と導火線が勢いよく燃えていく音だった。

Epilogue

❖

「実話真相」

6月20日号

新宿ビル爆破事件　謎だらけの真相に迫る！

4月18日に発生し、6人が死亡、79人が重軽傷を負った、新宿ノーザンビル爆破事件。死亡した6人の遺体は、爆風で激しく損壊し、凄惨《せいさん》きわまる状況だったという。また、7階建てビルの5階で発生した爆発で、上下の階も破壊され、約1時間後にはビルの上半分が大規模に崩落したため、迅速な避難と救助活動がなければ、さらに犠牲者が増えていただろう。

ダイナマイトを爆発させたとされる俳優の土門徹（本名梅野真司）は、容疑者死亡のまま書類送検された。一方、爆発時5階にいた中で唯一の生存者であり、意識不明の重体だった19歳の少年が、事件から2ヶ月近く経った6月11日に意識を回復した。警察では怪我の回復を待って事情を聞く方針だが、現在のところ会話は困難な状態だという。

今後も少年の回復が進まない場合、事件は迷宮入りの可能性もある。捜査はいまだ難航をきわめ、新事実が明らかになるたびにますます真相が見えなくなっているからだ。

そんな中、少しでも事件の真相に迫るべく、我々は改めて事件の経過をまとめてみた。

死者の中に「謎の女R」

ビル爆破事件の死者の中で、最初にDNA型が特定されたのが、あの「井出夏希・大竹俊也殺害事件」の犯人と思われる「謎の女R」だった。遺体のうち1体のDNA型が、井出夏希の部屋に残った指紋などから検出された「謎の女R」のものと一致したのだ。しかも、彼女の遺体には、他の遺体にはない特徴があった。生きたままガソリンをかけられ、焼かれた形跡があったのだ。

土門徹、山中怜子死亡の謎

さらに、死者のうち2人が、俳優の土門徹と作家の山中怜子だと判明した。特に土門の遺体は損傷が激しく、頭部と足の一部以外ほぼ消失していたため、土門が爆発物を身につけて自爆した可能性が浮上した。そして、土門がかつて働いていた建設会社の倉庫からダイナマイトが紛失していること、土門が事件2日前の夜にその方面に車で向かう様子が防犯カメラやNシステムによってとらえられていたことから、土門の容疑が固まった。なお、この建設会社の危険物管理の甘さも批判され、のちに社長が火薬類取締法違反などの疑いで書類送検されている。

ちなみに土門は、犯行の1ヶ月ほど前に実家に帰省していた。当時の様子について、土門の弟は取材に対し「そういえば少し思い詰めた様子だった」と答えている。

一方、山中怜子は、当初は事件現場に居合わせた理由が不明だった。しかし、山中の自宅近くの喫茶店の店主は、「事件の1週間ほど前、山中が眼鏡をかけて髭《ひげ》を生やした中年男性と2人で来店し、打ち合わせのような話をしていた」と証言している。また、事件の8日前の4月10日には、土門が眼鏡や付け髭などで変装して部屋から出てくる様子が、マンションの防犯カメラに写っている。つまり、土門と山中は、極秘裏に「打ち合わせ」をしていたようなのだ。

3人の死亡男性の素性

残りの死者3人の身元は、33歳の探偵業の男性、23歳の無職の男性、20歳の無職の男性だと判明した。うち無職の男性2人は「半グレ」と呼ばれる、暴走族から派生した不良グループに所属していた模様で、唯一生き残った19歳の少年も別のグループに所属していたようだ。

さらに、死亡した探偵業の男性について取材をすると、同業者の1人は「彼は法律的にグレーな仕事も手がけていて、暴力団や不良グループとも付き合いがあったようだ」と答えた。

まさかの親子関係

そして先日、土門徹と井出夏希が親子である可能性がきわめて高いことが、DNA鑑定により判明した。捜査が行き詰まる中、井出夏希・大竹俊也殺害事件と新宿ビル爆破事件の関連を調べるため、関係者のDNA試料を再度洗い直していた科捜研の職員が、2人のDNA型の一致率の高さに偶然気付いたのがきっかけだったという。

井出夏希が3歳の時、彼女の両親は交通事故で亡くなっているため、事情を正確に知ることは困難だが、土門徹が、自分の実の娘が井出夏希であることを知っていた可能性は十分に考えられる。その場合「謎の女R」は、土門にとって最も憎むべき相手だろう。

一方、山中怜子は、自らの作品を映画化した『魔女の逃亡』で主演した井出の演技を絶賛し、井出と対談をした際には「実の娘のように思っている」という趣旨のコメントもしていた。

土門・山中による復讐説

そこで最近ささやかれているのが、新宿ビル爆破事件の真相は、土門徹と山中怜子による、井出夏希の仇討《かたきう》ちだったという説だ。何らかの手段で「謎の女R」の居場所を突き止めた土門と山中が、計画を打ち合わせてガソリンやダイナマイトを用意した上で、探偵や半グレの少年らと会っていた「謎の女R」を自爆覚悟で襲撃し、復讐《ふくしゅう》を果たしたのではないか——。

もちろん、この説には疑問点もある。土門はまだしも、井出の実の母親でもない山中が、命を捨ててまで復讐を企てるだろうかという点や、そもそもなぜ2人が、警察に相談することもなく「謎の女R」を殺害しようとまで思い至ったのかという点など、不可解な部分も多い。

いずれにせよ、真相解明のためには、唯一生き残った19歳の少年の回復が、何よりも待たれるところである。

＊　＊　＊

俺は記事を読み終えると、『実話真相』を床に投げ捨てた。

こんな記事、でたらめにもほどがある。

土門徹と山中怜子が手を組んで、自らの意志で犯行に及んだなんて、あまりにも無茶苦茶だ。

俺だけは知っているんだ。この事件の真相を、何もかも。

――生き残りである、俺だけは。

でも、その真相を世の中に明かすことはできない。

本当のことを言ったりすれば、きっと俺も、無事ではいられないだろう。

だから俺は、この秘密の重さに耐えながら、一生十字架を背負い続けるしかないんだ。

いや……それでも俺は、きっといつかは消されてしまうのだろう。

奴の魔の手からは、もう逃れようがないのだ。俺は今この瞬間にも、奴によっておぞましい手段で殺されるかもしれないのだ。奴は、普通の人間ではとても太刀打ちできない、恐ろしい相手なのだ。俺をあえて生き残らせてるのも、きっとじわじわ楽しみながら殺すためなのだ。

あの事件を引き起こした、本当の原因、それは……。

全部、谷川舞子の呪いなのだ！

だってそうに決まってるだろ。かつて谷川舞子の取材を受けた、土門徹や山中怜子まであんな死に方をしちゃったんだぞ。土門徹は昔の勤め先からダイナマイトをくすねたらしいが、きっと自分の意志じゃなかったんだ。谷川舞子の霊が取り憑《つ》いてたんだよ。おそらく「謎の女R」とやらも、生前谷川舞子と何らかの関わりを持ったばっかりに、呪いをかけられ操られてしまったんだ。

谷川舞子は、生前から人に呪いをかける恐ろしい力を持っていたんだ。だから取材相手があんなにたくさん不幸に陥ったし、自分が癌を発症してからは、怨念《おんねん》のおもむくまま、周りの人間を手当たり次第呪い始めたんだ。そして死後もなお、生前自分に関わった人間を呪い殺している。……これはもう、菅原道真レベルの超強力な怨念だよ。

呪いとか祟《たた》りなんて、俺も『週刊スクープジャーナル』で嫌々そういう記事を書いてた頃は信じてなかったけど、当事者になって分かった。こういうのは本当にあるんだよ。

実際俺は、谷川舞子の周辺を密《ひそ》かに取材してみたんだけど、二月に病院で癌で死んだはずの彼女が、四月頃までマンションの部屋に出入りする姿が目撃されてたんだ。しかも管理人によると、部屋の中には最近まで生活してた跡も残っていたらしい。奴は完全に化けて出てるんだよ。

――さて、そこで俺だ。

谷川舞子は、『ガチンコインタビュー』の記事がボツになったからって、俺を許しはしなかった。生前失礼なインタビューをした俺を、じわじわ不幸にして嬲《なぶ》り殺しにしてるんだ。長年勤めた出版社を倒産させ、フリーになってからも全然仕事を与えず、ようやく『実話真相』から仕事が来たと思ったら、皮肉にも事件の真相を知ってる俺にこんなでたらめな記事を書く依頼で、それでも生活のためには依頼通り書くしかなくて……くそっ、呪い殺すならさっさと殺せよ！

もちろん俺は、有名なお寺や霊能力者を調べて、何カ所もお祓《はら》いに行ったよ。でも、みんな俺を見て「何も憑いてませんよ」とか「あなたは思い込みが激しいだけです」なんて言うんだ。どいつもこいつもインチキだよ。こんなにも凶暴な、谷川舞子の悪霊が見えないなんて。

ああ、俺はこのまま呪い殺されるんだ。怖いよお、無念だよお……。

世間の、この事件の真相に気付いてない連中は、復讐説とか裏社会の陰謀説とか、いい加減な見立てをして「怖い事件だったねえ」なんて訳知り顔で言ってるんだ。どいつもこいつも、真相とは程遠いものを怖がってるんだよ。まったく、馬鹿すぎて逆にうらやましいよ。

俺も、世間の連中みたいに、事件の真相に全然気付いてない馬鹿でいたかったよ……。

解説

香山二三郎

【この解説では一部内容の深層に触れています。物語を読了後にお目通しください】

お笑い芸人と小説といえば、まず脳裏に浮かぶのは又吉直樹《またよしなおき》『火花』。もともと文学好きとして知られた又吉ゆえに、初の中篇小説である『火花』が雑誌掲載時から話題を呼んだのは当然としても、その後芥川《あくたがわ》賞を取ったあげくに累計三〇〇万部を超える大ベストセラーになろうとは、業界関係者も想像していなかったのではないだろうか。

しかし考えてみれば、お笑い芸人の小説作品が話題になるのはこれが初めてではない。ビートたけし『浅草キッド』を始め、小説に手を染める有名どころも少なくなく、劇団《げきだん》ひとり『陰日向に咲く』のように、ミリオンセラーを記録する作品もすでに現れている。お笑い芸人も小説作家も、物語を紡ぎ出すという点では共通している。芸人のネタは短めなものが多いから、小説のほうも短篇向きと思われがちだが、なかなかどうして長編にも有望株が登場しているのである。

本書の著者、藤崎翔もそのひとりだが、正確にいうと、元・芸人。

一九八五年、茨城県に生まれた藤崎は、高校卒業後お笑い芸人を志して上京、「セーフティ番頭《ばんとう》」というコンビを組んで舞台に立つもののなかなか芽が出ず、二〇一〇年に解散、いったんは堅気となる。だが、好きなことをして儲《もう》けたいという夢は捨てきれず、紙とペンさえあれば出来る作家を目指して修業再開。幸い、ネタ作りの勉強もあって、芸人時代から小説は読んでいた。短篇から始めて文学賞にも応募、その中で手応《てごた》えがあったのがミステリーであった。

かくして二〇一四年、第三四回横溝正史《よこみぞせいし》ミステリ大賞に応募した『神様の裏の顔』(原題『神様のもう一つの顔』)が見事大賞をゲット、作家デビューを果たす。

その内容は、周囲から神のように慕われていた老教師が死去、その葬儀が執り行われる。通夜に集まった関係者が思い出を語り合うが、次第に思いも寄らぬ故人の顔が浮かび上がってくる、というもの。一見ありがちな設定だが、軽妙なタッチでブラックなスパイスも効いており、後半には鋭いヒネリ技も決まっている。緩急自在に読者を物語世界に引きずり込んでいくその作法はあっぱれなストーリーテラーぶりといえようが、そこにはお笑い芸のネタ作りで培われたものもあろう。

藤崎スタイルは長篇第二作の本書『殺意の対談』(『私情対談』改題)でも遺憾なく発揮されている。目次を見ると、様々な雑誌名が並んでいて、そこで行われた〝誌上対談〟を収めた短篇集であるかのように思われる。実際、冒頭の「月刊エンタメブーム」9月号をのぞいてみると、女優・井出夏希《いでなつき》と作家・山中怜子《やまなかれいこ》の対談仕立てになっているのだが、読み始めてすぐわかるように(本書冒頭の著者の断り書きにもあるように)、出席者の言葉の後に発言者の〝私情〟――心の中のつぶやきまで記されているのだ！

日常生活においては、人間誰しもホンネとタテマエを使い分けるもの。しかし表向き丁寧な言葉ほど、その裏には辛辣《しんらつ》な真情が隠されていたりする。井出夏希と山中怜子の場合もその典型であるが、ホンネとタテマエを並行して記し、そのギャップで読ませる手法はすでに確立されているし、これまでにもなかったわけではない。このふたりの対談も、ああその手なんだなと思わせられるが、単なるホンネとタテマエのギャップだけではすまない真実まで明かされていく。ミステリー趣向が炸裂《さくれつ》すると同時に、私情描写も長くなり、黒みを増していくのだ。

女同士のやり取りともなれば、嫌ミス度もぐんと跳ね上がるというものだが、次章の「SPORTY」ゴールデンウィーク特大号は、一転してサッカーJリーグ――J1のペラザーナ船橋《ふなばし》で不動のツートップを組む上田諒平《うえだりょうへい》と水沢祐介《みずさわゆうすけ》の対談。日本代表のF《フォ》W《ワード》のポジションを争っているこのふたり、一見能天気のようにも思われるが、その裏ではやはり熾烈《しれつ》な戦いを繰り広げていた。ただし、こちらはスポーツ以外はあまり頭が回らないというプロ選手にもありがちな軽薄さ（失礼！）が随所に立ち現れ、思わず爆笑する箇所もあり。いっぽうヒネリ技のほうはきちんと決まっており、特にラストには笑わされると同時にぞくりともさせられること請け合い。

第三章「月刊ヒットメーカー」10月号は人気ロックバンドSML《エスエムエル》のインタビュー記事だ。ギターLICK《リック》とベースMAKOTO《マコト》に紅一点のボーカルSHIORI《シオリ》の三人組は、個性はそれぞれ異なるものの抜群のチームワークでのし上がってきた。その関係にはだが、SHIORIしか知らない秘密が隠されていた、というわけで、前二章のようにふたりの対立的な関係性を浮かび上がらせる記事とはひと味異なる展開になっている。こういう手もあるかと思っていると、終盤には暗号趣向まで飛び出し、驚かされる。けだし、著者のサービス精神のなせる技であろう。

続く「テレビマニア」9月10日〜9月23日号も三者対談もので、連続ドラマ『花ムコは十代目』の出演者、大竹俊也《おおたけとしや》、江本莉奈《えもとりな》、土門徹《どもんとおる》が集合。だがのっけから大竹と江本がデキており、それを醜男《ぶおとこ》の悪役・土門が妬ましく思っているという関係が明かされる。大竹と江本が陰でイチャイチャしているところへ土門が茶々を入れるというやり取りには笑わされるが、シリアスな章の後にはおバカな章かと思っていると、大竹の醜悪な素顔がさらされたのち、土門、江本の秘密まで明かされ、これまで以上の緊迫感に満ちた展開へと転じていく。

第三章では、第二章のペラザーナ船橋のふたりの悲劇的な後日譚《たん》がさりげなく挿入されていて、各章が別々なのではなく、連作仕立てになっているらしいことが明かされているが、この第四章ではそうした人と人とのつながりが前面に押し出されてくる。しかもただつながっているのではなく、爆発に向けて導火線に点火されたような切迫感を帯びているのだ。対立するふたりの対談形式が続くのかと思いきや、中盤以降はそのスタイルを踏襲しながらも、問題を抱えた主要人物たちのバトルロイヤルがメインになっていく。

しかも、第五章「週刊スクープジャーナル」11月23日号掲載予定原稿では、各対談のまとめ役であった女性ライターまでそれに巻き込まれるとは、まさに予想だにしない展開。そこでは謎がまた謎を呼ぶ仕組みにもなっていて、第一章の山中怜子が再登場する最終章は冒頭から目が離せない。錯綜《さくそう》する人間関係がクリアになるとともに、ノワールな犯罪ミステリーとしての素顔がさらけ出されていく過程はスリリングのひと言だ。

著者のミステリー修業は松本清張《まつもとせいちょう》に始まり、筒井康隆《つついやすたか》にはまって全集を読み込んだのだとか。なるほど清張ばりのノワールなタッチや筒井譲りのユーモア演出に、ヒネリを効かせた独自の物語構成の妙が加われば鬼に金棒。第二作で早くも藤崎スタイルが確立されたようにも思われるが、それというのもベーシックな描写力があったればこそ。

本書には芸能人、作家、スポーツ選手、ミュージシャン、記者等様々な職業人が登場する。その人物像はもとより、それぞれの仕事のノウハウや道具立てがきっちり描き込まれていないとリアリティも生まれてこない。現代小説は紙とペンだけでは書けない。ときには背景や人物取材も必要になってくる。その点新人作家は大変だろうが、著者はそこもきっちりこなしているように思われる。出版界やかつて自分が所属していた芸能界はともかく、第二章のプロサッカー選手の使用する器具やトレーニング法等聞かなければわからないだろう業界の細部も巧みに活《い》かされているのである。

デビュー作は「たいへん達者な作品で、面白く読んだ。くすっと笑わせる絶妙なユーモアのセンスがあり、サービス精神に溢《あふ》れている」（Ⓒ恩田陸《おんだりく》）等、選考委員からも絶賛されたが、してみると著者の小説力はそこからさらに磨きがかかっているというべきか。

著者は本書ののち、殉職したベテラン刑事が赤ん坊に生まれ変わって事件に挑む長篇第三作『こんにちは刑事ちゃん』（中公文庫）、主人公がいつも犯人を追いつめながら肝心なところで手柄を同僚に奪われてしまう連作集『おしい刑事』（ポプラ文庫）を発表、独自のユーモア・ミステリー路線を歩み続けている。並みのユーモアものと異なるのは、お笑い芸人仕込みの毒もあるミステリー芸である。著者いわく、「固定した芸風じゃなく、次に何をしてくるかわからないようなヤツになりたいですね」（「MANTANWEB」二〇一四年一〇月一二日）。今後の活躍からますます目が離せない。

本書は二〇一五年六月に『私情対談』として小社より刊行された単行本を加筆・修正の上、改題し文庫化したものです。

この作品はフィクションです。実在の人物、団体等とは一切関係ありません。

殺意《さつい》の対談《たいだん》

藤崎《ふじさき》 翔《しょう》

平成29年 4月25日 初版発行
令和6年 10月30日 7版発行

発行者●山下直久

発行●株式会社KADOKAWA
〒102-8177 東京都千代田区富士見2-13-3
電話 0570-002-301(ナビダイヤル)

角川文庫 20298

印刷所●株式会社KADOKAWA
製本所●株式会社KADOKAWA

表紙画●和田三造

●お問い合わせ
https://www.kadokawa.co.jp/ (「お問い合わせ」へお進みください)
※内容によっては、お答えできない場合があります。
※サポートは日本国内のみとさせていただきます。
※Japanese text only

ISBN978-4-04-105596-0 C0193

◆◆◆

角川文庫発刊に際して

角川源義

第二次世界大戦の敗北は、軍事力の敗北であった以上に、私たちの若い文化力の敗退であった。私たちの文化が戦争に対して如何に無力であり、単なるあだ花に過ぎなかったかを、私たちは身を以て体験し痛感した。西洋近代文化の摂取にとって、明治以後八十年の歳月は決して短かすぎたとは言えない。にもかかわらず、近代文化の伝統を確立し、自由な批判と柔軟な良識に富む文化層として自らを形成することに私たちは失敗して来た。そしてこれは、各層への文化の普及滲透を任務とする出版人の責任でもあった。

一九四五年以来、私たちは再び振出しに戻り、第一歩から踏み出すことを余儀なくされた。これは大きな不幸ではあるが、反面、これまでの混沌・未熟・歪曲の中にあった我が国の文化に秩序と確たる基礎を齎らすためには絶好の機会でもある。角川書店は、このような祖国の文化的危機にあたり、微力をも顧みず再建の礎石たるべき抱負と決意とをもって出発したが、ここに創立以来の念願を果すべく角川文庫を発刊する。これまで刊行されたあらゆる全集叢書文庫類の長所と短所とを検討し、古今東西の不朽の典籍を、良心的編集のもとに、廉価に、そして書架にふさわしい美本として、多くのひとびとに提供しようとする。しかし私たちは徒らに百科全書的な知識のジレッタントを作ることを目的とせず、あくまで祖国の文化に秩序と再建への道を示し、この文庫を角川書店の栄ある事業として、今後永久に継続発展せしめ、学芸と教養との殿堂として大成せんことを期したい。多くの読書子の愛情ある忠言と支持とによって、この希望と抱負とを完遂せしめられんことを願う。

一九四九年五月三日

角川文庫ベストセラー

神様の裏の顔　藤崎　翔

神様のような清廉な教師、坪井誠造が逝去した。その通夜は悲しみに包まれ、誰もが涙した……と思いきや、年齢も職業も多様な参列者たちが彼を思い返すうち、とんでもない犯罪者であった疑惑が持ち上がり……。

殺意の対談　藤崎　翔

人気作家・怜子と若手女優・夏希の誌上対談は、和やかに行われた……表向きは。実は怜子も夏希も、恐ろしい犯罪者としての裏の顔を持っていて……対談と心の声で紡がれる、究極のエンタメミステリ。

ダリの繭《まゆ》　有栖川有栖

サルバドール・ダリの心酔者の宝石チェーン社長が殺された。現代の繭とも言うべきフロートカプセルに隠された難解なダイイング・メッセージに挑むは推理作家・有栖川有栖と臨床犯罪学者・火村英生！

海のある奈良に死す　有栖川有栖

半年がかりの長編の見本を見るために珀友社へ出向いた推理作家・有栖川有栖は同業者の赤星と出会い、話に花を咲かせる。だが彼は〈海のある奈良へ〉と言い残し、福井の古都・小浜で死体で発見され……。

朱色の研究　有栖川有栖

臨床犯罪学者・火村英生はゼミの教え子から2年前の未解決事件の調査を依頼されるが、動き出した途端、新たな殺人が発生。火村と推理作家・有栖川有栖が奇抜なトリックに挑む本格ミステリ。

角川文庫ベストセラー

暗い宿　有栖川有栖

廃業が決まった取り壊し直前の民宿、南の島の極楽めいたリゾートホテル、冬の温泉旅館、都心のシティホテル……様々な宿で起こる難事件に、おなじみ火村・有栖川コンビが挑む！

怪しい店　有栖川有栖

誰にも言えない悩みをただ聴いてくれる不思議なお店〈みみや〉。その女性店主が殺された。臨床犯罪学者・火村英生と推理作家・有栖川有栖が謎に挑む表題作「怪しい店」ほか、お店が舞台の本格ミステリ作品集。

幻坂　有栖川有栖

坂の傍らに咲く山茶花の花に、死んだ幼なじみを偲ぶ「清水坂」。自らの嫉妬のために、恋人を死に追いやってしまった男の苦悩が哀切な「愛染坂」。大坂で頓死した芭蕉の最期を描く「枯野」など抒情豊かな9篇。

Another（上）（下）　綾辻行人

1998年春、夜見山北中学に転校してきた榊原恒一は、何かに怯えているようなクラスの空気に違和感を覚える。そして起こり始める、恐るべき死の連鎖！名手・綾辻行人の新たな代表作となった本格ホラー。

霧越邸殺人事件〈完全改訂版〉（上）（下）　綾辻行人

信州の山中に建つ謎の洋館「霧越邸」。訪れた劇団「暗色天幕」の一行を迎える怪しい住人たち。邸内で発生する不可思議な現象の数々…。閉ざされた〝吹雪の山荘〟でやがて、美しき連続殺人劇の幕が上がる！

角川文庫ベストセラー

代償　伊岡瞬

不幸な境遇のため、遠縁の達也と暮らすことになった圭輔。新たな友人・寿人に安らぎを得たものの、魔の手は容赦なく圭輔を追いつめた。長じて弁護士となった圭輔に、収監された達也から弁護依頼が舞い込み。

お台場アイランドベイビー　伊与原新

日本を壊滅寸前にした震災から4年後、刑事崩れのアウトロー巽は不思議な少年・丈太と出会う。彼の出生の謎、消える子供達、財宝伝説――全ての答えがお台場にあると知った二人は潜入を試みるが――!?

リケジョ!　伊与原新

貧乏大学院生で人見知りの律は、不本意ながら成金令嬢・理緒の家庭教師をすることに。科学大好き小学生の理緒は律を「教授」と呼んで慕ってくる……無類に楽しい、理系乙女ミステリシリーズ誕生!!

見えざる網　伊兼源太郎

「あなたはSNSについてどう思いますか?」街頭インタビューで異論を呈した今光は、混雑した駅のホームで押されて落ちかけた。事件の意外な黒幕とは!? 第33回横溝正史ミステリ大賞受賞作。

ドミノ　恩田陸

一億の契約書を待つ生保会社のオフィス。下剤を盛られた子役の麻里花。推理力を競い合う大学生。別れを画策する青年実業家。昼下がりの東京駅、見知らぬ者同士がすれ違うその一瞬、運命のドミノが倒れてゆく!

角川文庫ベストセラー

ユージニア　恩田　陸

あの夏、白い百日紅の記憶。死の使いは、静かに街を滅ぼした。旧家で起きた、大量毒殺事件。未解決となったあの事件、真相はいったいどこにあったのだろうか。数々の証言で浮かび上がる、犯人の像は——。

チョコレートコスモス　恩田　陸

無名劇団に現れた一人の少女。天性の勘で役を演じる飛鳥の才能は周囲を圧倒する。いっぽう若き女優響子は、とある舞台への出演を切望していた。開催された奇妙なオーディション、二つの才能がぶつかりあう！

メガロマニア　恩田　陸

いない。誰もいない。ここにはもう誰もいない。みんなどこかへ行ってしまった——。眼前の古代遺跡に失われた物語を見る作家。メキシコ、ペルー、遺跡を辿りながら、物語を夢想する、小説家の遺跡紀行。

夢違　恩田　陸

「何かが教室に侵入してきた」。小学校で頻発する、集団白昼夢。夢が記録されデータ化される時代、「夢判断」を手がける浩章のもとに、夢の解析依頼が入る。子供たちの悪夢は現実化するのか？

雪月花黙示録　恩田　陸

私たちの住む悠久のミヤコを何者かが狙っている…
…！　謎×学園×ハイパーアクション。恩田陸の魅力全開、ゴシック・ジャパンで展開する『夢違』『夜のピクニック』以上の玉手箱!!

角川文庫ベストセラー

長い腕 川崎草志

東京近郊のゲーム制作会社で起こった転落死亡事故と、四国の田舎町で発生した女子中学生による猟銃射殺事件。一見無関係に思えた二つの事件には、驚くべき共通点が隠されていた……。

疫神《やまいがみ》 川崎草志

ケニアで発生した殺人カビ。〝わるいもの〟が赤く見える幼稚園児の桂也。特定の人物への殺人衝動に悩む夫婦。3つの物語が交わるとき、ある事実が浮び上がる。『長い腕』の気鋭が放つ、緊迫伝奇サスペンス！

悪果 黒川博行

大阪府警今里署のマル暴担当刑事・堀内は、相棒の伊達とともに賭博の現場に突入。逮捕者の取調べから明らかになった金の流れをネタに客を強請り始める。かつてなくリアルに描かれる、警察小説の最高傑作！

てとろどときしん 大阪府警・捜査一課事件報告書 黒川博行

フグの毒で客が死んだ事件をきっかけに意外な展開をみせる表題作「てとろどときしん」をはじめ、大阪府警の刑事たちが大阪弁の掛け合いで6つの事件を解決に導く、直木賞作家の初期の短編集。

疫病神 黒川博行

建設コンサルタントの二宮は産業廃棄物処理場をめぐるトラブルに巻き込まれる。巨額の利権が絡んだ局面で共闘することになったのは、桑原というヤクザだった。金に群がる悪党たちとの駆け引きの行方は――。